Doña Cleanwell
se va de casa

Doña Cleanwell se va de casa

Ana Castillo

Traducción de Raúl Silva y Alicia Reardon

HarperCollins *Español*

DOÑA CLEANWELL SE VA DE CASA. Copyright © 2023 de Ana Castillo. Todos los derechos reservados. Impreso en los Estados Unidos de América. Ninguna sección de este libro podrá ser utilizada ni reproducida bajo ningún concepto sin autorización previa y por escrito, salvo citas breves para artículos y reseñas en revistas. Para más información, póngase en contacto con HarperCollins Publishers, 195 Broadway, New York, NY 10007.

Los libros de HarperCollins Español pueden ser adquiridos con fines educativos, empresariales o promocionales. Para más información, envíe un correo electrónico a spsales@harpercollins.com.

Título original: Dona Cleanwell Leaves Home

Publicado en inglés por HarperVia en los Estados Unidos de América en 2023.

PRIMERA EDICIÓN EN ESPAÑOL

Traducción: Raúl Silva y Alicia Reardon

Diseño: Terry McGrath

Este libro ha sido debidamente catalogado en la Biblioteca del Congreso de los Estados Unidos.

ISBN 978-0-06-326401-4

23 24 25 26 27 LBC 5 4 3 2 1

A todas las niñas y mujeres que han encontrado su voz
y a todas aquellas que no han podido lograrlo.

ÍNDICE

PRÓLOGO

Todo comienza con el viaje

TODO COMIENZA CON el viaje: ya sea el Quijote o Kerouac, uno siempre va tras lo Divino. En esa búsqueda de la Luz, podemos encontrarnos en un cuarto oscuro, en un edificio abandonado o en un prolongado y espinoso camino que no acaba. Es el sendero de los caminantes, no hay duda, el más largo que uno pueda imaginar; una entreverada cadena de serpientes atadas de cabeza a cola, las venenosas y las inofensivas, que asombran por sus pieles iridiscentes, su capacidad de mutar y comenzar de nuevo. Caminamos un buen trecho sobre nuestras pequeñas piernas y aun así somos tan insignificantes que no nos damos cuenta de que somos minucias.

Creemos que somos grandiosos.

Creemos que somos un mundo aparte.

Creemos que somos dioses... pequeños dioses con yelmos, pero dioses al fin y al cabo.

¿Reconoce una hormiga al olmo por esa única raíz que laboriosamente recorre?

Cuernavaca

S I BIEN TENÍA un repertorio limitado, era un prodigioso contador de historias. Un animador nato, decían algunos.

—¿Ustedes creen en fantasmas...? —Así comenzaba mi padre casi siempre. La familia reunida, él con uno de sus nietos en el regazo, todos alrededor de la mesa de fórmica, contentos después de la abundante comida que mi madre había preparado. Siempre sacudíamos nuestras cabezas felices de volver a escuchar la historia—. Tampoco yo... pero una vez me pasó algo... —decía él.

De joven, Raymundo, «Mundo», se aventuró por la ruta 66 rumbo a México con algunos amigos. Fue a principios de los años sesenta. Eran cinco inseparables que habían crecido juntos en la calle DeKoven. En sus veinte, los muchachos formaron una banda. Mundo era el baterista de los Heartbreakers. Contaba que había aprendido a golpear con ritmo en la fábrica de maletas donde trabajó algún tiempo. El líder era el cantante de la banda y mánager autonombrado, un tipo buena onda llamado Chuck. Más que nada tocaban mambos (eran grandes admiradores de Pérez Prado). Pero entre sus canciones, Chuck también se permitía baladas sensuales. «Se cree Sinatra», solía bromear Franky, que tocaba el bajo y era el hermano menor del cantante. La rivalidad entre ellos era constante, pero todos coincidían en que ambos serían capaces de jugarse la vida el uno por el otro.

Fue idea de Chuck que los Heartbreakers probaran suerte en México. Tenía un contacto en Discos RCA, que había dicho que quizás les podría conseguir un estudio en la Ciudad de México, o por lo menos eso les contaban a todos. Nunca quedó claro si los Heartbreakers llegaron a grabar, pero lo cierto fue que se quedaron en México durante seis meses. La banda rentó una casona en Cuernavaca, cerca de la capital, y se corrió el rumor de que se estaban dando la gran vida.

Alguna vez, la ciudad colonial de Cuernavaca fue el hogar de Maximiliano, emperador de México coronado por Napoleón; y de Carlota, la esposa que se volvió loca. Ubicada justo en las afueras de la Ciudad de México y con un clima templado durante todo el año, era un destino muy popular. A principios de la década de los sesenta, estrellas de Hollywood como Elizabeth Taylor y Eddie Fisher hicieron de Acapulco su patio de recreo, pero las personas menos conocidas y con recursos preferían la encantadora Cuernavaca. Algunos tenían allí sus casas de descanso, las familias iban los fines de semana y era sitio de encuentro para las parejas. Como no contaba con una salida al mar, la ciudad tenía albercas por todas partes. En la residencia que alquilaron mi padre y sus amigos había una. En Chicago, la familia vivía en pisos alquilados. Tener una alberca privada les parecía grandioso.

Además, los Heartbreakers contrataron a una trabajadora doméstica de tiempo completo. Era una muchacha pueblerina que se llamaba María. Como ellos estaban acostumbrados a madres cariñosas y esposas tradicionales que les arreglaban el desorden, les lavaban la ropa y les hacían la comida, tener una trabajadora doméstica de tiempo completo allí era muy necesario, aunque también fuera algo ostentoso en su país.

En aquella época mis padres estaban de novios. Habían intercambiado algunas cartas que marcaban aquel período, pero, según mi madre, ella había roto el compromiso más de una vez. En esos tiempos, llamar de larga distancia era caro y complicado. Uno podía pasar semanas sin saber nada de alguien que se hallaba lejos, y eso no tenía mucha importancia. La dama de Mundo, mi futura madre, era demasiado práctica como para buscarlo, pero sí llegó a mencionar que él la llamó un par de veces, por cobrar.

Según contaba mi papá, una historia que repetía ante el mismo público cautivo año tras año, aquella noche él y los muchachos estaban pasando el rato en la sala, disfrutando sus cócteles y escuchando el estéreo de alta fidelidad. Mundo no mencionó que hubieran invitado a mujeres, pero luego, cuando ya de adulto lo pensé, me las imaginé allí, esbeltas, con vestidos ajustados de satén, el pelo corto y botas estilo go-go, bailando solas un chachachá y bebiendo martinis. A medida que transcurría la noche, todos se emborracharon.

En aquella ocasión, de repente alguien del grupo se quedó inmóvil, con la vista fija en dirección a la entrada de la cocina. Se puso pálido y todos voltearon a ver. Allí estaba una mujer desnuda y con la mirada vidriosa. Se movía despacio, aunque no parecía que estuviera caminando. «Como si flotara sobre el piso», decía mi padre, y esa mirada al pasado lo hacía regresar a Cuernavaca. Daba la impresión de que una leve oleada de vacilación recorría su rostro. La aparecida no daba señales de ser consciente de la presencia de nadie y siguió su camino hacia la escalera de caracol, que era de mármol con barandal de hierro forjado. Al subir no caminaba, sino que flotaba «como si fuera un ángel», recordaba Mundo. Cuando llegó al descanso superior de la escalera, desapareció.

Uno de los muchachos corrió a toda prisa hacia el rellano, mirando hacia arriba con los ojos desorbitados, y gritó:

—¡Aquí no está!

5

Debe haberse ido a alguna de las habitaciones, pensaron todos. Pero ninguno se ofreció a subir para comprobarlo. En cambio, mi papá y otros dos fueron de prisa a la cocina. ¿Cómo había entrado esa mujer a la casa? La puerta trasera tenía llave, las ventanas se encontraban cerradas y los postigos estaban asegurados por dentro.

Aún con el paso de los años, mi padre nunca dejaba de agregar algún detalle, tan indeleblemente marcado en su mente. Todos los testigos juraron que, en su recorrido, cuando se desplazó desde la cocina y subió por las escaleras, la misteriosa dama se volvió transparente.

—Yo no creo en fantasmas —repetía mi padre al terminar la historia—. Pero eso fue lo que vimos.

Alguno de nosotros nunca dejaba de preguntar; tal vez era yo, en principio el más pequeño y joven de la familia, y el más dispuesto a mostrar ingenuidad:

—¿Alguna vez la volvieron a ver? —En cada ocasión, mi padre se mostraba renuente a contestar, y su respuesta siempre era la misma:

—Sí.

Chuck no estaba allí la noche de la aparición. Cuando regresó, la historia le pareció increíble. Sin duda los muchachos la habían inventado como pretexto para regresar a casa. Su hermano, Franky, tenía una esposa que lo esperaba y a otro le preocupaba perder su trabajo, ya que había pedido permiso para ausentarse por un tiempo. Chuck no llegó al extremo de llamarlos mentirosos, pero les dijo que tal vez habían confundido a la trabajadora doméstica con un fantasma. Seguro que María salió de la cocina y trató de subir sigilosamente para no interrumpir la fiesta. La explicación era así de simple.

El asunto quedó zanjado hasta que algo sucedió una noche, cuando Chuck llegó a la casa y los demás muchachos dormían en sus habitaciones o habían salido. Estaba oscuro y tranquilo; el canto de las chicharras y el perfume de las gardenias entraban desde el patio por las puertas de cristal, que estaban descorridas. Chuck dijo que se había acercado para cerrarlas cuando sus ojos descubrieron una figura femenina que venía de la alberca. Salió gritando:

—¡Eh, ¿quién anda por allí?!

A la mañana siguiente, durante el desayuno, Chuck les contó a los muchachos:

—Lo raro fue que ella no salió corriendo cuando la llamé, sino que... simplemente se esfumó, desapareció —dijo deslizando la mano suavemente.

—¿Qué quieres decir con desapareció? —preguntó Mundo. Mi padre siempre fue muy cuidadoso en su forma de vestir, incluso en las mañanas; me lo imagino con una de sus camisas de tejido italiano.

—Desapareció... —repitió Chuck y tronó los dedos—: ¡Puf!

Los muchachos se inquietaron. Ya fuera por la idea de que la casona estaba embrujada o porque llegaron a un acuerdo, a la semana siguiente subieron sus maletas al Cadillac y agarraron camino hacia el Norte.

Mi padre nunca se cansaba de contar la historia del fantasma, y yo jamás me cansé de oírla. Recordaba con tanta nostalgia aquel tiempo en México que a mis treinta y tantos años, cuando pasé un verano en la residencia de unos amigos en Cuernavaca, sus historias me acompañaban. Por alguna razón, como si fuera mi propio souvenir de ese lugar, llevaba conmigo una tarjeta postal que él le había mandado a mi madre. En ella aparecían la dirección y el número telefónico del lugar donde se habían quedado los Heartbreakers. «Ojalá que estuvieras aquí...» fue lo único que agregó.

Mis anfitriones, Diego y Carolina, eran arquitectos como yo. Nos habíamos conocido en Chicago durante una convención. Los llevé a conocer los alrededores de mi ciudad natal y ellos me invitaron para que los visitara durante el verano. Acababan de remodelar la propiedad que Diego había heredado. Él y su mujer hicieron construir una alberca climatizada, canchas de tenis y de básquetbol, además de un hermoso estudio de arte que nadie usaba, porque no había artistas en la familia. Disfrutamos muchos momentos espléndidos ese verano cuando me quedé en la casa de invitados.

Con frecuencia, mis amigos hacían reuniones. Organizaban interminables cenas formales en uno de los jardines, sobre la mesa de mármol, y también fiestas junto a la alberca con excelentes botanas y tragos que servían sus trabajadores. Petra cocinaba y mantenía en orden la casa; su esposo, Fernando, cuidaba los jardines. Había un chofer que transportaba a los niños, dejaba a Diego en su oficina y llevaba a Carolina a hacer diligencias. La niñera acompañaba siempre a los niños en sus diversas y múltiples actividades.

Era común que mis anfitriones recibieran visitas que llegaban sin avisar. Uno de esos visitantes frecuentes era Enzo, que años atrás había viajado desde Roma para visitar México y se quedó. Una agradable noche en que Diego estuvo trabajando hasta tarde, como solía hacerlo, Carolina, Enzo y yo nos quedamos descansando en la amplia sala.

Petra y Fernando nos trajeron unas bandejas con gin-tonics y sopes de frijoles con pollo deshebrado, condimentados con una salsa fresca. Seguro que esas noches eran como las que mi padre nos describía, cuando nos platicaba de la temporada que pasó allí.

No teníamos un estéreo para escuchar mambo, pero Enzo y Carolina tocaban a dueto en el piano. Esa noche, cuando escuché la emotiva interpretación que ofreció Enzo, tuve que reconsiderar la mala impresión de verlo como un trasnochado playboy en decadencia.

La suave música, la brisa perfumada que entraba por las ventanas abiertas... era un momento sublime para mí, como los que uno cree que jamás olvidará, pero de repente se transformó en algo distinto. La charla había terminado y los únicos sonidos en la gran sala eran los del personal y el tintineo del hielo en los vasos de nuestras agridulces bebidas, donde flotaban rodajas de limones. Cuando sintió que era hora de despedirse, Enzo le dio un buen trago a su bebida y puso el vaso sobre la ancha y cuadrada mesa de centro.

Carolina, que siempre hablaba con la sonrisa de una atenta anfitriona, no le pidió que se quedara, sino que le dijo:

—Maneja con cuidado, cariño.

—Sí, claro que sí —dijo Enzo, entrelazando los dedos de sus manos como para indicar que se estaba despidiendo. El larguirucho romano, que había aprendido su español en México, sonrió y añadió: —Voy a estar bien. No te preocupes, bella—. Luego dio un pequeño salto: —Quizá vaya a bailar.

—Ja —dijo Carolina, y levantó su copa. Si su esposo hubiera estado en casa, podrían haberlo acompañado, añadió.

—¡Sí, qué lástima que tu marido trabaje tanto! —dijo Enzo. Al mismo tiempo me lanzó una mirada furtiva que no alcancé a entender.

Carolina no se dio por aludida con respecto a las largas ausencias de Diego, o sobre la posibilidad de algún «nosotros». En lugar de eso, dijo:

—¡Ten cuidado, no te vayas a topar con el hombre del sombrero!

Nunca había escuchado hablar del hombre del sombrero.

—¿Quién es ese? —pregunté.

Petra y Fernando dejaron de ordenar el lugar. Me sentí como en el juego de las estatuas, con el que nos divertíamos los niños del barrio cuando yo era pequeño. Te puedes mover hasta que alguien grita: «¡Estatua!», y entonces debes quedarte quieto porque si te mueves pierdes. Por un instante, los dos se detuvieron antes de continuar con sus labores y luego salieron a toda prisa.

—¿Nunca has oído hablar del hombre del sombrero? —preguntó Carolina y, como si pensara que no saberlo fuera inconcebible, soltó una breve carcajada. La risa de Carolina sonaba como lo que un jacinto morado sugería, con las hileras de fragantes campanitas en su tallo. Era cautivadora y de inmediato le perdoné que se burlara de mí.

Enzo no tenía a mano un sombrero de ala ancha para ilustrarlo mejor, así que usó su panamá. Apoyado contra la pared, imitó a un borracho como los que uno podría encontrarse en la calle. Me reí, pensando que el hombre del sombrero era una especie de bufón.

Carolina se puso seria.

—Dicen que te lo encuentras cuando vagas rumbo a casa luego de una noche de juerga —comentó ella.

Recargado contra la pared y con el sombrero ladeado, Enzo miraba a nuestra anfitriona dándome la espalda.

—Cuando pasas a su lado te llama y dice algo así como: «Amigo, ¿tienes un cigarrillo?»—. En ese momento Enzo se llevó la mano a los labios y le dio una bocanada a su propio cigarrillo.

—El resplandor deja ver su cara —dijo Carolina.

Me empecé a sentir tenso, ya fuera por esa historia que los dos parecían disfrutar o por la desconcertante figura de Enzo bajo la luz ambarina que emanaba de los candelabros de la pared.

—Ahí es cuando comprendes quién es el hombre del sombrero —dijo Enzo, mientras se daba la vuelta y me miraba por encima de su hombro.

—Bueno, ¿y quién es? —pregunté, mientras hacía todo lo posible por no alterarme. Sin embargo, la jarra de gin-tonics que nos tomamos había exaltado mis sentidos, en lugar de adormecerlos. Yo ya estaba pensando en la caminata de regreso a la casa de invitados. Había un sendero entre los jardines, con escalones de laja que llevaban a un pequeño y pintoresco puente, bajo el cual Carolina había instalado un estanque de aguas ondulantes. Por lo general, la caminata era encantadora, pero de repente no se me antojó.

—Se dice que tiene el rostro de una calavera —dijo Enzo, y me miró directamente con unos ojos oscuros que la noche oscurecía aún más—. Otros dicen que en una mitad tiene huesos y en la otra se le ve la carne podrida.

—¡Uy, no! ¡Espero no toparme nunca con el hombre del sombrero! —dijo Carolina, con un gesto de temor.

Su chal de seda cayó sobre sus hombros desnudos. Hay mujeres que nacen para ser musas de un gran, y sin duda atormentado, artista o poeta. Carolina era una de ellas. Esa noche, con un sencillo vestido bordado, parecía estar posando para un retrato en claroscuro.

Me encogí de hombros, para no evidenciar que ese par me había puesto nervioso. Los dos se levantaron y salieron por las puertas francesas que estaban abiertas. Carolina dijo que iba a acompañar a Enzo hasta su coche, pero yo sabía que habían salido a fumarse un toque. Yo no fumaba yerba, por eso no me invitaron. En mis años de universidad descubrí que con frecuencia la mariguana me causaba paranoia, por no hablar de la ansiedad. El piano Schweighofer, que el suegro de Carolina había traído de Viena desde hacía décadas, parecía estar a punto de tocarse a sí mismo. Me hubiera gustado que mis amigos me invitaran a ir con ellos, aunque solo fuera para sentir el aire fresco.

Los tragos de la noche anterior fueron, sin duda, responsables de que a la mañana siguiente me quedara dormido hasta tarde, y cuando bajé a desayunar ya la familia se había ido.

Encontré a Petra en la cocina, preparando los ingredientes para la comida de las tres en punto: chiles rellenos acompañados con arroz blanco y pastelitos de elote para el postre. Cuando todos volvieran a casa, compartiríamos la mesa. Diego se había ido a su trabajo.

—La señora fue a la peluquería —me informó Petra—. Me dijo que le preparara lo que usted quisiera desayunar.

Petra ya sabía cuál era mi desayuno favorito: huevos estrellados y una porción de frijoles negros, tortillas de maíz hechas a mano, un café americano que no era tan bueno, y un vaso de jugo fresco.

—Fernando quiere saber si usted desea que caliente el agua de la alberca —agregó Petra. Era una costumbre mexicana el hablarnos con respeto, y así nos tratábamos. Yo asentí y se lo agradecí. Era un regalo tener la alberca para mí solo por las mañanas.

Me acerqué a la mesa del desayuno, que estaba justo al lado de la cocina, donde Petra ya había puesto mi lugar. Luego de que Diego había terminado de leer el periódico, ella, con consideración, lo dobló y lo guardó para mí. Cuando trajo mi plato, mientras me servía mi primera taza de café, sentí que quería decirme algo. Dejé de leer, me quité los lentes y esperé.

—Oí que anoche estaban hablando del hombre del sombrero —comentó ella. Yo le dije que sí. Como ella era una mujer pequeña y yo estaba sentado, nuestros ojos se encontraron.

—¿Alguna vez lo ha visto usted? —le pregunté. Ella negó con la cabeza y salió apurada.

Petra regresó con la jarra del café. Puse el periódico a un lado.

—Bueno, yo nunca he visto al hombre del sombrero en persona

—dijo, con una voz más fuerte que de costumbre, como si estuviera haciendo un anuncio importante, o tal vez porque sus patrones no estaban cerca y se sentía más cómoda hablando así—. Yo crecí en un rancho, ¿me entiende? Nos acostábamos y nos levantábamos muy temprano... como las gallinas. Así era nuestra vida en el rancho.

Yo asentí, sonriendo de una manera que me hizo recordar a mi anfitriona. Carolina solía sonreír con los labios apretados, como si cualquier cosa que uno dijera la estuviera distrayendo de algo importante.

Petra miró alrededor. Bajó la voz, se inclinó hacia mí y dijo:

—Yo nunca lo he visto, pero ¿sabe usted quién sí? —Parpadeé y negué con la cabeza—. Muchas personas... generalmente hombres. Ellos son los que salen solos de noche. Él se les aparece a los borrachos... Así fue como mi esposo dejó de beber.

Desde mi punto de vista, Fernando era un padre de familia trabajador.

—Mire usted, mi esposo bebía bastante. Cuando nuestros hijos eran pequeños siempre se la pasaba en la pulquería de nuestro pueblo. ¿Sabe usted lo que es el pulque, ¿verdad? —Yo asentí. De hecho, ya había probado una vez esa poderosa bebida fermentada, en el estado de Hidalgo, donde es famosa, pero no me gustó mucho—. Pues así fue como mi esposo dejó de beber. Después de encontrarse con el hombre del sombrero...

Justo en ese momento se abrieron de par en par las puertas de la cocina y nos sobresaltamos. Era Fernando. Petra se llevó un dedo a los labios y volvió a sus tareas.

Más tarde, cuando regresó Diego, salimos a jugar básquetbol con sus hijos y me alegré de tener la oportunidad para deshacer el extraño hechizo de la reciente conversación sobre esa imagen de la muerte con sombrero. Fue durante la comida de las tres, que ese día hicimos en la enorme mesa de mármol para disfrutar afuera de la tarde veraniega, cuando Carolina sacó a relucir el tema de la noche anterior.

—Tendrías que haber visto a Enzo anoche —le dijo a Diego—. Estuvo divertidísimo, imitando al hombre del sombrero.

A mí no me parecía que mi anfitriona encontrara algo gracioso en eso, pero sentía curiosidad por saber lo que opinaría su esposo. Como era de esperar, al ser Diego una persona seria, dijo:

—Sí, ese Enzo es todo un personaje. —Mirando a sus hijos, agregó—: Saben ustedes que el hombre del sombrero no existe, ¿verdad?

Sin comprender por qué lo hice en ese momento, me salió decir:

—Una vez mi padre vio un fantasma.

Los ojos de Carolina se agrandaron, y también los de sus dos hijos. Diego se quedó viendo, un tanto divertido. Ya era demasiado tarde para echarse atrás, así que decidí contarles la historia de mi padre. No estaba segura si le hacía justicia, pero todos se quedaron mudos en la mesa. Luego de una larga pausa, Carolina me preguntó:

—Dices que esa casona estaba aquí, en Cuernavaca, ¿Alguna vez has estado allí?

—No, nunca.

Hasta ese momento ni siquiera había pensado en ello.

Al poco tiempo de regresar a Chicago, la banda se separó. Si bien siguieron siendo amigos, dejaron de lado sus ambiciones musicales, formaron sus respectivas familias y entraron a trabajar en fábricas, con excepción de Chuck.

Papá nunca habló de eso, pero años después mi madre me lo explicó. Cuando los muchachos estaban cruzando la frontera, Chuck cayó preso. Corría el rumor de que estaba tratando de pasar mariguana de contrabando y fue arrestado por las autoridades mexicanas. De acuerdo con lo que mi papá le dijo a mi madre, Chuck pasó cinco años en la cárcel. Después de que lo liberaron no volvió a Chicago sino que se quedó en México, tal vez porque se sintió avergonzado o por alguna otra razón que no quedó clara.

Carolina me preguntó:

—¿Dices que tienes la dirección de donde se quedaba tu padre en Cuernavaca?

Yo asentí.

—¿Por qué no vamos? —sugirió ella, mientras miraba a Diego.

Él se me quedó viendo y unos segundos después le dije que sí con un gesto.

Al día siguiente, después del desayuno, los niños se fueron por ahí con la niñera, mientras Diego, Carolina y yo salimos a buscar lo que ella llamaba «la enorme casona de mi padre». Resultó que estaba cerca. Tan pronto llegamos a la calle indicada, estacionamos el auto y caminamos para buscarla. El barrio, lleno de árboles y con las banquetas destruidas, parecía haber tenido mejores días. Cuando encontramos el lugar, escondido detrás de unos arbustos, también nos decepcionó de inmediato.

—¿Esto es una casona? —preguntó Carolina, que miraba a su alrededor como si de repente se hubiera percatado de que estaba en un barrio de mala muerte y tenía que escapar.

Ante nosotros, detrás de un enorme portón de hierro forjado, había una pequeña casa rosa a la que le urgía una mano de pintura. Los jardines necesitaban mantenimiento. Un horrible perro de raza mixta apareció y comenzó a ladrarnos, hasta que una mujer, más o menos de nuestra edad, asomó la cabeza por una puerta lateral. Se ajustó el suéter y de inmediato se acercó con los brazos cruzados.

Le explicamos el motivo de nuestra visita y luego de unos minutos dijo:

—No veo por qué no puedan echar un vistazo. —Y abrió el portón—. Mi padre no se siente bien, está descansando arriba.

Carolina no perdió el tiempo y caminó en dirección del patio de atrás. Seguimos sus pasos. La alberca, la famosa alberca, estaba seca, llena de ramas y escombros.

—¡Qué triste! —dijo Carolina, girando abruptamente.

—Mi padre nunca dejó que la usáramos —dijo la mujer, quien se presentó con el nombre de Mimí. Cada vez que hablaba sus palabras parecían teñidas de un remordimiento indefinido. Sin embargo, nos invitó a pasar—: Por favor —dijo, con una mano extendida hacia la entrada lateral.

Yo no sabía si fue Mundo quien había embellecido la casa o mi propia imaginación al escuchar las historias sobre sus vacaciones en Cuernavaca, pero todo por dentro y por fuera parecía haberse encogido. La sala aún tenía un estéreo de alta fidelidad, aunque lo estaban utilizando para poner plantas y fotos de la familia. Desde la sala, a simple vista se podían ver las puertas de la cocina. Miré hacia ellas y luego hacia la escalera de caracol. Aun cuando la mayor parte de la casona fuera decepcionante, el recorrido que el fantasma había realizado era como el que Mundo describió.

—¿Desde cuándo vives aquí? —le preguntó Carolina a Mimí.

—Toda mi vida —dijo ella, sonriendo.

A partir de eso, surgieron otras preguntas y respuestas que revelaron quién era el padre de Mimí: el más famoso de los famosos Heartbreakers, Chuck. Él era quien estaba arriba descansando.

—¿Tu padre y el mío eran amigos? —me preguntó Mimí, ladeando la cabeza con sorpresa. Después de un momento, dijo—: Si quieres sube a saludarlo, yo creo que a él le gustaría.

Diego y Carolina dijeron que ellos esperarían y se sentaron en un sofá cercano a la puerta. Yo seguí a Mimí por la escalera de caracol hasta arriba y casi me caigo cuando apoyé mi mano en el barandal suelto. Mimí se disculpó.

—No hay problema —le dije, mientras me guiaba hasta el cuarto de Chuck.

Yo había visto fotos de todos los muchachos: los Heartbreakers en el escenario, Chuck frente al micrófono y con su traje de piel de tiburón, muy elegante. Sin embargo, ese frágil hombre que estaba frente a mí en una cama no se le parecía en nada.

—Papá, este caballero es de Chicago y dice que su padre tocaba en los Heartbreakers —le explicó Mimí.

Por supuesto, Chuck no me conocía. Yo había nacido después de que se disolvió la banda. Él levantó su cabeza casi completamente calva y buscó un par de lentes en la mesa de luz, llena de frascos de medicinas.

—¿De quién eres hijo? —murmuró. Había una televisión portátil a todo volumen, apoyada en una antigua mesita rodante. Mimí fue a bajarle el volumen.

—No oye bien —dijo ella.

Una mujer mayor, vestida modestamente, se sentó cerca. Había estado leyéndole en voz alta a su esposo la revista ¡Alarma! y cuando entré la dejó a un lado mostrando cierta curiosidad.

Así era como Chuck recordaba a Mundo: «Un magnífico baterista», «un tipo gracioso» y un «buen amigo».

—No, nunca volví a ver a ninguno de ellos. —Sin que se lo preguntáramos, agregó—: Después de cumplir mi condena, nos casamos. —Levantó una mano y señaló hacia la mujer que se hallaba en la silla—. En el momento en que me arrestaron, María estaba embarazada. —Levantó la otra mano y señaló a Mimí—. Cuando salí de la cárcel, regresé a Cuernavaca y decidimos quedarnos aquí; luego compramos esta casa.

Nada de eso era asunto mío: el que Chuck embarazara a su trabajadora doméstica, su paso por la cárcel, Mimí... Sin embargo, me atreví a preguntarle al amigo que hacía mucho tiempo mi padre había perdido sobre aquella escena que tanto lo había obsesionado.

—¿Recuerda si aquí había un fantasma? Una mujer desnuda flotando por los alrededores.

Ni bien se lo pregunté me arrepentí. Me di cuenta de lo ridículo que sonaba. Sin embargo, Chuck estaba por darle más intensidad al drama. Primero, se inclinó hacia la mesa de luz del otro lado de la cama. Se sirvió de una garrafa que estaba llena de whisky hasta la mitad, o tal vez con brandy, y tomó un trago. Luego volvió a servirse, hasta que finalmente dejó el vaso. En ese momento Mimí salió del cuarto. Yo noté la tensión de María. Chuck se le quedó viendo, como si le dijera: «Está bien».

—Bluto estaba enamorado de esa chica —dijo él.

Yo miré a María, que bajó los ojos. ¿Del fantasma? Me dije en silencio, pero en voz alta pregunté:

—¿Bluto?

—Bluto, mi hermano Franky —explicó Chuck—. Él odiaba que lo llamáramos así desde niños. ¿Qué puedo decir? Se le quedó.

Por primera vez desde que llegué, Chuck sonrió (me hizo pensar en el adverbio «melancólicamente»). Yo tenía la edad suficiente como para recordar las caricaturas de Popeye. Bluto era un bravucón que rivalizaba con el personaje principal por el amor de Olive Oyl. Bluto, el bruto con corazón. Me dieron un poco de ganas de reír, tan solo de pensar en un tipo al que sus mejores amigos llamaban así. Pero tal vez no era tan gracioso.

La mirada de Chuck se dirigió a la ventana, como si estuviera calculando lo que iba a decir. La verdad es que él no me debía ninguna explicación, pero me senté en una silla cercana.

—Bluto, o Franky, estaba obsesionado con esa muchacha, Gayle. —Chuck lanzó una mirada furtiva a su mujer y continuó—: Tenía clase, era bella... en realidad era preciosa... otra Ava Gardner. Pero claro, nunca le hizo caso a mi hermano.

Yo recordaba que el hermano de Chuck estaba casado. Sus hijos eran mis amigos.

—Fue una tragedia... por muchas razones —dijo Chuck. Estaba por alcanzar la garrafa nuevamente, pero María hizo un gesto para detenerlo. Él no insistió y continuó con su historia—: El padre de Gayle era un juez muy importante en Cuernavaca. Ella se ahogó... allí enfrente. —Señaló con su barbilla hacia la ventana—. Fue un accidente, yo ni siquiera estaba en casa esa noche... —Miró a María, una mujer sencilla en todos los sentidos, que no había dicho una sola palabra y cuyo rostro mostraba ahora una palidez grisácea. Al notar su incomodidad, su esposo pareció dudar antes de decidirse a continuar—. María y yo estábamos saliendo en ese entonces, un poco a escondidas. Ya ves, ella era una trabajadora aquí. Alguien podría haber supuesto que yo me quería aprovechar de su situación.

Chuck estaba hablando sobre una muchacha bonita que se ahogó allí, pero yo solo sabía de la noche en que los muchachos vieron el fantasma. Sin embargo, lo que Chuck dijo a continuación me hizo sentir un poco avergonzado por haber sacado a relucir el tema. El viejo amigo de mi padre negó con la cabeza y se pasó los dedos por el cabello plateado peinado hacia arriba. Suspiró con fuerza y levantó sus manos:

—Cumplí mi condena. ¿Qué más quieres saber? ¿De verdad eres el hijo de Mundo, de Chicago, y no un periodista?

Este encuentro le dio otro matiz a la versión de mi padre, pero así como la casona resultó no ser una casona, yo podía interpretarlo a mi manera. Abajo, mis amigos conversaban con Mimí. Estaban sentados y tomaban agua de Jamaica. Los dos se pusieron de pie para marcharse en cuanto regresé.

—Ya invitamos a nuestra nueva amiga a la fiesta del sábado —me informó Diego.

Iban a tener su última reunión de la temporada al lado de la alberca. Era también una especie de fiesta de despedida. Al día siguiente yo volaría de regreso a casa. Sabía que Diego, quien en México se había convertido en mi celestino sin que se lo pidiera, se quería asegurar de que por lo menos asistiera una mujer soltera.

Esa tarde de sábado, cuando la fiesta estaba en su mejor momento, llegó la hija de Chuck. Yo había nadado más temprano y regresaba de darme un baño, con la ropa fresca, cuando vi a Carolina sentada al lado de Mimí. Su transformación me tomó por sorpresa: el otro día parecía una solterona, pero ahora estaba radiante. Tenía el pelo largo recogido, con mechones que caían en cascada alrededor de la cara y el cuello. En lugar del suéter desaliñado y la falda larga hasta la rodilla, llevaba un vestido largo, brillante como un girasol. Si llegaba a conocerla más la llamaría así: Girasol, pensé. Había algo en Cuernavaca que despertaba en mí lo romántico y lo cursi. ¿Qué tenía de malo? En los viejos tiempos los Heartbreakers creían que la vida era para vivirla.

—También traje mi bikini, por si... —Sonrió cuando me senté a su lado—. Quiero decir, puede que me meta después.

Los niños y un par de amigos estaban disfrutando de la alberca en ese momento.

Carolina, a quién no le gustaba nadar, llevaba una larga túnica de seda.

—Por supuesto —dijo nuestra anfitriona. Enzo, que también estaba ahí, se divertía jugando ajedrez con una de las invitadas, a quién yo no conocía. Un hombre, que me imagino era su pareja, estaba enfrascado en una conversación con Diego. Los trabajadores se mantenían ocupados: servían botanas y tragos bajo el calor. Hasta la niñera fue requerida para ayudar. Yo me rendí a mis hábitos de introvertido y tomé un camastro para relajarme en soledad. Estaba cayendo la tarde, el sol se filtraba entre las jacarandas, y mi temporada de languidez en Cuernavaca se aproximaba a su fin.

Poco después, Carolina me señaló diciendo:

—¡Escucha esto! —Fui hasta donde estaban las mujeres. Enzo y Diego también se acercaron.

—Gayle era el fantasma de tu padre —dijo de pronto mi anfitriona, y me miró a través de unas grandes gafas Versace que descansaban sobre su nariz. Yo no les había contado lo que Chuck me dijo y mi anfitriona ahora creía haber resuelto el gran misterio de la aventura de mi padre en Cuernavaca.

—La bella de la alta sociedad —agregué, para no dejar que se saliera con la suya.

Yo no tenía ni idea si la joven que se ahogó era de clase alta, pero le agregaba un lustre a la historia y compensaba la decepción que le provocó a Carolina la casona de mi padre. Para mi sorpresa, Mimí asintió.

—Sí, ella era muy rica y consentida. —Luego dijo—: Además estaba muy enamorada de mi padre.

Diego agitó el hielo de su bebida. Enzo bebió la suya e hizo una seña a la niñera, ahora convertida en mesera, para que le trajera otra.

—No me sorprende —dije—. Por lo visto Chuck era todo un mujeriego en ese entonces.

—Todas las muchachas se enamoraban de él —dijo Mimí—. Mi pobre madre... Ella sufría tanto de celos. Al parecer tenía buenas razones, y todavía las tiene.

— ¿Todavía? —repitió Carolina.

Mimí asintió. Se veía preocupada.

—Sí, ella toma pastillas para los nervios...

Por lo que había visto el otro día, me resultaba difícil imaginar que muchas mujeres se amontonaran alrededor de Chuck, pero podía entender que alguna vez él se hubiera metido en problemas.

—Mi padre me contó que Chuck, tu padre, cayó en la cárcel aquí en México por tratar de pasar mariguana de contrabando —le dije.

Por alguna razón, Enzo se puso de pie.

—La policía mexicana —expresó con un gruñido—, siempre quieren esto. —Frotó el pulgar sobre el índice y el dedo medio para indicar dinero, un soborno.

Todos volteamos a mirar a Mimí, quien negó con la cabeza.

—No —dijo—. Mi padre nunca estuvo involucrado en drogas. A él se le acusó de un crimen terrible. Pero era inocente.

—¡Bueno, por supuesto! —dijo Carolina, aunque todavía no sabía de qué se trataba.

—Una noche encontraron a Gayle ahogada en la alberca de la casa —dijo Mimí—. Era una gringa de Nueva York, hija de un importante juez, aquí en Cuernavaca, y de una mujer americana.

Enzo se había acercado y Diego nos escuchaba, mientras vigilaba a los niños que chapoteaban a su alrededor. Una pelota golpeó a uno de los invitados.

¡Lo siento, lo siento! —gritó él—. Y de inmediato regañó a los niños, como si ellos pudieran evitar la caída de la pelota. La niñera volvió con una bandeja llena de tragos. Yo tenía que levantarme temprano para alcanzar mi vuelo de la mañana siguiente y no acepté.

Gayle, según parece, era una muchacha jovial a quien le gustaba pasar tiempo con los Heartbreakers.

Venía con frecuencia —dijo Mimí. Por lo menos eso le había

contado su madre, María, que tuvo que tolerar a todas las *groupies*, como Mimí las llamaba—. Cuando Gayle apareció muerta y desnuda en la alberca, todo el mundo estaba aterrorizado, como era de esperarse. Llegó la policía. El padre de Gayle, el juez, estaba fuera de sí. Aunque parecía que se había ahogado por accidente, él quería que alguien pagara por la muerte de su hija.

—¿Entonces culparon a Chuck? —pregunté. Como él no estaba en la casona esa noche, eso olía a una falsa acusación.

—No —dijo Mimí—, acusaron a su hermano, Franky. Él era el que había estado pasando tiempo con ella.

Todos nos sentíamos confundidos. Después Enzo dijo:

—Chuck se declaró culpable. Es lo que suele hacer un hermano mayor.

Mimí asintió. Los demás también. Parecía una tragedia de Shakespeare.

Al mismo tiempo, yo me quedé pensando en el fantasma que vagaba alrededor de la residencia. Si era Gayle, ¿por qué mi padre nunca mencionó aquel escándalo? ¿Qué secreto había guardado sobre Chuck y Franky, los fieles hermanos y sus aventuras en México? ¿Gayle se había ahogado por accidente? Si no fue así, ¿por qué querría alguien ahogarla?

—Creo que me he asoleado mucho —murmuré. Tenía náuseas y me disculpé para regresar a mi cuarto. Carolina y Diego estaban un poco decepcionados de que me fuera de la fiesta que hicieron en mi honor, así que les prometí que volvería tan pronto me sintiera mejor. Unas franjas de nubes surcaban el cielo del atardecer mientras yo cruzaba el pequeño puente, con los peces koi bajo el agua resplandeciente y el aroma de las gardenias en el aire. Estaba seguro de que iba a extrañar mis maravillosos días en Cuernavaca tanto como mi padre había extrañado los suyos.

La casa de los invitados consistía en dos enormes cuartos, uno sobre el otro. El del primer piso, con su baño, también tenía una pequeña cocina. Carolina decidió que, como yo era un tipo soltero, probablemente no prepararía mi propia comida, por eso me ubicó en el segundo piso, que también tenía su baño completo, pero no una cocina. Desde ese cuarto, fue Diego quien lo señaló, se tenía una excelente vista de todos los jardines. De noche, con los reflectores por todas partes, se podía ver a lo lejos. Me recosté sobre la colcha y caí en un sueño profundo.

Algo me despertó y al principio me sobresalté al descubrir que estaba vestido sobre la cama. ¿Qué día era? ¿Había perdido mi vuelo? Fue mientras me incorporaba, todavía desorientado, que volví a escuchar algo afuera.

Abajo se oían los murmullos de una mujer y un hombre. Mi cuarto estaba a oscuras y decidí dejar las luces apagadas mientras me acercaba a la ventana para echar un vistazo.

«¡¿Qué haces?!», oí decir a una mujer. Como parecía disgustada, decidí asomar la cabeza por la ventana. Mis ojos necesitaban adaptarse a las siluetas y a las sombras proyectadas por la luz de la luna y las luces eléctricas.

Enseguida identifiqué la voz del hombre, era la de Enzo. Luego escuché que la mujer le decía: «¡Déjame en paz!». Corrí hacia la puerta y bajé las escaleras. Estaban en el puente, Enzo tratando de forzar a Mimí.

—¡Ey, tú! —le grité. Antes de que pudiera alcanzarlos, Enzo salió corriendo con grandes zancadas de regreso a la casa.

Era obvio que Mimí estaba perturbada. Vi que tenía traje de baño y sostenía su ropa en la mano. Después de nadar, Carolina le sugirió a Mimí que usara los baños de la planta baja en la casa de los invitados para bañarse y secarse. Enzo la había seguido.

Todavía estábamos allí, con Mimí, que lloraba a causa del incidente, cuando vimos que Diego venía hacia nosotros. Sostenía una linterna en la mano; Fernando estaba justo detrás de él.

—¿Qué pasa? —preguntó mi amigo. Pensé que tal vez creerían que había sido yo quien le hizo daño a Mimí. Tal vez lo pensaron o realmente sabían lo que había sucedido, pero en todo caso, nadie me acusó de nada. Apareció Carolina y se llevó a la desconsolada muchacha de regreso a la casa. Nunca volví a ver a Enzo, ni esa noche ni nunca.

—————

Cuando regresé a Chicago, fui a visitar a mi padre a la residencia de ancianos donde vivía desde la muerte de mi madre. No hace mucho había comenzado a olvidarse de todo. Por eso no me sorprendí mucho cuando, después de que le dije: «Vi a Chuck en Cuernavaca», él respondiera: «¿A quién?» Pero pronto apareció en su mente el espléndido verano en el que los Heartbreakers «tomaron a México por asalto», como le gustaba decir con un gesto triunfal. «Todos querían que tocáramos en sus fiestas», dijo mi papá, sonriendo mientras sus manos manchadas por la edad batuqueaban en el aire.

Después del almuerzo, ya en su cuarto, me aventuré a preguntarle:

—¿El fantasma que viste en la villa era Gayle?

Mi padre se me quedó viendo de una manera que me costó descifrar, pero que no dejaba de ser penetrante. Por un momento se quedó sin habla. Luego de un minuto o más, apreté su hombro.

—¿Disfrutaste Cuernavaca? —me preguntó, cambiando de tema. Yo asentí.

—La ciudad de la eterna primavera —dije, y fui hacia un ventanal que no se podía abrir. Tenía una vista maravillosa del parque y, a la distancia, el lago reflejaba la caída del ocaso. El otoño estaba a la vuelta de la esquina; las hojas de los robles ya mostraban un color rojo anaranjado. El crepúsculo siempre me producía melancolía, como en aquella melodía de jazz: «*And soon I'll hear old winter's song...*».

—Tal vez algún día regrese a esa casona —dijo Mundo, al mismo tiempo que encendía la televisión montada en la pared. Tomé mi chamarra para irme y asentí.

—Te veo el próximo miércoles, papá —le dije.

Cuando salí al pasillo, me soltó su habitual chiste de despedida:

—Cuidado, ¡a lo mejor te veo yo primero!

Ven

CUANDO ANDY SE enteró de que Maggie había vivido su propia historia de amor, su hermana tenía dos años de haber muerto. Durante toda su inspirada e inspiradora vida se mantuvo soltera: «Una mujer de los noventa», solía decir su madre, en defensa de su hija soltera y sin hijos. Murió de manera abrupta en sus cuarentas, debido a un accidente en la carretera. Su madre falleció poco después, seguramente de inmensa tristeza. Son tan diversas las historias de amor.

No era del todo cierto que el único hermano de Maggie no supiera nada de aquel épico romance. Los hermanos eran proverbialmente «uña y carne». La primera vez que supo de aquella relación a larga distancia fue justo después del 11 de septiembre, cuando su hermana regresó del Perú.

Maggie había conocido a Rigo durante un simposio en Lima. Regresó toda sonrojada como una recién casada y canceló sus planes para quedarse en casa y atender las llamadas de Rigo. Ella le enviaba por correo unas tiernas y románticas tarjetas, además de regalos empalagosos. Una vez le mandó un puñado de arena de alguna playa del lago Michigan, sellada en una bolsa de plástico para sándwiches. Andy, el siempre enfadoso hermano menor, nunca perdía la oportunidad para tomarle el pelo porque estaba enamorada. «Rico

Suave» le decía al enamorado de su hermana, aunque no sabía si Rigo era el candidato indicado o si simplemente había aparecido en el radar de Maggie en un momento en que ella quería estar con alguien, como a veces le pasaba, pero luego los dejaba con la misma rapidez. Sus estudios y su vida de viajes la definían. Ningún hombre iba a interponerse en el camino de su libertad.

El muchacho que conoció en Perú era más joven que ella y, al contrario de la «eminente» hermana de Andy, no tenía una posición estable, sino que hacía su doctorado en México, donde vivía. Parecía poco probable que llegaran a formalizar su relación.

Andy estaba ansioso por indagar quién era ese muchacho. Su hermana era alguien muy difícil de complacer y se preguntaba qué tendría Rico Suave para haber cautivado a la dedicada científica. En cuanto ella llevó a revelar el rollo, una Maggie por completo distinta nos mostró con orgullo las fotos que se habían sacado juntos. Su nuevo enamorado, una especie de Alejandro Fernández intelectual, con una barba y una chamarra de aviador, que sin duda transmitía algún poder para incitar a la pasión. Era una aventura y no una relación, concluyó cínicamente el hermano.

«Strangers in the night, dubi, dubi, du», diría Sinatra.

—Ya olvídalo —le recomendaba Andy cuando el fulgor de su encuentro se desvanecía y su hermana se inquietaba ante la creciente sensación de que no volvería a ver a Rigo. Él seguía sin cumplir su promesa de ir a visitarla. Maggie admitió que se ofreció a visitarlo en México, pero su enamorado a distancia le respondió que estaba ocupado.

—¡Lo sabía! —recordaba Andy haberle dicho en ese entonces. Los hermanos nunca se perdían una oportunidad para afirmar: «¡Te lo dije!», a veces con descarado deleite—. Yo sabía que era un error tomar en serio a ese tipo. Todos tenemos amoríos en las conferencias... pero eso es todo lo que son.

De seguro Rigo ya tenía a alguien, quizá vivía con alguna novia o incluso estaba casado y con hijos. Algo le impedía reunirse con Maggie de nuevo. Luego de dejar numerosos mensajes en su contestadora y en su oficina, sin recibir respuesta, y cuando tampoco contestó sus correos electrónicos, Andy se lo dijo llanamente:

—Se acabó. Tómalo como una experiencia, muchacha. —Cuando se trataba de rupturas, él era de la mentalidad de que uno debía simplemente «arrancarse la curita de un tirón».

Por lo visto, Maggie había ido hacía adelante en su vida y, los años que siguieron fueron de progreso para su carrera también. Se compró un departamento en un condominio y adoptó un gato. Maggie, con su cabello largo y oscuro, y con sus ojos de diamante —como la veía Andy—, disfrutaba de los bailes de salón y de escalar paredes en el gimnasio. Por lo demás, estaba concentrada en su trabajo.

Maggie y Andy, que apenas se llevaban dos años, habían crecido como si fueran mellizos. Mientras su madre limpiaba casas los fines de semana, ellos se hicieron amantes de los libros y preferían ir a la biblioteca que jugar en la calle. Eran los últimos en ser elegidos para los juegos deportivos, pero en la escuela siempre figuraban entre los mejores. Durante toda la secundaria Maggie obtuvo el primer lugar en la feria de ciencias. Quería ser oceanógrafa. Una Navidad, Andy recibió un telescopio para niños y, como nunca quería ser menos que su inteligente hermana, les dijo a todos que iba a ser astrónomo.

La becaron para estudiar en la Universidad de California, en Los Ángeles, pero luego cambió de opinión. Su intrépida hermana decidió dedicarse a investigar cómo abastecer de agua potable a las poblaciones más empobrecidas. Con el tiempo, Maggie obtuvo su doctorado y ocupó un puesto en una prestigiosa universidad cercana a Chicago, donde con mucha perseverancia se abocó de lleno a encontrar una solución a la crisis mundial del agua.

Andy no se convirtió en astrónomo. Fue dos años a la universidad y empezó a trabajar como técnico laboratorista en un hospital. Su mayor afán había sido encontrar una estrella de otro tipo, y lo consiguió cuando se unió a Luis Ángel, que ahora era su compañero de vida.

Hacía dos años que su hermana había muerto, el día de San Valentín, y la noche anterior una tormenta de nieve había asolado a la ciudad. Luego de un desayuno íntimo en la cama, conmovido por el aniversario de la temprana muerte de su querida Maggie, Andy se dirigió al estudio y se encerró allí en silencio. Luis Ángel entendió y no lo siguió.

Andy dejó su mimosa sobre el mueble donde estaban la televisión y algunos viejos DVD y libros de tapa blanda, la mayoría de John Grisham y del buenazo de Stephen King, ordenados en hilera sobre el estante.

Encendió la televisión para ver a qué hora iba a ser el partido de ese día, la programó para grabarlo y la apagó. Ajustándose el cinturón de la bata, Andy fue hacia el guardarropa. En el piso había un pesado contenedor de plástico y lo arrastró hacia afuera. Guardaba papeles privados de Maggie, que él había recogido de la oficina que su hermana tenía en casa. Había diarios, archivos en forma de acordeón, sobres de manila con correos electrónicos impresos, tarjetas postales y su correspondencia: la profesional, en papeles tamaño legal, y las cartas personales, en diversos montones atados con ligas gruesas.

Andy nunca había tocado lo que estaba en el contenedor. Hasta entonces, lo abrumaba el sentimiento de devastación que tenía por la muerte de su hermana, por eso no había podido inspeccionar su legado escrito (con sus desengaños y sus triunfos). Ahora, en este aniversario, cuando el tiempo había atenuado el impacto de esa pérdida irremediable, Andy sintió el impulso de recordarla y decidió abrir el contenedor. Con el cuidado propio de quien estuviera levantando la tapa de un sarcófago, lo depositó en el suelo y contempló los vestigios de la vida de Maggie.

¿Por dónde empezar? Había tantas cosas, incluso álbumes de fotos. Andy contuvo sus ganas de llamar a quien le daría fortaleza, Luis Ángel. *Ven y ayúdame a cruzar este río*, y su pareja lo hubiera apoyado. Sin embargo, eso les habría arruinado el día de San Valentín, que se suponía debía girar en torno a ellos y a la buena y magnífica vida que habían construido juntos. A una hermana muerta, incluso tan fantástica como Maggie —su «madrina» durante la ceremonia de compromiso, la que miraba con ellos el fútbol de los domingos cuando los visitaba, la que tenía buena actitud cada vez que le insistían para que los acompañara a salir, aunque los demás la vieran como a un bicho raro—, se le debe dejar que descanse en paz. Sin embargo, Andy, al recorrer sus diarios, secando de vez en cuando sus lágrimas, ese día en que se conmemoraba a los enamorados y también la muerte de su hermana, quería —necesitaba— saberlo. ¿Alguna vez había encontrado Maggie el amor?

Su licencia de conducir: 1,60 m de altura, 56 kilos; 42 años cuando murió. Donadora de órganos. ¿Qué más sabía él? Tenía un doctorado en algo relacionado con ciencia y estudios ambientales. Había publicado dos libros. Nunca se casó. Actualmente la sobrevivían un hermano y un gato. Le encantaba socializar, pero más que nada le gustaba esa profesión por la que, como todos sabían, entregaba su vida. «Mi hermosa hija era una mujer profesional», había dicho su

madre. «En mi época, las mujeres debían casarse y formar una familia... Yo estaba... estoy muy orgullosa de ella». Aquel día, en la capilla
del cementerio dónde fue cremado su cuerpo, Andy pensó que la inmensa tristeza de su madre la llevaría a convertirse, también, en un
cúmulo de cenizas.

Tras un sorbo a su copa de flauta, el hermano de Maggie reunió las
fuerzas para levantar el diario de 2001. Con sus dedos deslizó con
rapidez los márgenes de la libreta Moleskine negra, hasta llegar a
una anotación titulada: «Simposio internacional sobre proyectos
medioambientales populares». Se la llevó al sillón reclinable para estar cómodo. Cuando Andy trató de quitarle la cinta elástica, se rompió entre sus dedos.

¿Maggie, estás aquí? pensó, y la buscó en el cuarto. Detrás de la
ventana, la nieve fresca parecía un cuadro. Se podía escuchar cómo
raspaban algo metálico en el concreto. Era un vecino con la pala.

Tan pronto abrió el libro, cayeron en su regazo fotos, recibos, talo-
nes de boletos, pases de abordar y notas escritas a mano. La primera
imagen que llamó su atención era de Maggie, con su enorme sonrisa
y una pierna levantada, como si fuera bailarina de cancán en jeans,
acompañada de un grupo que él no conocía. La levantó para verla de
lejos y luego la acercó. (Tendría que darse por vencido e ir a que le
examinaran los ojos, tal como Luis Ángel le sugería con insistencia). Al
revisarla de cerca, se dio cuenta de que lo más probable era que el tipo
de la barba que estaba cerca de Maggie, el que rodeaba su cintura con
el brazo, fuera Rigo. Al contrario de los demás, que daban la impresión
de pasarla muy bien, él parecía un tipo rígido. ¿Qué había visto Maggie
en ese convidado de piedra, después de todo? *¿Era* un convidado de
piedra? Tal vez solo era que no le gustaba que le tomaran fotos.

Andy comenzó a abrir la correspondencia personal que recibía Maggie, aunque hubiera preferido que fuera la que su hermana había escrito. Ella escribía de manera elocuente... detallada, esa era la palabra. Tanto por escrito como cuando hablaba, solía ser ingeniosa, aunque su humor era seco y mucha gente no lo sabía apreciar. El hermano que le sobrevivió tendría que conformarse con una parte del intercambio, la que venía de extraños. Revisó los sobres. Resultó que casi todos eran de la misma persona.

¿Cuántas cartas había allí? Daban la impresión de ser como cien, y tenían sellos postales de un período que abarcaba desde 2001 hasta 2013, el año en que ella murió. Rigo, Rigo, Rigo. Después, Profesor Rodrigo Durán. Correspondencia desde México hasta Chicago en un lapso de doce años. Andy creía que su amorío había terminado en 2001, cuando su hermana comenzó a quejarse de que él había desaparecido. Pero encontró una tarjeta de Navidad que correspondía a ese año y otra fechada el 29 de diciembre de 2001. ¿Por qué no le había contado a su hermano que tenía noticias de Rigo? ¿Por qué no lo volvió a mencionar? Andy alcanzó su mimosa y se la tomó de un trago.

—Te odio —le dijo a Maggie, suspirando.

Luis Ángel tocó a la puerta y entró.

—No olvides nuestras reservaciones, cariño —le dijo con alegría. Vio el contenedor y notó que Andy parecía absorto en una exploración sentimental. Como sabía que a veces su compañero se deprimía por la muerte de su hermana, Luis Ángel agregó—: Si me necesitas, solo chifla, papi. Voy arriba a darme una ducha.

Andy asintió, y en cuanto Luis Ángel cerró la puerta del estudio, sacó la primera carta de Rigo. Era de papel muy fino. Tenía una letra bastante legible, en parte imprenta y en parte cursiva. Había un «*te extraño muchísimo*» al final, pero por lo demás era extraña e inexpresiva. Andy sacó la siguiente carta. El español era del mismo estilo forzado, con alguna mención del trabajo que Rigo estaba haciendo y que había comprado un auto para viajar a las áreas rurales en donde llevaba a cabo sus investigaciones. *«En algunos lugares el acceso al agua limpia era imposible. La enfermedad, sobre todo entre los bebés y los niños está fuera de control»*, escribía Rigo. Un objetivo principal para ambos, tanto para Maggie como para él, era implementar formas de obtener agua potable para esos lugares. Entre los interminables desafíos se hallaban las restricciones de tiempo. Él contaba que, en un esfuerzo del gobierno por reducir la contaminación, se le designaba a la gente días específicos de la semana para utilizar sus autos, lo que significaba que no siempre podía salir. *Eso sería bastante interesante para un colega*, pensó Andy, *pero no eran precisamente sonetos de amor.* Él no estaba convencido de que Rigo mereciera los sentimientos que su hermana había tenido por él. Aunque, por otra parte, tal vez todo eso se debía a que su amistad tenía motivos profesionales, lo cual explicaría aquellos años de constante correspondencia y el que Maggie no volviera a mencionar a Rico Suave.

Solo había una forma de saberlo. Abrió el diario. Separó la cinta negra que señalaba el simposio de Lima y comenzó a leer. Maggie, siempre expresiva, escribió con detalle. Parecía que así se había pasado la mayoría de las noches. Se la imaginó en un cuarto de hotel de estilo minimalista, en camiseta, acurrucada en la cama como una adolescente con su diario. Era frecuente que usara calcetines en la cama, porque sus pies tendían a enfriarse. No encontró particularmente interesantes las primeras páginas: detalles sobre un vuelo, cómo se registraba al llegar, un panel al que asistió y algunos contactos que hizo. Maggie utilizaba sus diarios para tomar notas de cualquier cosa: números telefónicos, ideas y fuentes de información que debía seguir investigando. Después vio el nombre de Rigo por primera vez, subrayado dos veces. Nada más.

Al día siguiente, ella escribió:

Acabo de salir de la regadera. Sentí rica el agua caliente luego de un día intenso. Terminé involucrada en una discusión pública con un tipo que dijo que nosotros en Estados Unidos no tenemos idea de los obstáculos burocráticos que la gente sufre aquí.

Pero bueno, se suponía que varios de nosotros nos reuniríamos para cenar en el restaurante del hotel. Algunos volarían temprano. Otros decidimos quedarnos para ir a Machu Picchu, y nos vamos mañana en la mañana. Pero ayer: ¡las Líneas de Nazca! Tengo mucho que decir sobre ellas.

Me estaba poniendo un poco de la loción del hotel (tengo muy seca la piel aquí) y, como siempre, mi aceite de lavanda para tranquilizarme, cuando sonó el teléfono. Me envolví en una toalla, y con otra sobre mi cabeza corrí a contestar. Era Rigo. «Ven», fue todo lo que dijo.

Colgué sin decir nada. ¿Qué podía decir? ¿Qué podría decir cualquier mujer ante una invitación así, por parte de alguien que se acerca a lo que llamaríamos un extraño? «Se acerca», dije. ¿Se trataba de alguien cercano o de un mero extraño? ¿Qué significa decir «se acerca»? ¿Una proximidad física, o pesa más lo desconocido? Sentí la cabeza ligera y me senté en la cama por un momento. Habíamos estado juntos todo el día, en la excursión a las Líneas de Nazca, dentro de un pequeño aeroplano que sobrevolaba los gigantescos geoglifos. En cierto momento me sentí un poco mal, el piloto daba vueltas en círculos para que pudiéramos ver mejor y fotografiar los misteriosos grabados de arena. Rigo debió notarlo, porque se acercó y me dio un chicle con sabor a menta para asentar mi estómago.

Después, me di cuenta de que me miraba a mí y no a los yacimientos arqueológicos que se veían por la ventana que estaba a su lado. Yo aún temblaba cuando aterrizamos y al bajar del avión me tomó del brazo.

Durante el simposio apenas si nos habíamos hablado. Me dijo que iría en la misma excursión a Nazca en la que me había inscrito, pero yo no esperaba que fuéramos los únicos. Después me sugirió que comiéramos algo, para que me sintiera mejor. Yo pedí un simple sándwich de queso y él ceviche, un plato de pescado con cebolla que me volvió a dar náuseas de solo mirarlo. Cuando esperábamos nuestra comida, comencé a sentir una tensión entre nosotros. Pedí un té caliente.

El agua estaba tibia y tuve que devolverla, mientras todo el tiempo sentía la mirada del joven profesor.

Se quitó los lentes y no tuve más remedio que mirarlo de frente. Juro que por un segundo sentí que nos leíamos los pensamientos. ¿Qué nos decíamos? ¡Tómame! (¡Jaja! Tonterías de novelas románticas, pero tal cual era nuestra realidad). Nos quedamos sin palabras porque este podría acabar siendo un encuentro incómodo para ambos. Comimos en silencio. Ya había sentido esa tensión antes. Durante el simposio, justo antes de que comenzara la reunión de uno de los comités, pasé por donde él estaba sentado y me di cuenta de que me estaba mirando. También lo sentí antes, en el hotel. Una vez subimos juntos al ascensor y resultó que nuestras habitaciones estaban en el mismo piso. Me quedé atrás, fingí buscar algo en mi bolso, la llave u otra cosa que tal vez había dejado en alguna parte. Lo vi dirigirse al pasillo con cautela, como si supiera que estaba siendo examinado. Su chamarra le acentuaba los hombros y la ancha espalda. En jeans, sus piernas se veían ligeramente arqueadas, como las de un vaquero. Durante la mayor parte de la conferencia usó botas, y hoy me dijo que las había mandado pedir a Guanajuato. Da la impresión de ser una combinación de académico y jinete de rodeo. Es de la Ciudad de México. Pero no sé, creo que estoy perdida.

Elegí el vestido negro de algodón con bolsillos de piel sintética que había guardado para una noche especial, por si tenía alguna durante el viaje. Me puse mis zapatos Capezio para estar más cómoda. Sabía el número de su habitación, que estaba a la vuelta del pasillo. Habíamos quedado en vernos abajo para cenar. Pensé en mi hambre, pero ya no la sentía. Sí, caí en la cuenta de cómo me había observado durante todos esos días. Dicho de esta manera, suena como si él fuera algún tipo de depredador, pero yo también lo estaba observando. Era más bien como una danza, la danza de dos antiguos monos, como en los geoglifos de Nazca (el mono era mi favorito). Dios sabe que no acostumbro a tener aventuras en las conferencias. Pero siempre hay una excepción. Si ya estoy perdida por ese hombre, solo espero, y deseo, que él también lo esté.

Fui a su habitación; la puerta estaba entreabierta. Él sabía que yo iría. Entré y vi que estaba saliendo de la regadera, envuelto en una toalla. Parecía de película. La gente siempre dice eso sobre las escenas de su vida que les parecen impactantes. Pensamos que esas situaciones, en que todos nuestros sentidos se agudizan y nos creemos vivos, solo suceden en el cine, pero en realidad los guiones de esas escenas proceden de preciosos momentos de la vida privada. Y luego esto, que yo no creía que fuera posible: enamorarme de alguien que se acerca a lo que llamaríamos un extraño y que conocí en un viaje de negocios. Claro que sí, estas cosas pasan según Jean-Luc Godard (o según yo, Anna Magnani, siempre con un papel trágico), y le pasan a todo tipo de personas en circunstancias inesperadas. Pero nunca me había pasado a mí, Maggie Mejía, nacida y criada en el Medio Oeste, que no habla su segunda lengua de manera sensual, con vibrantes erres, sino como una niña perdida en la feria del pueblo de su abuelo, al borde de las lágrimas por estar a merced de todos a su alrededor.

No voy a decir que los hombres guapos nunca se fijan en mí, porque he tenido mis buenas y malas experiencias. Pero entre Rigo y yo se había creado una especie de expectativa no muy clara, de tal manera que cuando bajé del avión, temblorosa como estaba en la excursión a Nazca, sabía que algo iba a pasar entre nosotros. Al salir del baño se me acercó. Nos besamos y por encima de mi cabeza me quitó el vestido (que por suerte estaba un poco flojo y se deslizó con gracia).

Nos acostamos en la cama, yo con mi sostén y mis bragas negras, y él envuelto en la toalla. La única luz venía del baño. Creo que lo hizo a propósito, como con la música, que en ese momento no alcanzaba a saber de dónde venía, un sonido tenue. Pero luego me di cuenta de que era la radio con los empalagosos boleros de unos tríos. Quise hacer una broma, porque todo parecía como una trampa, pero luego pensé: *Él no dirige la estación de radio.* Su cara estaba hundida en mi cuello y noté que respiraba el aroma de mi aceite de lavanda. «¿Qué es», murmuró. *¿Qué es qué?* me pregunté, sintiendo su mano entre mis piernas. Él tenía más bello corporal del que me había imaginado, y también estaba en buena forma. Pasé mi lengua por su hombro húmedo, que por supuesto tenía el sabor de la loción del hotel, pero me recordó a los caramelos, esos dulces masticables, color rosa, que me encantaban cuando era niña. A veces me gastaba todo el dinero del almuerzo en dulces. En ese momento entendí que no me importaba lo que pasara al día siguiente, Rigo siempre sería parte de mí.

Andy puso sobre su regazo el diario abierto. Aunque en algunas ocasiones Maggie había compartido con él algunos aspectos de sus relaciones, se sentía incómodo e invasivo al leer sobre su vida sexual. Justo en ese momento se oyó un suave golpe a la puerta y entró Luis Ángel, con una camisa roja recién planchada en la mano. Él también traía la ropa bien planchada, se había arreglado después de bañarse y afeitarse. Luis Ángel lo miró con una de esas sonrisas infantiles de quien quiere pedir algo.

—No voy a ponerme eso —le dijo Andy. Para cada fiesta, su hombre insistía en que se vistieran como lo ameritaba la ocasión. En este caso, de rojo o de rosa para el día de San Valentín.

Luis Ángel se dio por vencido sin protestar, con la idea de que no era el momento para buscar pelea.

—Van a venir a despejar la entrada del auto, pero si prefieres podemos irnos en taxi al restaurante —dijo.

Andy recogió los papeles y se levantó. Que Maggie tuviera aventuras intensas no era ninguna sorpresa. No pensó ni por un segundo que el amorío con Rico Suave fuera importante, pero era lamentable que las cosas no hubieran funcionado entre ellos. Fue a prepararse para la cena. El taxi podría tardar un poco y, en cualquier caso, el clima lo retrasaba todo. Ya tenían edad para aprovechar los especiales de clientes madrugadores, que es como ellos llamaban a sus reservaciones de las cinco de la tarde.

Andy y Luis Ángel habían elegido sushi para ese día de San Valentín. El restaurante japonés ofrecía salones privados en los que había cojines para sentarse en el suelo. Un empleado vestido con kimono atendía con amabilidad a los dos hombres. Andy no había querido mencionar a su hermana muerta para no estropear su momento romántico, pero su ánimo era apacible. Luis Ángel habló con énfasis:

—Algún día deberíamos ir a México... solo para seguir los pasos de Maggie. Ella estaba tan concentrada en su trabajo allí, y de eso no sabemos casi nada.

Luis Ángel tenía razón. *Pero ahora*, pensó Andy, *había más cosas que averiguar en México que los datos concretos sobre la investigación de su hermana*. Ella había pasado una buena cantidad de tiempo allí, por ejemplo todo un sabático. Los veranos y también la Navidad de 2002, que fue la primera que él pasó con Luis Ángel.

Ella no volvió a casa sino hasta fines de enero. Andy y su nuevo novio se fueron de vacaciones a Hawái, con su madre a cuestas porque Maggie estaba «demasiado ocupada» en México para volver a Chicago a pasarla con ellos. «Bueno, ¿quién la puede culpar por alejarse del frío y la nieve», decía su madre, siempre en defensa de su hija. Luis Ángel estaba de acuerdo. Pero a Andy le seguía pareciendo raro y tal vez hasta egoísta. Maggie era muy cercana a su madre. Estaba bien que se dedicara a llevar agua potable a comunidades necesitadas y que, según todos los indicios, lograra sus objetivos, pero solo cuando Maggie estaba de vuelta en Chicago Andy asumía que se tomaba algo de tiempo para descansar.

La pareja todavía disfrutaba de la cena cuando comenzó a nevar de nuevo, y siguió nevando toda la noche. Al amanecer, la ciudad estaba paralizada. Los alcaldes habían comprendido que tormentas como las del año pasado requerían de una acción veloz y eficiente con los camiones especiales para la nieve. Gran parte de la ciudad permanecía en movimiento. Sin embargo, los vecindarios de las afueras, como aquel donde vivían Andy y Luis Ángel, estaban medio enterrados en la nieve. Ambos se quedaron en casa y no fueron a trabajar. En algún momento, después del almuerzo, Andy volvió al estudio para continuar su investigación. La búsqueda era ahora muy específica. ¿Volvió Maggie a ver a Rigo? Otro diario, de 2002. Al abrirlo, de nuevo cayeron los recuerdos y quedaron esparcidos. El diario tenía buen tamaño y su hermana había escrito varias páginas, pero solo hasta abril de ese año. Durante las vacaciones de primavera Maggie voló a

México. Estaba por comenzar un nuevo proyecto en Campeche. Las secciones en que detallaba sus descubrimientos estaban interrumpidas por anotaciones, e incluso por garabatos, pero no había nada de carácter personal. A Andy se le humedecieron los ojos al pensar que su hermana no solo había sido ejemplar en su campo de trabajo, sino que, sin duda, además había dejado una huella en el mundo. Con todo, Maggie apenas habló de eso con su hermano pequeño. A veces ella le decía «*Disco Duck*». ¿Cuándo siguió cada uno su propio camino, como para que él conociera tan poco de las cosas que Maggie había emprendido?

Pero allí estaba de nuevo Rigo, subrayado dos veces:

No creí que vendría. Subí de peso el invierno pasado (demasiados tamales con Mami, hicimos como dieciséis docenas para todos en la Navidad) y me dejé llevar. Pero ni siquiera estaba segura de querer verlo. Aunque sí quería, porque de lo contrario no le habría contado del proyecto que tenía aquí. Llegó preparado, también, con su equipaje y todas las cosas que le pedí por correo electrónico. Alguien tocó la puerta. Sabía que era él, su manera de tocar era inconfundible. (¡Ja-Ja! *De todos los bares de todas las ciudades del mundo...*). Sé que puede parecer tonto, pero en vez de abrir la puerta de par en par para estar frente a él nuevamente, como durante tanto tiempo lo imaginé, primero me asomé a través de la cortina y solo lo vi un poco. Seguro que también él estaba nervioso y por un segundo lo noté vulnerable, igual que todos cuando por fin estamos por obtener lo que deseamos.

¡Mi amor! Mi pobre corazón lloraba dentro de mi cuerpo relleno de masa, pero de repente temí abrir la puerta. ¿Por qué? ¿Qué tal si me veía y se decepcionaba? Yo era vieja, patética (escribiendo, llamando) y finalmente respondió exasperado, tal vez. No debería haberlo perseguido. Sí, me lo reprochaba, en esos segundos en que lo espiaba a través de las cortinas recubiertas de plástico de aquel motel. *Tal vez debería escaparme por la ventana del baño*, pensé. Pero en lugar de eso, abrí la puerta con cautela. Entonces, al ver en su cara una expresión de desconcierto, mezclado con un irrefutable anhelo, lo abracé y él me abrazó. Todo estaba perdonado.

Andy dejó de leer. Sus dos hemisferios cerebrales se agitaron ante esta imprevista dosis de nueva información. Él había tenido interminables conversaciones con su hermana, y luego de aquel primer encuentro no le había vuelto a mencionar a Rigo ni una sola vez. Ella no estaba obligada, por supuesto, pero se había convertido en una aventura, en toda la extensión de la palabra. Para su segundo encuentro ya estaba citando *Casablanca*, y todo el mundo sabe lo que eso significa. Maggie dependiendo de Rico Suave en Campeche era como un piloto bombardero que se estrella contra las líneas enemigas. ¿Por qué no se le había ocurrido al cerebrito de su hermana pedirle consejos al respecto? Andy no podía solucionar la crisis mundial del agua, pero conocía a los hombres.

Trató de recordar en qué andaba en esos años. Lo sabía muy bien, eran los tiempos de sus primeros encuentros en las discotecas del distrito de Boystown cada fin de semana y también por las noches entre semana, cuando era posible. Fue allí donde conoció a Luis Ángel, un bailarín. («Antes de que te convirtiera en un hombre decente», solía bromear Andy). Su nuevo enamorado bailaba de noche y durante el día lavaba platos en un restaurante. Se acostaba con algunos clientes, pero era siempre un trabajo honesto. Ahora, Luis Ángel trabajaba en el área de mantenimiento del mismo hospital donde Andy era empleado. Todavía era sexy, claro que sí, y un buen tipo. Antes de que se conocieran, él salía con una muchacha en Guatemala y tuvieron un hijo juntos. Aun ahora, enviaba dinero a su país para la familia. En Chicago, donde llegó en busca de trabajo, primero comenzó con un trabajito de bailarín, luego salió del clóset. Conoció a Andy. La vida juntos era buena y sana. Se acostaban y se levantaban temprano, esas eran sus costumbres de los últimos tiempos.

Mientras tanto, Maggie estaba salvando al mundo, con una gota de agua purificada a la vez. De inmediato Andy se sintió avergonzado porque dejó que la relación con su hermana anduviera a la deriva. Claro, ya eran adultos y cada uno hacía lo que quería. El problema fue, según lo veía ahora, que para él su hermana no tenía otra vida más que la que compartía con ellos. Todos eran complicados, pero la gente como Maggie tenía aristas que la mayoría ni siquiera detectaba. Como en la teoría de las cuerdas, que sugiere la existencia de muchas dimensiones a la vez.

Retomó el diario y fue pasando páginas llenas de detalles del apasionado reencuentro de la pareja, y continúo hasta el día donde el nombre de Rigo se mencionaba de nuevo.

«¿Por qué no respondiste a mis correos electrónicos ni a ninguna de mis llamadas? Te mandé cartas», le reproché. Él no dijo nada. Se apareció en el campamento que organicé, con tiendas de campaña cerca de la orilla, dónde hacíamos pruebas al agua, a la vida vegetal y a todas esas cosas que yo documentaba. Pasaron meses sin que nos habláramos, sin una postal de su parte o una pequeña carta. Ni siquiera sabía si vendría a Campeche, pero ahí estaba. Una noche en la cama, con los brazos y las piernas entrelazadas, le dije nuevamente: «¿Por qué te tardaste tanto tiempo en responderme?».

El cuarto estaba casi oscuro, a no ser por el rayo de luz plateada que atravesaba un lado de la cortina. Incómodo, Rigo se estiró. Pensé que se alejaría, pero más bien contestó: «Solo quería recordar que, por lo menos alguna vez, fui capaz de resistirme a ti».

———

Los camiones barredores de nieve limpiaron las carreteras toda la noche, Lake Shore Drive y la mayoría de las calles. Al día siguiente la ciudad había vuelto a sus actividades. Cuando los muchachos regresaron a casa esa noche, luego de alimentar a las mascotas, recalentaron comida y se pusieron ropa cómoda para ver unos episodios repetidos de los *Expedientes X*. Más tarde se prepararon para acostarse (apenas eran las nueve, pero sus días de fiesta habían quedado lejos). Luis Ángel, que conocía bien a su compañero de vida, le dijo:

—Pronto los dos vamos a tener vacaciones, cariño. Además, tenemos bastantes millas de viajeros frecuentes.

—Qué quieres decir... ¿que deberíamos ir a México? —preguntó Andy, mientras apagaba su cepillo de dientes eléctrico.

Sí, eso era exactamente lo que Luis Ángel quería decir. Tal vez ya fuera el momento de ver cuál era el legado de Maggie en México. Ella no lo había presumido, pero estaba claro que, cuando ella murió, sus proyectos estaban muy avanzados. Luis Ángel pensaba que el viaje podría ayudar para que Andy sanara de la pérdida que todavía lo afectaba profundamente. Durante la semana siguiente, el esposo de Andy consiguió convencerlo de que les vendría bien a los dos escaparse del frío por una semana e ir a la Ciudad de México.

—Nos servirá para sacudirnos y levantarnos el ánimo —dijo Luis Ángel una noche.

—Yo sé lo que nos podría sacudir y levantar el ánimo —dijo Andy, al mismo tiempo que lo abrazaba y le acariciaba el rostro con la nariz. Después de una docena de años, ellos aún eran una pareja romántica y sexualmente activa.

Al día siguiente de que la pareja llegó y se instaló en un hotel de la Ciudad de México, cada uno tenía sus propios planes. Luis Ángel había planeado una excursión para visitar las ruinas de Teotihuacán. Andy iría a Coyoacán para encontrarse con Rico Suave, que en respuesta a su correo electrónico lo había invitado a comer a su casa esa noche. Andy ya había estado antes en México, con Maggie y con su madre, cuando los hermanos eran adolescentes. En aquella época competían para subir corriendo las Pirámides del Sol y de la Luna, y visitaron otros sitios importantes.

Nunca había estado en Coyoacán, pero enseguida se sintió cautivado por su ambiente pintoresco y colorido, por sus calles empedradas, las buganvilias que se veían en todas partes, las boutiques, los jóvenes a la moda y la gente mayor, que parecía estar reflexionando sobre las cosas. Allí era donde Frida Kahlo había vivido con su gran amor, Diego, la rana.

El taxista se detuvo frente a la modesta pero llamativa casa de Rigo.

—Aquí es —murmuró. En cuanto Andy llegó a la puerta, le abrió un hombre que no era tan viejo como su porte hacía suponer. Luego Rigo salió por la puerta principal y caminó hacia Andy. Lo reconoció de inmediato por las fotos (aunque su pelo parecía salpicado de sal y pimienta, y tal vez había engordado un poco). Llevaba una camisa de mezclilla remangada y unos pantalones informales. Rico Suave fumaba en pipa.

—¿Es usted el doctor Livingstone, supongo? —dijo Andy, con una sonrisa al tenderle la mano. Siguió sonriendo, a pesar de que Rigo no hizo caso a la referencia. (Era tan seco como lo había imaginado).

Tampoco Andy se había arreglado del todo para la ocasión, pero vestía en forma adecuada, con una chaqueta de piel, una camisa blanca bien planchada y unos vaqueros. Rigo lo invitó a sentarse afuera, en unas sillas de jardín bajo un toldo con enredaderas exóticas. El hombre que lo recibió en la puerta siguió podando el césped con una máquina manual. Poco después, Andy notó una sombra, parecía que había una mujer detrás de la puerta de enfrente. Luego desapareció. Pasaron unos minutos y salió una niña de unos doce años, que se acercó y se mantuvo parada detrás de Rigo. Los niños nunca ocultan su curiosidad sobre la gente nueva. Miró con discreción a Andy.

—Es mi hija —le dijo Rigo con gentileza, y tomó la mano que la niña había posado en su hombro—. Saluda, Andrea.

Andy notó el parecido, por el tono de su piel y su pelo ondulado, además de cierta forma de comportarse, quizás tímida pero no porque le faltara confianza en sí misma. Rigo le pidió a Andrea que avisara a su abuela que en un momento entrarían a comer. Ella se retiró con lujo de modales. Andy pensó que quizás se portaba así porque había un extraño presente, como suelen ser los niños, que de otra manera se comportarían mal con sus padres. Tal vez no fuera políticamente correcto admitirlo, pero Andy siempre había expresado con claridad que no le gustaba estar cerca de los niños. Por algún motivo, no había imaginado a Rigo como un hombre de familia, pero era probable que dentro de la casa estuvieran su esposa y otros niños.

Por el contrario, cuando entraron en la pequeña casa de piedra y adobe, ordenada y limpia pero repleta de baratijas, la madre de Rigo era la única persona que los esperaba, junto con Andrea, en la mesa arreglada para una comida formal. Si bien se la presentaron por su nombre, Andy decidió llamarla Señora. Se notaba que era ella quien ordenaba en la casa, igual que su propia madre lo había hecho, aun cuando fue Maggie quien se convirtió oficialmente en la cabeza de la familia. Señora era una mujer de aspecto digno, quizá en sus sesentas, con el cabello corto y vestida como si hubiera salido para ocuparse de varios asuntos en esa maravillosa alcaldía; o tal vez así se había vestido para la ocasión. Una tercera posibilidad: al contrario de Luis Ángel y de Andy, que cuando no tenían algún plan podían andar muy desaliñados los fines de semana, había gente que se vestía en su casa como si fueran a participar en la filmación de una telenovela.

Señora y Rigo se sentaron en las cabeceras opuestas de la mesa, mientras Andy fue invitado a sentarse frente a Andrea. Una empleada apareció de repente desde la cocina y dejó una canasta con panecillos calientes sobre la mesa, junto con una jarra de agua de tamarindo fría, para volver poco después con los platos de consomé de pollo. Se oían ruidos que venían de la cocina y Andy imaginó que alguien más estaría preparando la comida.

No sabía cuál sería el momento indicado para darle lo que había traído, pero justo antes de agarrar la cuchara, le entregó a Rigo una caja de zapatos.

—Esta es la correspondencia que a través de los años le mandaste a mi hermana... —Rigo la sostuvo como si dudara de su contenido y Andy agregó—: Pensé que debía regresártela. No sé si has guardado las cartas de Maggie, pero... bueno, aquí están las tuyas... —Miró alrededor de la mesa.

Andrea y la madre de Rigo tenían una expresión de asombro.

Rigo se recompuso. Al abrir la caja vio que era cierto, ahí estaban sus cartas. Con la mirada fija en su contenido, asintió con un pequeño movimiento de cabeza y una expresión que parecía reflexiva, e incluso tierna. Andy, que no era tan hábil con las palabras como su hermana, no logró describir lo que vio, pero allí estaba, ¿ese rostro? Maggie debió haberse enamorado perdidamente.

Rigo le agradeció a Andy, puso la caja sobre el piso y comenzaron a comer.

La conversación parecía más formal que amistosa y de alguna manera un poco cortante, pero era lo que se esperaba. Andy preguntó sobre los estudios de Maggie, con los que Rigo parecía estar muy familiarizado, ya que con frecuencia la había ayudado.

—Aquí le han puesto su nombre a un laboratorio —le contó Rigo.

En realidad, Andy no lo sabía y esa información lo tomó por sorpresa. Se preguntó si podría visitarlo y Rigo le dijo que organizaría la visita. Lo acompañarían él y Andrea.

Se sirvió el plato principal: pollo a la plancha, puré de papas y zanahorias al vapor en trozos. Andy disfrutaba de la comida y la hospitalidad de Rigo, y el entusiasmo por la próxima visita al laboratorio que llevaba el nombre de su hermana lo hizo relajarse. Luego se habló del trabajo actual de Rigo, y resultó que no tenía nada que ver con la ciencia, su trabajo anterior. Ahora era el director de la escuela privada donde estudiaba Andrea.

Esto hizo que Andy volteara a ver a la silenciosa joven y le preguntó:

—¿Tu madre es maestra allí?

Era una pregunta incómoda, pero como no se había mencionado a la madre de la niña, le ganó la curiosidad. En lugar de responderle, Andrea le dirigió una mirada ausente. Se volvió para mirar al padre y después a la abuela, todos tenían la misma expresión.

Rigo se secó los labios con una servilleta y se disculpó para levantarse de la mesa.

Andy lo vio caminar hacia el otro extremo de la casa, tal vez rumbo a una habitación o al baño. Miró a las dos que se quedaron en la mesa y se preguntó si no habría dicho algo incorrecto. Nada lo podía haber preparado para lo que Señora estaba por revelarle. Aún con los cubiertos en la mano, se volvió hacia Andy, luego miró a la niña, para volver a mirarlo a él:

—Seguramente sabe que Andrea es la hija de Maggie —dijo despacio, no muy segura de que Andy hablara español con suficiente fluidez como para entender la gravedad de la información.

Él no sabía nada de eso. Estuvo a punto de reírse. Era absurdo lo que acababan de decirle. ¿Qué pretendían? Por supuesto que Rigo y Maggie se conocían desde hacía años, como enamorados y colegas. Pero si su hermana hubiera tenido un hijo, él lo habría sabido. Se lo habría dicho a su madre. Los tres habían sido leales entre sí y cuando tenían necesidades se apoyaban y trataban de reconfortarse. Desde que el padre de Andy y Maggie se había marchado, cuando eran niños, estaban unidos para sobrevivir y salir adelante juntos. Andy miró a Andrea, que lo había estado observando durante toda la comida. Se le llenaron los ojos de lágrimas.

—¡No llores! —le dijo la niña—. Si tú lloras, yo también voy a llorar. —Le tembló el labio superior.

Andy se quedó boquiabierto. Eran las palabras exactas que Maggie solía decirle a él de niños, cuando se acurrucaban en la oscuridad mientras sus padres discutían en la otra habitación o cuando Andy sufría alguna decepción y su hermana lo consolaba: «No llores», le decía ella, «si tú lloras yo también voy a llorar».

—Era lo que su madre siempre le decía —le explicó Señora a Andy—. Todas las veces que ella tenía que irse a alguna parte, en viajes de trabajo, o cuando iba a Chicago... —La mujer suspiró—. Pero nosotros siempre estamos aquí, ¿no es verdad, mi reina? Tu abuela y tu padre estamos siempre aquí para ti, para cualquier cosa que necesites.

Andrea bajó la vista y siguió comiendo.

Rigo regresó a la mesa, tal vez ya listo para la conversación que sin duda quería tener Andy ante la noticia de que su hermana había sido madre. Esperó a que Rigo lo mirara a los ojos, pero como no lo hizo terminó por decirle con voz incierta:

—¿Por qué no me lo dijo mi hermana? ¿Por qué no le contó a nuestra madre que tenía una nieta? Ella la hubiera ayudado a cuidar a Andrea...

Un sinfín de preguntas brotaba de su mente, junto con todos los ¿por qué...? Se sintió cada vez más desconcertado.

Rigo apretó su mandíbula. No era difícil imaginar que ese hombre tenía carácter fuerte y que combinado con el combustible que tenía Maggie probablemente habrían formado un cóctel Molotov.

—Andrea —le dijo su abuela—: ¿Por qué no vas a ver si las gallinas han puesto algo hoy? Pídele a don José que te ayude.

La niña no protestó, pero se levantó de mala gana, empujó su silla y se fue, obviamente decepcionada porque se perdería el resto de la conversación. Don José era el jardinero. Andy no había visto un gallinero, pero no le sorprendió que la familia tuviera uno. Cuando eran niños, Andy y Maggie habían ido a visitar a sus abuelos al pueblo donde vivían, en las afueras de la Ciudad de México. Su modesta casa la había construido su abuelo. Tenían gallinas, algunas cabras y cerdos. Además, en un pequeño huerto cultivaban frijoles. Todos los días el anciano abuelo ponía a los hermanos a trabajar.

Fue Rigo quien comenzó:

—No nos enteramos del accidente de Maggie hasta una semana después de su muerte. Cuando dejó de comunicarse llamé a su universidad y me lo dijeron, fue una noticia devastadora... especialmente para Andrea. Ni siquiera nos avisaron del funeral.

Andy sintió que se hundía en esa silla de respaldo alto. Ni siquiera sabía que Rigo estaba en la vida de su hermana, y mucho menos que ella vivía con él una realidad aparte. Ahora, al ver que tenían una hija, se sentía mal al pensar que sin querer los había privado de su derecho a despedirse.

—No seas injusto —dijo Señora a su hijo—. Tú sabías que Maggie nunca le contó a su gente en Chicago que tenía una hija.

Andy negó con la cabeza. No se podía entender. Maggie era compasiva, dedicada, confiable.

Luego de que su padre los abandonó, Andy y Maggie juraron que nunca se verían atrapados en la misma situación que su madre. Ella había tenido dos trabajos para mantener a la familia y nunca disfrutaba de un día libre. Después, cuando Maggie entró a la universidad, su madre alardeaba siempre de la independencia de su hija. Parecía que una mujer no podía alcanzar mayor logro que vivir para sí misma.

Tras esa semana de nieve, que comenzó con una tormenta el día de San Valentín, Andy había dejado de revisar lo que había en el contenedor. No se sentía bien al invadir la privacidad de nadie, incluso si ya hacía tiempo que esa persona había muerto. Ahora, Andy quería saberlo todo. Se inclinó hacia Rigo.

—¿Estabas casado con mi hermana?

—No —dijo Rigo—. Lo hablamos durante su embarazo. Pero discutíamos mucho...

Al oír esto, Señora levantó las manos con un «¡Ay!» y asintió como si diera fe de esa afirmación.

—No parecía ser el camino correcto, por supuesto —dijo Rigo—. Pero por el bienestar de la bebé llegamos a un arreglo. Ella se quedaba aquí en una habitación con Andrea. Maggie y yo nos llevábamos de maravilla en nuestro... bueno, en su trabajo, y en los asuntos cotidianos, en los planes que hacíamos siempre teniendo en mente lo mejor para nuestra hija. Pero...

—Tu hermana era libre de ir y venir de aquí como quisiera y necesitara. Sabía que su hija estaba en buenas manos y bien cuidada —concluyó Señora.

Andy se echó hacia atrás. Sentía como si alguien le hubiera arrojado un costal con veinte kilos de harina en el pecho. Maggie no era como su padre, ella nunca habría abandonado a su hija, se dijo. No importa dónde viviera o con quién dejara a Andrea cuando su trabajo se lo exigía, ella siempre regresaba, siempre proveía. Ella siempre amó.

Pero ¿por qué no se lo había dicho a su hermano? ¿Habría pensado que Andy era demasiado criticón como para confiarle una decisión tan importante, la de dejar a su hija en México con el padre?

Nunca se había considerado alguien con doble moral para juzgar a su hermana. Una mujer podía ser madre y seguir una carrera sin tener que sacrificar ninguna de las dos cosas. Una madre soltera y trabajadora necesitaba apoyo. Maggie era ingeniosa y estable en lo económico, podría haberlo resuelto en Chicago. No estaba de más decir que contaría con su madre, y Andy también la habría apoyado. ¿Dudó de ellos? Por otro lado, su madre se había jubilado temprano, enferma y cansada de las exigencias de la vida. En aquel entonces, Andy no ocultaba que su vida social lo era todo para él.

Andy observó ahora el rostro de Rigo; las líneas profundas de su ceño parecían indicar que era alguien serio, pero quizás no fuera tan severo. Parecía que el enamorado de Maggie no tenía ningún problema en ser el factor estabilizador en la vida de su hija. Muchos hombres dejan sus hogares por largos períodos, con el propósito o la excusa de mantener a sus familias. Mientras tanto juegan golf, tienen aventuras y en esencia llevan una vida aparte; algunos incluso forman otras familias y todo se justifica diciendo que son proveedores. «¡Qué buenos hombres!», decía la gente. ¿Pero cuando era una madre la que hacía lo mismo? «¡Qué mujer tan mala!» era el usual adagio injusto. Su hermana tenía todo el derecho a diseñar su propia vida.

—Ella nunca nos habló de Andrea —fue todo lo que Andy pudo decir mientras miraba a Señora.

La madre de Rigo respiró hondo y contuvo el aire por un momento, como si contara hasta diez en silencio. Luego dijo:

—A Andrea no le ha faltado nada aquí con su padre. Tu hermana debe haber tenido sus razones para no llevar a su hija a Estados Unidos. Pero era una mujer profesionista con muchas obligaciones. Yo la comprendía porque también fui una profesionista. Fundé la escuela en la que trabaja mi hijo y donde estudia Andrea. La dirigí durante mucho tiempo. Rigo y sus hermanos estudiaron allí. Nadie se sintió desatendido a causa de mis compromisos.

»Gran parte de la crianza de los hijos se deja a cargo de la mujer que los ha dado a luz. Debes tener para tu hermana, que en su santa paz descanse, una mayor consideración. No pienses que fue menos madre porque no llevó a Andrea a Chicago. Maggie sabía que la niña estaba en excelentes manos, en un hogar estable, y que su padre la amaba con ternura. Sospecho que pensó que su familia en Chicago no aprobaría un acuerdo tan poco convencional, aunque no tuviera nada de malo. Nada en absoluto.

Señora se detuvo y tomó su vaso. Parecía que a ella también la había golpeado un costal de harina. Se veía triste, preocupada por su hijo, su nieta, la fallecida Maggie y tal vez por todo el mundo. Andy se dio cuenta de su mirada, la gente de su edad miraba así la mayor parte del tiempo. En ese momento reconocía en la curvatura de su boca la acumulación de golpes inesperados de la vida. La vejez no venía solo con dolores en el cuerpo sino también con costales voladores cargados de sorpresas, que te golpeaban justo en el pecho y te dejaban sin aire.

Como sabía que su hermana era tan precisa en todo lo que hacía, incluso en sus cálculos, estaba seguro de que su maternidad no era solo algo que le hubiera «pasado». Tal vez, una posible razón de que Maggie no le dijera a su familia de Chicago que había dado a luz a una hija fue el hecho de que ella, una feminista que cumplía todos sus planes a su manera, no tenía ningún problema en que su hija se quedara bajo el cuidado del padre.

Pero la dinámica familiar tenía más que ver con emociones que con ideologías. Su hermana y su madre siempre estaban unidas, pero Andy había sido testigo de cierta presión ejercida sobre Maggie para que sobresaliera como mujer. Su madre no quería que nada se interpusiera en el camino del éxito de su hija y aunque ella misma había sido ejemplar al cuidar a sus hijos por sí sola, era evidente que también lamentaba que las circunstancias de la vida hubieran reducido a un mínimo sus propias opciones. La sola idea de que la carrera y la independencia de Maggie se vieran comprometidas por tener una familia era impensable. Para no decepcionar a su madre, la hermana de Andy se dividió, como una célula, en dos identidades separadas.

Andy dejó de ver a Señora para mirar a Rigo. Era carismático, experimentado. Tal vez él podría encontrar a alguien y formar una nueva familia, planear momentos brillantes y hermosos, nacimientos, vacaciones, y vivir las primaveras que le quedaban. De hecho, Andy y Luis Ángel aún tenían años por delante para cumplir sus sueños de formar su propia familia. Los días de fiesta habían quedado atrás, ahora Andy se podía imaginar como un padre. Tal vez Rigo les permitiría llevar a la niña a Estados Unidos bajo su cuidado. A Maggie le habría gustado.

Andrea regresó y fue directamente hacia su padre. Puso los brazos a su alrededor y él hizo lo mismo, como para asegurarle que no había problemas:

—Todo está bien, Andi —susurró Rigo al oído de su hija.

—¿Andy? —repitió Andy.

—Sí —dijo Señora—, se llama Andrea como el padre de Maggie, Andrés.

A Andy también le habían puesto el nombre de su padre.

—Yo también soy Andy —dijo.

Maggie no tenía buenos recuerdos de su padre, pero en realidad podría haber llamado a su hija como su hermano. La niña sonrió y, al recordar que tenía frenos dentales, rápido se cubrió la boca con la mano. Su sonrisa no se parecía a la de Maggie, tal vez fuera la de Rigo, que aún no había sonreído mucho, así que Andy no estaba seguro, pero al fin y al cabo era su sonrisa. Andrea se estiró y puso el otro brazo alrededor de su tío.

—Tienes que ser fuerte —le dijo la niña a Andy, o tal vez a su padre—. Como en la teoría de la evolución, ¿sabes? Solo los fuertes sobreviven.

Allí estaba ella, pensó Andy, esa valiente hermana que por siempre extrañaría, Maggie con diamantes en los ojos.

Ada y Pablo

TODOS ESTABAN DE acuerdo en que Ada y Pablo eran un buen matrimonio. Se conocieron cuando él llegó de Veracruz para cursar estudios de posgrado en la UNAM, la universidad nacional en la Ciudad de México, donde nació Ada. Ella estaba terminando la carrera de enfermería. La boda fue espectacular. «Solo nuestra familia más cercana», decía Pablo después, y se reía al recordar aquel centenar de parientes y amigos que vinieron desde Veracruz. Los «más cercanos» de Ada, que estaban todos en la capital, duplicaron la lista de invitados. Después de la más breve de las lunas de miel, en Cozumel, los recién casados partieron hacia Nueva York, donde Pablo había recibido una beca de investigación. Tiempo después, regresaron con un niño. Él consiguió trabajo como ingeniero civil y Ada se convirtió en ama de casa. Tenía familia cerca que la ayudaba y parecía contenta.

Ada estaba contenta.

Fue después del nacimiento de su segundo hijo que la joven esposa y madre se fue convirtiendo lentamente en una babosa de jardín. «Gris todo el tiempo», así lo expresaba ella. Más adelante, esa condición sería identificada como depresión posparto. Para entonces, los más preocupados por ella pensaron que tal vez necesitaba nuevas ocupaciones fuera del hogar. Se inscribió en una clase de ejercicios aeróbicos. Al asistir al grupo de bordado de una vecina, se volvió una anciana. Ada quería valerse de sus conocimientos y con el tiempo consiguió un trabajo como enfermera en una clínica privada.

En el trabajo pronto demostró ser muy competente como administradora y, en poco tiempo, dejó de ser la enfermera asistente del doctor Cardona, fundador del centro médico especializado en la salud de la mujer. Ahora se hacía cargo de absolutamente todo. Como gerente de la oficina, se sentía orgullosa por la confianza que todos le tenían y su administración era de una eficiencia impecable.

Cuando el doctor Cardona se preparaba para jubilarse, contrató a un nuevo médico para que se encargara de los pacientes.

La primera impresión de todos fue que el joven médico era una excelente elección. El doctor Almazán Robles se había graduado como el mejor de su clase y tenía experiencia. Si a eso se le añadía que se comportaba con modestia, no se le podía reprochar que fuera tan guapo aunque un par de mujeres del personal se quejaran de que podría ser una distracción. Ada notó que algunas pacientes hicieron citas solo para que las atendiera el nuevo médico.

La misma jerarca de la clínica se sintió alborotada por la presencia del nuevo médico, pero su reacción también se podría atribuir al Cambio, que en los últimos tiempos le causaba molestias que no hallaba cómo aliviar. Despertarse en la madrugada con las sábanas empapadas de sudor hizo que Pablo, que siempre había sido un marido considerado, se cambiara al cuarto de invitados.

Todos los días del año, la vida de Ada transcurría de forma tan predecible como el paso de las estaciones. La pareja organizaba cenas los domingos. Ella y Pablo se iban de vacaciones dos veces al año: una para visitar a la familia de Veracruz y la segunda en pos de su propio bienestar mental, una semana a un centro turístico o tal vez hacían algún viaje por el extranjero. A ella le había gustado especialmente Florencia y ver la estatua de David. Si bien algunos podrían sostener que el Louvre es el punto culminante de un recorrido por París, el que guardaba como su mejor recuerdo fue un apacible paseo por las Tullerías, abrazada a Pablo en un día de primavera.

Una vez al año, su esposo viajaba solo. Desde que se graduó de la universidad en Veracruz, antes de conocer a Ada, él y un grupo cerrado de sus compañeros de estudios se reunían allí todos los veranos. Por lo que Pablo contaba, habían estudiado juntos, festejaban juntos y se daban una mano cada vez que lo necesitaban. Incluso ahora, no era extraño que recibiera una llamada de alguno de ellos para pedirle consejo y apoyo, debido a un divorcio o una crisis profesional. Por supuesto, en el pasado hubo algunos romances entre ellos, lo admitía, pero nada serio, y la mayoría seguía manteniendo la amistad después de casarse o de superar las excesivas demandas de la vida. Se reunían todos los años en Veracruz, siempre en la misma fecha.

Después del trigésimo aniversario de Ada y Pablo —y de las vacaciones al estilo luna de miel que se tomaron para celebrarlo: un crucero por el Caribe—, el esposo partió para su reunión anual. Fue entonces cuando Ada notó por primera vez cierta ansiedad. Había días en que hubiera querido desaparecer y no sentir nada. Pasaba noches enteras con los ojos desorbitados por el insomnio. «Lo gris» había regresado. Algunos días la acechaba, no como una nube lúgubre, sino como un piano sostenido con cuerdas, que desde lo alto está a punto de caer sobre su cabeza. La mayoría de las veces, se le deslizaba por debajo de la piel y le provocaba escalofríos, como si estuviera en una cueva húmeda, incluso cuando sentía vergüenza por estar toda empapada en sudor.

La pobre mujer no podía pasar ni un día sin alguna molestia o queja. En la cena del domingo anterior, por ejemplo, después de que sirvieron el postre, se enojó muchísimo y los mandó a todos a sus casas. Esa noche, Ada se negó a llevar a Pablo al aeropuerto; era la primera vez que sucedía y no tenía ninguna buena excusa más que su mal humor. Su esposo siempre había sido un hombre ecuánime y valoró el estado actual de su esposa. Lo toleró todo con un estoicismo que con frecuencia se atribuía a los hombres buenos y comprensivos.

El lunes, el doctor Cardona, su médico de confianza, le recetó pastillas con hormonas.

Cuando Pablo salía de la ciudad, Ada nunca alteraba su rutina. Comía sola en casa. Las muchachas que trabajaban para la pareja observaban a su patrona, sentada ante la mesa del comedor mientras comía con tranquilidad y leía una revista, o veía a los pinzones que acudían a los comederos de la terraza, y continuaba su vida como si toda la familia estuviera allí, cual fantasmas ocupando sus lugares.

Ada aceptaba todos los ritmos de la vida, porque si bien no los eligió, sí los había heredado. Comprendía la diligencia que requería su profesión. Su madre también pasó largas horas como enfermera en el hospital. Pablo y Ada vivían en el departamento que les había dejado la familia de Pablo. Existían normas y costumbres que debían aceptar, y Ada hizo todo lo posible por defenderlas, al igual que sus hermanos, su esposo y los hermanos de su esposo, todos ahora jefes de familia.

Cuca, una de las muchachas (que después de décadas de servicio ya había dejado de ser tan muchacha), iba al mercado todas las mañanas. Aunque la carga de ropa se había reducido mucho desde que los niños crecieron, Mirta, la otra empleada, lavaba a diario desde temprano y colgaba las prendas en la azotea, tres pisos más arriba. En el pasado, se encargaba de los pantalones sucios de los muchachos, de sus uniformes y de su ropa deportiva. Ahora eran sobre todo toallas, servilletas y las prendas de Pablo, que podían ponerse en la lavadora.

La delicada ropa interior de Ada se lavaba a mano en el fregadero de la azotea. Mientras tanto, la señora de la casa no hacía nada distinto de lo que hacía cuando Pablo estaba. De lo contrario, sería como perder un punto tejiendo una enorme manta de croché: tendría que desentrañar toda su historia y empezar de nuevo.

Sin embargo, este año se sentía diferente.

Ya había comenzado el tratamiento hormonal que le prescribió el doctor Cardona, pero la indefinida aprensión que sentía se mantuvo constante. Ada se puso en contacto por teléfono con Evi, la madrina de su hijo menor y su amiga más antigua. Su comadre estuvo de acuerdo con el médico. Eso gris que asediaba a Ada tenía que deberse al Cambio.

—Sabes —le dijo— aunque una mujer ya no quiera tener más hijos, cuando pasas por la menopausia experimentas una especie de luto.

—¿De luto por quién? ¿Por la muerte de mis óvulos? —exclamó Ada—. ¿Te sentiste así cuando pasaste por el Cambio? —Su amiga jamás había expresado deseo de tener hijos y nunca los tuvo.

—No —dijo Evi—, pero he oído hablar de mujeres que se han sentido así.

Ada apreciaba las buenas intenciones de su amiga, pero no extrañaba a los bebés. Tenía un nieto, que era lo más dulce sobre la Tierra, pero le recordaba lo pesado que había sido tener que cambiar pañales y no poder dormir porque el llanto de un bebé hambriento la despertaba a todas horas.

Pero algo había en esa sugerencia de la comadre con respecto a un arrepentimiento indefinido, o tal vez a una añoranza. ¿Pero de qué? ¿De la juventud? ¿De ese cuerpo que en alguna época se acostumbró a llamar la atención de la gente en la playa? Se le estaba disipando la energía que antes le sobraba al hacerse cargo del hogar, administrar los horarios de los niños y responder a las necesidades de su esposo (como él trabajaba muchas horas, siempre le pedía ayuda), pero además de todo eso debía supervisar la clínica. Ya no tenía que hacer ni la mitad de lo que hacía antes y, sin embargo, siempre estaba exhausta. Incluso su interés por las actividades diarias se había desvanecido.

Ahora, ya sin sus hijos ni Pablo alrededor, Ada tomaba su baño nocturno con sales minerales, que fielmente le preparaba Mirta antes de subir a su cuarto a descansar. Fue mientras se remojaba, con los ojos cubiertos por una mascarilla de gel y aspirando la fragancia a jazmín de las velas perfumadas, que la señora de la casa se dio cuenta de qué le faltaba en los últimos tiempos: habían pasado meses sin que ella y Pablo intimaran. ¿Los hombres también atravesaban algo parecido al Cambio? En tiempos recientes, esas reflexiones saltaban de repente como sábalos, para perturbar su equilibrada existencia. Pero eso no era todo y, al final de esa semana, Ada ya nunca volvería a ser la misma.

Todo empezó con un café con el nuevo médico. Aunque siempre tenía a mano un café, cuando el doctor Almazán Robles asomó su abundante cabellera en su despacho y la invitó a salir por uno, así, sin más, Ada se olvidó de la cafetera eléctrica que tenían en la sala del personal; esa misma que ella usaba todas las mañanas.

—Tienen el mejor capuchino —dijo, mostrando su reluciente sonrisa Colgate—. ¡Yo invito!

El cabello desaliñado y la barba enredada harían que cualquier otro se viera descuidado, pero en él reclamaban una sesión de fotos, y su mirada fija en ella, esperando una respuesta, casi le provocaron a Ada un ligero desvanecimiento. Tratando de reponerse, levantó las comisuras de los labios y parpadeó forzadamente.

Ada sintió que su cabeza decía que sí —con el mismo corte de cabello desde hacía más de una década, medio largo, y con el único par de anteojos para leer que había tenido; con la pintura del lápiz labial hipoalergénico y neutro que se aplicaba una vez al día, y que para entonces ya estaba medio diluido— asentía.

Y bueno, por supuesto que a «sus enormes ojos color avellana», como le dijo Maya, su asistente, cuando Ada mencionó la invitación del nuevo médico, «¿quién podría decirles que no?».

La jefa de la administración sintió que su rostro se sonrojaba con el comentario, o tal vez sería otro de sus bochornos, y decidió no darle mucha importancia a la invitación. Lo más probable era que el médico quisiera conversar sobre algún tema relacionado con la clínica que, en su opinión, podría hablarse mejor lejos de los oídos de los demás. Ir a tomar café, incluida la caminata de ida y vuelta, duraría cuarenta y cinco minutos como máximo, especialmente si lo pedían para llevar. *No habrá tiempo para decir mucho*, pensó.

De milagro encontraron dos asientos juntos en el concurrido café. El doctor Almazán Robles —dime Mauro, le insistía— parecía sonreír todo el tiempo, tal vez porque su belleza le permitía tener un aura de seguridad en sí mismo, o tal vez la sonrisa era una extensión de su personalidad profesional. Sonreía cuando le dijo a Ada, mientras esperaban los capuchinos y también los pasteles que insistió en pedir:

—Esa bufanda es muy bonita. —Sorprendida por el cumplido del médico, acercó sus manos sobre la bufanda de seda, justo cuando él agregó—: Va muy bien con tu cutis.

Ada no sabía cómo tomar los halagos del médico y, para su espanto, sintió que bajaba la mirada como una colegiala tonta.

La bufanda había sido un regalo para el Día de la Madre por el cual no podía atribuirse algún mérito. Pero en cuanto a su cutis... todo lo que usaba era una crema Pond's. Viniendo de un médico, ¿qué podría significar el halago a un buen cutis? Cruzó por su mente que el doctor Cardona podría haberle hablado de sus recientes problemas de salud. Tal vez el nuevo médico se compadecía de ella. Oficialmente era una mujer de mediana edad. Sí, este debía de ser el propósito de la reunión.

Si así era, nada relacionado con su estado mental o físico salió a colación. En lugar de eso, hablaron banalidades, disfrutaron del café, que estaba muy bueno, y de los postres (con sus malvadas calorías), y volvieron rápidamente a la oficina.

Aquella noche, cuando Pablo llamó, igual que siempre a las siete en punto, y le preguntó cómo había estado su día, si había alguna novedad, ella dijo que no. Quería hablarle de la invitación que le hizo el nuevo médico o, al menos, de que valía la pena la cafetería de la esquina de la clínica, que había estado abierta durante años pero que ella nunca se había molestado en conocer. Quizá podrían ir juntos alguna vez. Pero evitó hablarle de la invitación, consciente de que esto podría despertar dudas sobre si tenía algo que ocultar. Que no era así.

Al día siguiente, todo en la oficina transcurrió como de costumbre. Maya preguntó si el doctor Almazán Robles había vuelto a hablar con ella. No lo había hecho.

—Ni siquiera un: «Qué lindo día, ¿no?» —preguntó Maya.

No, nada.

—¡Ah, sí! —dijo Ada, dándose la vuelta. La asistente se detuvo en seco, lista para enterarse de los chismes de la oficina—. El doctor Almazán Robles pidió que le dejáramos el correo en su escritorio para que no tenga que ir a buscarlo.

Maya estaba decepcionada y Ada sonrió, como si disfrutara al molestar a la joven. En realidad, era Ada quien estaba decepcionada.

Sin embargo, la mañana siguiente iba a ser distinta. Las nubes se disiparon y el sol volvió a brillar cuando Mauro entró en el pequeño despacho de Ada. Era miércoles, el día en que trabajaba hasta tarde.

Viajar de ida y vuelta para ir a comer en su casa le llevaba demasiado tiempo. Los miércoles por la tarde sustituía a la otra enfermera y le tocaba cerrar. Por lo tanto, acostumbraba a comer en la oficina, ya fuera algo que Cuca le había preparado y llevaba en una bolsa para el almuerzo, o comida rápida que le traía alguien del personal.

—¿Tienes planes para hoy... para comer? —le preguntó Mauro. No usó un tono de voz que pudiera oír cualquiera que anduviera cerca, sino uno más discreto. Ada pensó en el Tupperware que estaba en su mesa, en el sándwich que Cuca le había preparado cuidadosamente, siempre con rodajas de pepino. Le resultaba difícil saber de dónde había sacado Cuca la idea de añadir rodajas de pepino a todos los bocadillos, pero ya fueran de jamón, de pollo o pescado, los incluía. De postre, una pera, una manzana o una naranja.

—Sí —dijo Ada—. Es decir, ¿no...? —Se recompuso.

Mauro le sonrió, como si supiera el efecto que tenía sobre ella, porque así sucedía con todas las mujeres, y dijo:

—Vamos a comer juntos. Conozco un lugar en Insurgentes...

—¿Insurgentes? —repitió, como si ella, nacida y criada en esa ciudad, nunca hubiera oído hablar de su avenida más larga.

—No está tan lejos, Ada —dijo Mauro, pues obviamente pensaba que esa era la razón de su duda—. Podemos caminar hasta allí. Voy a llamar para reservar una mesa. A ti te gusta caminar, ¿verdad?

Ella asintió, con bastante entusiasmo, pero en realidad Ada odiaba caminar. Pensó que debería portarse como una buena compañera de equipo y sacó un par de zapatos deportivos ya gastados, que desde los ochenta tenía aún en un cajón, cuando sus hijos estudiaban en la preparatoria y participaban en todo tipo de clases y juegos; ella mataba el tiempo haciendo pilates antes de ir a buscarlos.

Cuando llegaron al restaurante de Insurgentes que Mauro recomendó, su mesa estaba lista.

—Me gusta venir aquí —le explicó a Ada—, pero mi trabajo no me deja mucho tiempo. —El anfitrión los condujo a través de la bulliciosa atmósfera del moderno local hasta un amplio comedor al aire libre—. Es un día muy hermoso —le dijo Mauro a Ada, mientras el anfitrión colocaba la servilleta de tela en su regazo—. Cada vez que puedo trato de aprovechar la oportunidad de estar al aire libre. —Suspiró. También ella respiró hondo, como si estuvieran en los Alpes y no en esa ciudad llena de esmog. *Sí*, pensó Ada, *era un bonito día, inesperadamente brillante*. De hecho, algunos podrían incluso decir «deslumbrante».

Cuando sus hijos eran niños, ella y Pablo iban a sus partidos de fútbol. En familia jugaban al tenis. Salían a tomar sol cada fin de semana. Tal vez eso era lo que necesitaba y no recetas médicas. El sol, la amigable actitud positiva del doctor, el almuerzo afuera, todo eso la puso de un raro buen humor.

Era fácil relajarse con la charla divertida, aunque superficial, de Mauro. Él hacía pocas preguntas y contaba un sinfín de anécdotas: como cuando se topó con el presidente del país, justo afuera de ese mismo restaurante, mucho antes de que se postulara para presidente, por supuesto, y la vez en que Mauro andaba trotando y se cruzó con un hombre que estaba sufriendo un infarto. Lo ayudó y después se enteró de que el paciente inesperado era el actor de telenovelas favorito de su madre: «¡Enrique Lizalde!», Mauro lo dijo como si estuviera anunciando una carta de la lotería. Con la cuchara llena de una exquisita crema de calabaza en el aire y con una sonrisa ausente, Ada hizo todo lo posible para ocultar su ignorancia con respecto a las telenovelas.

—El de *Corazón salvaje* —dijo Mauro—. ¿Qué? ¿No ves telenovelas? Dios mío, estoy con la única mujer en México que no vio esa serie.

Se encogió de hombros, como si se disculpara, y se concentró en la sopa. Durante años, los días de Ada, incluso los domingos, cuando la familia se reunía, eran para hacerse cargo de la oficina y de la casa, y por la noche un buen libro para conciliar el sueño.

Mientras les servían los platos fuertes dejó volar su imaginación para evocar su propia telenovela, con una escena que iba más o menos así: *Mauro, esto no tiene futuro... tú sabes que soy una mujer casada. Y nuestra diferencia de edad... bueno, sí, sé que no es tanta, pero aun así ¿qué va a decir la gente?* La trama dio un giro cuando un atractivo transeúnte interrumpió abruptamente su almuerzo.

—¡Mauro! —con un grito y levantando la mano para saludar, se acercó un hombre de complexión delgada y un entusiasmo desbordado. Estaba impecablemente vestido con un suéter de cachemira abotonado y llevaba unos relucientes lentes de sol Ray Ban, tipo aviador. De su hombro pendía una bolsa de plástico con ropa de tintorería colgada en ganchos.

El médico se puso de pie y le indicó que se acercara. Cuando el muchacho lo hizo, se hicieron las presentaciones apropiadas y Juan Felipe, así se llamaba, aceptó la invitación del médico para unirse a ellos.

—Si ya comiste, al menos toma café y un postre, o una copa de vino —sugirió Mauro, mientras le acercaba un asiento a su amigo antes de volver al suyo.

Juan Felipe se sentó y recorrió su silla cerca de la de Mauro. Le dio la ropa al camarero, que en seguida se había puesto a su disposición, y pidió un Campari. Cuando lo trajeron, Juan Felipe bebió un sorbo, agitó el líquido en el vaso y miró con curiosidad a Ada:

—Tienes una cara bonita, querida. Pero creo que si hicieras algo con tu cabello —digamos que si lo llevaras más corto— te quitarías años de encima —le dijo.

Mauro se puso pálido.

—Juan Felipe... por favor. Es mi nueva jefa. Se ve muy bien. —Con un aire insolente, su amigo le dio un sorbo a su bebida. Ada, que no estaba acostumbrada a perder el control por comentarios malintencionados, y mucho menos por los de un desconocido, se acarició el pelo con cierto desconcierto.

Fue Mauro quien cambió de tema y le dijo a su amigo:

—El esposo de Ada es de Veracruz, como tú. —Las preguntas comenzaron a ir y venir, un poco como si fuera un partido de tenis, o tal vez Juan Felipe tenía la verdadera intención de confirmar la «Teoría de los seis grados de separación», aquella que afirma que los amigos de los amigos tienen una alta probabilidad de conocerse. Hasta que llegó a la conclusión de que sí conocía a Pablo, aunque no personalmente—. ¡Sí, sí! —dijo él, y pasó un brazo alrededor de la silla de Mauro, mientras en la otra sostenía el vaso de Campari, y miró hacia Ada. Ella se ajustó el cuello, luego las gafas de sol y por fin le devolvió la mirada.

—Pablo está en Veracruz ahora, ¿correcto? —preguntó Juan Felipe. Ella se sintió apenada.

—Él y su tripulación salen hoy a hacer rafting —dijo a continuación el amigo de Mauro, como si acabara de convertirse en Walter Mercado, el astrólogo de la televisión que todas las noches ofrece pronósticos del zodiaco frente a una bola de cristal.

—¿Cómo sabes todo esto? —le preguntó Mauro a Juan Felipe, mientras acomodaba un mechón de cabello sobre su oreja. *¡Ave María!*, pensó Ada. *¿Nunca deja de verse guapo?* Si después del almuerzo él le sugiriera ir a un hotel cercano, bien podría decirle que sí. Un instante después, se disipó la más remota posibilidad de esa idea tan absurda. Al inclinarse para alcanzar una servilleta, que se había caído durante el alboroto de la llegada de Juan Felipe, vio la mano de Mauro sobre la rodilla del otro hombre.

—¿Cómo es que... sabes que mi esposo está haciendo rafting hoy? Hablé con él anoche y nunca lo mencionó —dijo Ada.

—Pues, así es, *darling* —dijo Juan Felipe. Él le decía a todos *darling*, en inglés. Y pronunciaba la palabra haciendo vibrar la R.

Después del café y de compartir una rebanada de pastel tres leches, Mauro insistió en pagar la cuenta. Mientras todos se disponían a seguir con sus vidas, Juan Felipe le dijo a Ada:

—Tal vez deberías preguntarle.

Ada lo miró fijo nuevamente, se sentía como un conejo a punto de convertirse en estofado.

—Pregúntale a tu hombre, *darling* —dijo Juan Felipe—. Hazle todas las preguntas que quieras. Después de todo, eres su esposa.

Si te encogieran para meterte en un globo que están por llenar de helio —asumiendo que aun así pudieras respirar allí dentro—, te verías a ti misma flotando en la oscuridad, rebotando entre superficies, preguntándote a la vez hacia dónde te llevaban; así fue como se sintió Ada el resto del día y al atardecer.

Como sabía que ella trabajaba hasta tarde, Pablo esperaba para llamar cuando ya estaba en la cama. A su lado: el té de manzanilla que le había preparado Mirta, *La Jornada*, un cuaderno para anotar lo que tenía que hacer al día siguiente, mientras seguía en ese confuso globo.

—¿Cómo estuvo tu día? —le preguntó, con una voz que sonaba acusatoria pero no inquisitiva, como ella hubiera querido.

Cuando Pablo se lanzó a contar con entusiasmo su evento de *rafting*, Ada llegó a dos conclusiones. Juan Felipe conocía a las mismas personas y, segundo, era un cabrón. ¿Por qué todas esas insinuaciones? Su hombre había estado yendo a reunirse con sus amigos desde hace años. Era su semana. ¿Qué tenía de sospechoso lo que hacía? Sin embargo, a pesar de la píldora de Ambien que tomó antes de acostarse, se la pasó inquieta toda la noche.

Al día siguiente, tan pronto Ada llegó a su casa más o menos a las mismas dos y media de siempre, sin detenerse a lavarse las manos para ir directamente a su solitario comedor, revisó una vieja libreta de direcciones que estaba en el escritorio de Pablo, donde encontró el número de teléfono de una de las mujeres de su grupo, Juliana Short. *Era sospechoso*, pensó, *llamar a la vieja amiga de Pablo*. La camarilla era leal. Sin embargo, como era una de las pocas mujeres, tal vez Juliana podría estar dispuesta a revelarle algo a una esposa obviamente desesperada. El dedo de Ada temblaba mientras presionaba los números del teléfono para llamar a Veracruz.

Se habían visto unas cuantas veces a lo largo de los años, siempre en ocasiones especiales. La amiga de Pablo no había asistido a la boda, pero estuvo en el bautizo de Víctor. Juliana le regaló al bebé una elegante alcancía infantil de plata pura de Taxco, llena de monedas de oro. Ada le envió una tarjeta de agradecimiento, y después Pablo le sugirió que también le enviara flores. Ada así lo hizo. Años más tarde, ya casada, Juliana apareció con su marido para la cena por su décimo aniversario, en un restaurante de Polanco.

El tiempo pasó y cuando Pablo cumplió los cincuenta, fue una sorpresa ver llegar a una Juliana soltera a la plaza Garibaldi. La velada había sido organizada para las parejas del club de cartas al que Ada y Pablo pertenecían; jugaban los viernes por la noche y se reunían en eventos como ese. La mayoría de sus amigos llegaban a los cincuenta ese año, así que Ada pensó que no era tan extraño que una de sus amigas de la universidad quisiera celebrar con él. Que Juliana volara desde Veracruz era un indicio del afecto que se tenían desde hacía mucho tiempo.

La amiga del alma de Pablo ya era una mujer madura, pero aún se hacía notar entre la multitud. Esa noche, el afro de Juliana estaba cubierto por una peluca impecablemente peinada de color castaño rojizo y, aunque su figura había embarnecido con los años, parecía que lo había hecho en todos los lugares correctos, cualquier cosa que eso signifique. Y lo que esa noche significó, durante el cadencioso baile que Pablo compartió con su vieja amiga, fue que Juliana se robó el show.

Ada no le dio mucha importancia a ese espectáculo «sensual». Todos estaban afuera en la plaza, con las chamarras y abrigos puestos, los vasos de plástico con tequila en mano para mantener el calor. Músicos esperando ser contratados, una cacofonía de trompetas, guitarras y cantos por todos lados. Todos lucían mareados por la fiesta, y si Ada sintió algo de celos al ver a su esposo abrazando así a Juliana, se desentendió para que todos siguieran pasándola bien. La amiga de Pablo se había divorciado y no tenía hijos. Eso era lo único que Ada sabía de ella. Pablo rara vez mencionaba a Juliana Short.

La amiga se mostró cordial cuando escuchó la voz de Ada en el teléfono. Sí, ella había visto a Pablo recientemente. Sí, hubo una expedición de rafting. No, ella no había ido (era demasiado vieja para esas aventuras, dijo en voz baja con un «je je»). Sí, dijo que era probable que viera a Pablo nuevamente antes de que él se fuera de Veracruz, en la fiesta tradicional de despedida, una noche antes de que todos regresaran a sus casas. Juliana no preguntó la razón de la llamada y el intercambio fue incómodo. Ada se esforzó por formular su pregunta con elegancia. Se le había venido a la mente por una sola razón: los comentarios burlones de Juan Felipe. Por otra parte, Pablo siempre se había preocupado por las apariencias. Entonces, ¿qué tal si había algo de cierto en lo que insinuó el amigo de Mauro?

—¡Todos ustedes han sido amigos desde hace mucho! —dijo ella—. Pero seguramente él pasa más tiempo con...

—¿Quieres decir con su familia? —interrumpió Juliana—. Sí, por supuesto. Tú sabes cómo los adora.

Ada resintió la insinuación de que ella tenía algún problema con la familia de su esposo. ¿Por qué pensaría eso Juliana? Tan pronto como Ada se recompuso, encontró la forma de concluir su pregunta:

—Quiero decir, en el grupo...

—¿En el grupo? —repitió Juliana.

¿Juliana se estaba haciendo la tonta o solo quería proteger a su amigo?

—¡Por el amor de Dios, Juliana! —se quejó Ada en voz alta y suspiró.— ¿Mi esposo es homosexual?

Pasaron unos pocos segundos, Ada miraba el auricular del teléfono y se preguntaba si la otra mujer aún estaba en la línea, cuando Juliana volvió a hablar:

—Tu esposo no es homosexual, Ada. —Y luego—: Lo siento, me está entrando otra llamada. Cuídate. Luego se oyó el tono del teléfono. Las llamadas en espera eran el último adelanto de los teléfonos de casa. A la gente le encantaba no perder llamadas importantes porque un «clic-clic» les avisaba que debían atenderlas, pero también, quizás, era una buena excusa para terminar una conversación incómoda.

La llamada no sirvió para aclarar nada, excepto que ella ahora se sentía como una idiota por haber molestado a Juliana. De todos modos, Ada debió darse cuenta de que la vieja amiga de Pablo no le revelaría esos secretos. Se quedó en el escritorio, angustiada por su matrimonio; sentía que lo Gris se transformaba en brasas al rojo vivo. Una esposa que durante treinta años jamás había tenido ni la más remota sospecha acerca de la fidelidad de su marido ahora estaba obsesionada por la duda. Después de todo, siempre había tenido numerosas oportunidades para salir a escondidas fuera de casa, como quedarse hasta tarde en la oficina, sus reuniones con los clientes y los fines de semana en los viajes de trabajo.

Que Pablo tuviera una aventura sería un verdadero desastre. Al principio, cuando se casaron, y algunas otras veces desde entonces, él le había advertido con vehemencia que, si alguna vez ella le era infiel, aunque fuera una sola vez, su matrimonio se acabaría.

Ada comenzó a sollozar, luego lanzó gemidos tan fuertes que Cuca y Mirta llegaron corriendo, pero la inconsolable dama las mandó de regreso a sus labores. Parecían asustadas. Nunca habían visto a la señora tan perturbada. Minutos después sonó el teléfono. Era un Pablo muy intranquilo. Obviamente había sido alertado por las muchachas.

—Por Dios —se quejó él en voz baja, mientras Ada seguía sollozando en el teléfono—. Dile a Pablito que te vaya a ver, se refería a su hijo mayor, que vivía en la colonia Satélite.

Ada se negó. ¿Por qué obligar a su hijo a dejar su casa y su familia para atravesar el tráfico por nada?

—Voy a cambiar mi vuelo. Regreso a casa mañana —le dijo Pablo.

Ada lloró hasta entrada la noche. Como todas las crisis nerviosas, pues no cabía duda de que se trataba de eso; era resultado de una serie de angustiantes irregularidades que había vivido recientemente. Como pasillos sin salidas en una casa sin ventanas.

Primero, estaba la ambigua atención que le prestaba el guapísimo Mauro. ¿Qué quería de ella? No estaba dispuesta a que la tomaran por tonta. Se permitió además considerar la posibilidad de oscuras intenciones. Ada supervisaba todos los asuntos relacionados con las finanzas de la clínica y nadie iba a engañarla, ni siquiera el persuasivo doctor.

Lo otro, Juan Felipe arruinando con sus insinuaciones de mal gusto lo que de otra manera hubiera sido un almuerzo fabuloso.

Además, hacia poco se había pesado y descubrió que tenía cinco kilos de más. Luego del susto inicial, decidió que esa decrépita balanza no funcionaba. (El sábado iba a ir al Walmart que recientemente había abierto en el D. F. La gente decía que allí tenían de todo a precios bajos).

Finalmente, a pesar de la competencia y las recetas del doctor Cardona, continuaban todas las incomodidades físicas que le provocaba el Cambio. ¿Sería verdad que la histeria de las mujeres era real? Ella siempre había sido reservada, ocultaba sus problemas y prefería que los demás hicieran lo mismo. ¿Terminaría sometida a una lobotomía, como aquella mujer en la obra de Tennessee Williams que alguna vez vieron en Bellas Artes?

Fue una noche terrible.

A la mañana siguiente, Ada no desayunó. Luego hizo otra cosa que jamás había hecho: llamó a su trabajo para decir que estaba enferma. Minutos después sonó el teléfono. Era un Mauro preocupado. Se atrevió a preguntar:

—¿No será por lo que dijo mi amigo el otro día? ¿Verdad? Juan Felipe es un pan de Dios, pero puede llegar a ser muy directo, incluso abrasivo, para el gusto de alguna gente.

Ada pensaba todo eso sobre el amigo de Mauro, pero no era culpa del doctor.

—No, hombre —dijo ella, tratando de sonar lo más indiferente posible—. Tu amigo fue encantador. Gracias de nuevo por ese espléndido almuerzo. Eres muy generoso. Le aseguró que el problema era que había reaccionado mal a una nueva medicina. No era culpa de nadie. Estas cosas suceden. Después de todo, los médicos no son dioses.

Mauro no quiso seguir insistiendo.

Se sentó en la terraza, después de almorzar sola, más por costumbre: primero la sopa, luego el plato principal (arroz blanco de Sam's Club, una milanesa, una ensalada de berritos al lado), y un postre que no se comió (de nuevo un budín de arroz de paquete). Los pinzones se habían ido y otra vez tuvo ganas de llorar. Ada ni siquiera se había dado cuenta de que el verano estaba llegando a su fin.

Un recuerdo de infancia apareció en su mente. Cuando tenía nueve años, al acercarse la Epifanía, les pidió a los Reyes Magos una bicicleta. Había aprendido a andar en la de su hermano mayor y quería tener una propia. La niña siempre conseguía lo que pedía, y a medida que se acercaban las fiestas estaba más ansiosa por recibirla. Sin embargo, después de la Misa de Gallo, mientras se preparaba para ir a dormir, oyó una conversación entre sus padres (durante esa temporada, los niños siempre estaban escuchando a escondidas). La pareja dudaba sobre qué tan bueno sería dejar que Ada tuviera su propia bicicleta. Podría suceder que su hermano no quisiera acompañarla y nadie más tenía tiempo para hacerlo. No iba a estar dando vueltas encerrada en el patio.

La mañana de Reyes, los niños corrieron a ver qué les habían traído. Como correspondía, dejaron sus zapatos viejos afuera para esperar a los Reyes. De las castañas asadas solo quedaban las cáscaras y las tres tazas de terracota ya sin el humeante chocolate caliente. Su corazón naufragó. En lugar de bicicleta, le trajeron una casa de muñecas.

Ada entendía el temor de sus padres por su seguridad, sabía que su intención era protegerla, pero hubiera deseado que se lo dijeran. Con el tiempo, ese disgusto se transformó en resentimiento. Cuando Ada creció y estaba por entrar a la escuela de enfermería, se compró un auto con sus ahorros, sin consultar a sus padres. Ellos pusieron el grito en el cielo cuando la vieron manejar esa carcacha. Pero era suya y Ada insistió en que asumiría toda la responsabilidad. Sus hermanos mayores intervinieron para defenderla. A la larga, si bien sus padres nunca dejaron de preocuparse, aceptaron su independencia e incluso llegaron a apreciarla.

Nada de esto tenía que ver con lo que le pasaba ahora, a excepción de una cosa. En su afán por sobreprotegerla, le habían negado la posibilidad de tomar sus propias decisiones. Sin importar qué era aquello de lo que Pablo tenía necesidad de protegerla, se sentía humillada al pensar que él no creía que ella pudiera enfrentar la verdad.

Pero, ¿qué verdad? Algo encubierto equivalía a un engaño. La enfermaba tener una inquebrantable sensación de que su matrimonio había sido una mentira. Se pasó todo el día en ropa de dormir. Su inusual abandono de las tareas alarmó a Mirta y Cuca, quienes se dedicaron a sus quehaceres como si convivieran con un muerto viviente.

Alrededor de las cinco llegaron Pablito y su esposa, que llevaba a su bebé en brazos, como si acabaran de recibir la noticia en lugar de la llamada que Pablo les había hecho la noche anterior, pidiéndoles que fueran a ver a Ada.

—Metete, mamá. Te vas a resfriar aquí afuera —le dijo su hijo, tomándola suavemente del brazo, como si fuera una inválida. A esa hora, el sol se escondía detrás de los árboles, pero ella no se había dado cuenta de que bajó la temperatura.

—Estoy bien —murmuró Ada, mientras Pablito insistía en ayudarla a entrar.

Se instalaron en la biblioteca, rodeados por los estantes donde estaban los libros favoritos de Ada y los trofeos de Pablo: el del club de tenis, el del equipo de debate en la universidad, los premios de su empresa al «mejor proyecto del año», las fotografías familiares, incluido un retrato de bodas que estaba en la pared. Ada miraba alrededor, sin hallar consuelo en lo que ahora le parecían recuerdos de un matrimonio falso.

—¿Qué te pasa? —repitió Pablito.

—Sí, ¿qué sucede? —preguntó la nuera, que mecía a su bebé.

Cuca quería anticiparse a lo que necesitaran y preparó el café y la tetera. Estaba tratando de acordarse si quedaban galletas en la lata y, por si se ofrecía algo más fuerte, acercó el whisky escocés de Pablo, mientras la puerta principal se abría de nuevo.

Pablo había vuelto por fin. Mirta llevó su maleta a la habitación para desempacarla, y él hizo una parada en el baño antes de unirse a la reunión familiar. Las muchachas le informaron al señor que todos se hallaban en casa y que, por supuesto, la señora estaba muy mal.

Cuando Pablo apareció en la puerta, con toda la autoridad que le otorgaba su posición, hizo algo bastante burdo. O, mejor dicho, fue algo que no hizo. No saludó a su esposa con un beso. En lugar de eso se quedó en la entrada, como si estuviera por irse de forma abrupta.

—Siéntate, papá —le dijo Pablito, mientras que él y su esposa, que tenía al bebé en brazos, permanecieron de pie. Aunque estaba preocupado por el extraño comportamiento de sus padres, el hijo mayor nunca había sentido preferencia por ninguno de ellos, los amaba por igual. «Gente noble», había llamado su suegro a Ada y Pablo cuando brindó en la boda de su hijo, y así los veían todos, como personas íntegras y honradas. Cualquier cosa que estuviera ocurriendo, no parecía ser asunto de Pablito.

Ada se sentó en la silla de cuero que alguna vez perteneció a su padre. Tenía los pies arriba del asiento, y con el largo camisón tirado sobre las rodillas daba la impresión de estar cómoda y abrigada, o imitando a una momia de una tumba de Palenque.

La conversación avanzó al instante.

—Ayer le llamé a Juliana... —Ada comenzó a contarle a su esposo.

—¿Tú... le llamaste a... J-Juliana? —preguntó Pablo. Tragó saliva antes de pronunciar el nombre de Juliana. Todos se volvieron a mirarlo. Se veía tan alarmado que ella bien podría haberle dicho: «Pablo, sé que mataste a alguien y he llamado a la policía».

Como si lo hubieran estrangulado, Pablo se deslizó hasta la chimenea y se sentó allí, con las manos en la cara.

—¿Quién es Juliana? —preguntó la nuera de Ada, con una voz de lo más discreta pero tan clara como una campana que llama a cenar.

Cuca, que había traído una bandeja y la dejó sobre el escritorio, también se volvió hacia Pablo.

—Lo siento —le dijo Pablo a Ada, conteniendo la respiración.

—Juliana y yo estuvimos saliendo en la universidad... —empezó a decir.

Ada veía cómo se movía su boca, pero oía las palabras después de un lapso y a velocidad lenta.

—La dejé cuando me vine a estudiar aquí... —Pablo no se dirigía a nadie en la sala, pero cuando de vez en cuando buscaba una cara comprensiva, era la de su hijo. Sin embargo, Pablito se veía más perplejo que comprensivo.

En cuanto a Ada, al igual que en las semanas anteriores, volvió a sentir que un piano se cernía sobre su cabeza. En lo alto, como desde uno de esos rascacielos de Nueva York, un objeto diminuto colgaba de una ventana. De repente, las cuerdas se rompían y se precipitaba rápidamente hacia abajo, el piano ganaba velocidad con la gravedad. Todo se volvía terrorífico y evidente.

—¿Juliana y tú están teniendo una aventura? —le soltó de repente.

Al decirlo en voz alta, sonó fuera de lugar. Ada y Pablo siempre habían sido la pareja más estable que se conocía. ¿Juliana Short? Era una antigua compañera de universidad.

Todos miraron primero a Ada y después a Pablo, que parecía evaluar cuál debía ser su respuesta. Cuca estalló:

—¡Ay, mi señora! ¿Cómo ha podido hacerle esto el señor? —Para luego salir corriendo sin esperar respuesta.

La mujer de Pablito se sentó en el diván y dejó a su lado al bebé dormido. Sacó un chupón del bolsillo y lo metió en la boca del niño. Su marido permaneció de pie, boquiabierto.

—No es lo que piensas —dijo Pablo, mientras se pasaba las sudorosas manos por sus vaqueros—. Hace años yo era muy cobarde. Mis padres no querían que me comprometiera con Juliana y yo puse como pretexto el venir a estudiar aquí la universidad. Ada no tardó en darse cuenta del motivo por el cual sus suegros se habían opuesto a Juliana como potencial esposa de su hijo. La suegra de Ada tenía una placa de su árbol genealógico en la pared. Se podría decir que sus antepasados habían desembarcado con Cortés. La dama nunca llegó a decirlo, pero su linaje estaba muy lejos de tener alguna sangre indígena, y mucho menos de los esclavos traídos al puerto de Veracruz. En cuanto al suegro de Ada, qué bien recordaba cuando los padres de Pablo los visitaron y ella invitó al doctor Cardona para cenar con la familia.

El nuevo jefe de Ada era de Guerrero y se había pagado él mismo sus estudios de medicina. Tenía un poderoso magnetismo y piel oscura. La gente siempre comentaba el sorprendente parecido que el médico tenía con Bola de Nieve, el músico cubano. El doctor Cardona había trabajado varios años en un hospital general antes de establecer su propia clínica. Pero no fue su perseverancia lo que resaltó el suegro de Ada, justo después de que el visitante se marchara.

—Bueno, ha de ser un orgullo para su raza —dijo el padre de Pablo, aspirando el puro que había empezado a fumar cuando el médico estaba allí. Claro que sus suegros se habían mostrado corteses con él, pero en realidad lo despreciaban por su color de piel y su origen humilde.

Aquella noche, en la cama, Ada habló con su marido. Pablo se disculpó por los evidentes «prejuicios» de sus padres, así llamaba él a su franca intolerancia, pero habían sido muy buenos con él y con su joven familia, ¿verdad?

—Me avergonzaba de mí mismo —decía ahora Pablo, por el hecho de haber rechazado a su novia negra. No estaba claro con quién hablaba, ya que tenía la mirada fija en sus zapatos—. Volví a Veracruz con la intención de casarme con Juliana, pero ella me rechazó.

—¿Te rechazó? —se oyó repetir Ada a sí misma.

—Estabas embarazada en ese entonces —le dijo Pablo a Ada—. Por eso Juliana me rechazó.

Ahora fue Pablito quien habló:

—¿Ibas a dejar a mi madre cuando sabías que estaba embarazada? —Y volteó a ver a su esposa y a su hijo.

—Yo no me habría desentendido de ti —dijo Pablo, al darse cuenta de lo que había dicho, se tapó la cara con las manos.

—Entonces, ¿ha estado teniendo una aventura, traicionando a mi suegra todos estos años? —El reproche vino de la esposa de Pablito. Ada miró a la joven. Ellas dos nunca habían sido cercanas, pero para ser fieles a los mandatos de la física —nada podía ser perturbado sin que todo a su alrededor se viera afectado también—, Ada sintió cómo la atmósfera de la habitación se alteraba. La joven levantó al bebé y salió de la habitación. Después de una última mirada a su padre y luego a Ada, Pablito la siguió.

—¿Han tenido una relación... todos estos años? —preguntó Ada. Ella tenía la esperanza de que simplemente le dijera que no, para nada, que de hecho era un malentendido. Entonces saldrían de la habitación tomados del brazo y les pedirían a las muchachas que prepararan algo de comer porque, en pocas palabras, todo seguiría como antes.

En cambio, con la cara enrojecida, Pablo miró a los ojos a su esposa y asintió.

—¿Alguna vez me amaste, Pablo? —le preguntó Ada enseguida. En el gran esquema de una historia en la que se ponen los cuernos, era casi una pregunta superficial. Parecía demasiado, y él se puso de pie con las manos extendidas, como si estuviera a punto de suplicar, pero la expresión de Ada debió haber hecho que se quedara dónde estaba.

—Siempre estuve muy enamorado de ti —le dijo con suavidad—. Cuando fuimos a Nueva York y veía crecer tu vientre. Luego nació Pablito. Éramos muy felices juntos. ¿No te acuerdas? Pero cuando ya vivíamos aquí y llegó Víctor, te deprimiste tanto que Juliana y yo...

—Ya veo —dijo Ada. De hecho, no era así pero ya había escuchado suficiente. En todos esos años, Ada había creído que él había ido a su casa en Veracruz para hablar con sus padres sobre su matrimonio. Ahora, toda una vida después, se encendía una luz tan potente como las de los carteles publicitarios. Se había ido de casa para pedirle a Juliana que lo aceptara de nuevo.

A los padres de Ada les gustaba su nuevo prometido, el simpático y prometedor ingeniero. Cuando Pablo regresó a Veracruz, su madre le preguntó por qué no había invitado a Ada para que conociera a su familia. La muchacha, por estar demasiado enamorada o por temer un drama innecesario, ni siquiera cuestionó por qué no la invitaba. Tan pronto como regresó de ese viaje, comenzaron a planear la boda. Para el compromiso trajo un pequeño anillo de zafiro con un halo de diamantes, que su madre le enviaba a manera de bienvenida a la familia. Los jóvenes miembros de la realeza británica también se estaban comprometiendo en esa época. El anillo de Diana también era un zafiro. Por supuesto, era una tontería que Ada se comparara con la princesa, cuya boda todos consideraban un cuento de hadas hecho realidad. Toda mujer joven enamorada quería sentirse como Cenicienta. ¿Qué tenían en común las dos jóvenes novias? Bueno, ahora lo sabía: ambas se habían casado con traidores.

—Después de que nació Víctor —dijo Ada—, ¿fue entonces

cuando fuiste a Veracruz y comenzaste tu aventura con ella? Ada no le hacía una pregunta, más bien verificaba si había acertado con la cronología de los hechos.

A partir de entonces, Juliana ya no sería aquella amiga que podían mencionar en conversaciones informales. En lugar de eso, se referiría a ella en tercera persona: «sería la que no debe ser nombrada». Juliana le provocaba ira, pero no tanta como el odio que sentía hacia Pablo.

Sus pensamientos estaban por todos lados, como bolas de la lotería que se generan al azar. ¿Sabía la familia de Pablo en Veracruz que él mantenía desde hacía tiempo una relación con su compañera de universidad? ¿El resto de la gente los veía como una pareja? Cada año, cuando se reunían, ¿eran Pablo y ella? ¿Formaban equipo en los partidos de tenis?, ¿bailaban el *grinding* en el malecón para que los viera todo el mundo? ¿Acaso compartían la misma habitación de hotel cada año y bajaban en el ascensor, tomados de la mano, para desayunar con los demás? ¿Quién más lo sabía? ¿Sus colegas de la oficina en la Ciudad de México? ¡Por el amor de Dios, hasta Juan Felipe, un completo desconocido, lo sabía! ¿Era ese el precio que se pagaba por vivir una vida ordenada, respetuosa de lo que se consideraba apropiado, que la esposa fuera siempre engañada?

Ada se levantó para salir de la habitación.

—Mi amor... —comenzó a decirle Pablo. Dio un paso en su dirección, pero vaciló—. ¿Alguna vez me vas a perdonar?

Aunque sintió que le temblaba la cabeza, lo que se oyó decir en voz alta fue «no lo sé», porque la verdad era que no lo sabía. Ya no sabía nada.

El verano llegó a su fin, y a medida que el otoño se instalaba en la ciudad, trayendo consigo un clima lluvioso, Mauro y ella se acostumbraron a ir a comer fuera los miércoles, los días en que salían tarde de la clínica. Ella disfrutaba de sus cumplidos y de la forma en que las mujeres los miraban de reojo, porque creían que tenían una cita amorosa. Alguna vez, unas indiscretas señoras de una mesa cercana se quedaron observándolos mientras cuchicheaban entre sí. Mauro se inclinó cerca de su oído y le dijo:

—Tal vez piensan que soy un gigoló.

—Un gigo... —Ada empezó a repetir—. Quieres decir como en *La primavera romana de la señora Stone*.

Con delicadeza le dio un mordisco al huachinango. (¿Súbitamente ella era Vivian Leigh con Warren Beatty?).

—¿La primavera romana...? —Mauro estaba perdido.

—¿De Tennessee Williams? —le dijo Ada.

—¡Ah, claro, por supuesto! —respondió Mauro—, una obra de teatro. Le dio un trago a la botella de Sangría Señorial como si se estuviera tomando una cerveza.

—La novela —lo corrigió Ada—. De hecho, la primera de Williams.

Un rápido vistazo al restaurante le demostró que había hombres mayores con mujeres más jóvenes en todas partes: secretarias, amantes, enamoradas y *escorts*, como siempre había sido. Era aceptado por la sociedad y, muchos lo veían como ejemplo del éxito financiero de un hombre. En todo caso, los tiempos estaban cambiando. Porque, ¿qué pasaría si una mujer casada también «se permitiese» pagarle a un hombre joven y afable para que la distrajera de su depresión?

No se corrige un error cometiendo otro, pero así estaba el mundo, lleno de hipocresías. ¡Por amor de Dios! ¡Era ya la década de los noventa! Más de setenta y cinco años desde que Colette había escrito *Chéri*.

Pero lo suyo no era una cita amorosa. Ada y Mauro solo eran amigos y socios. Se alternaban para pagar la cuenta del almuerzo, hasta que decidieron que cada uno pagaría lo suyo. Aunque Ada disfrutaba oyendo las aventuras que el doctor tenía con los hombres (Juan Felipe era solo uno de los tantos novios de Mauro), ella no le hablaba de su matrimonio. No veía motivo para revelarle que había descubierto lo que Pablo hacía en Veracruz. En cambio, al igual que con el doctor Cardona, ella prefería que el nuevo médico la valorara como una confiable administradora y jefa de enfermeras, por eso mantenía al margen sus problemas personales.

En el ámbito doméstico, todo había vuelto a su estado natural. Esto podría sorprender, si uno no conociera a la siempre flexible Ada. Cada cosa en su sitio, tal cual podría leerse en un muestrario de costura. Gracias a una nueva receta de antidepresivos, una píldora al día mantenía alejado al médico. O, más exactamente en el caso de Ada, mantenía alejado a lo Gris.

Las temperaturas de octubre conservaban húmedo y frío al amplio apartamento. Un sábado, las muchachas lavaron y guardaron toda la ropa de cama veraniega. Luego, las trabajadoras domésticas sacaron y lavaron la ropa de cama de invierno. Fue un día laborioso. Ada estaba comprando ahora un enorme bidón de detergente líquido en su nuevo lugar favorito, el Sam's Club.

—No usen demasiado —les advertía—: Es concentrado.

—Entre más ahorra en estas nuevas tiendas gringas, más tacaña se ha vuelto —le susurró Cuca a Mirta en mazahua, mientras cargaban la lavadora—. Estos edredones viejos huelen a naftalina.

La otra empleada asintió, pero había ideado su propia represalia ante las ociosas quejas de su patrona. En su día libre, cuando se iba a su casa, en la bolsa donde ya se llevaba artículos de la despensa también metía un frasco grande lleno de detergente. La señora nunca se daba cuenta y, en todo caso, tenía con qué pagarlo.

Mirta y Cuca, con pesados canastos, se preparaban para subir al techo a colgar todo en el tendedero.

—Espérenme —les dijo Ada. Tomó el tazón de chícharos que estaba a punto de pelar y las siguió. Era un día claro en esa ciudad, que tan a menudo se oscurecía con una densa capa de esmog. Ada acercó una silla, mientras las muchachas tendían la ropa de cama. Cuando terminaron su labor, se quedaron a tomar el sol.

Cuca metió la mano en el bolsillo de su delantal y sacó una cajetilla de Delicados. Apoyada contra el parapeto que daba al vacío, miró el paisaje de balcones y tejados, donde había ropa que ondeaba con el viento, plantas que ahora estaban marchitas y copas de árboles sombríos, ya sin hojas. Abajo y a lo lejos se oía el ruido constante del tráfico. Ese otoño habría una elección presidencial. En su barrio de La Villita nada cambiaría. Los ricos se harían más ricos y los pobres se condenarían aún más.

Mirta se deslizó cerca de la señora. Mientras le daba un manotazo a una mosca que se posó en su frente, notó que su jefa se abanicaba con las manos.

—¿Está bien, señora? —preguntó Mirta.

Ocho años antes, Ada y Pablo se habían convertido en padrinos de su primogénito y ahora pagaban la educación del niño, por lo que Mirta y su esposo estaban agradecidos, pero nunca tendrían la confianza para llamar «compadres» a sus jefes. De hecho, el señor y la señora eran más bien como sus propios padrinos. Trabajaba con ellos desde que su prima Cuca la había traído del pueblo, cuando era una adolescente.

Cuando llegó por primera vez a la capital, Mirta solo hablaba mazahua. Aprendió español en la casa porque se lo ordenaron los señores: veía Plaza Sésamo con los muchachos, iba al mercado con Cuca y por la noche se retiraba a su cuarto en la azotea para ver las telenovelas con las otras muchachas que trabajaban en el edificio y también dormían allí. Un día, cuando Mirta encontrara el tiempo, claro que también aprendería a leer y escribir. Ada hizo una mueca.

Son estos malditos calores —dijo.

—¿Alguna vez ha probado el ñame silvestre? —le preguntó Cuca, dándole una calada a su cigarrillo—. Mi madre lo usó cuando pasó por el Cambio y la ayudó mucho. Todas mis tías lo usaban.

Ada nunca había oído que el camote silvestre fuera un remedio, pero no le sorprendió la sugerencia de Cuca. Siempre le recomendaba algún remedio casero. Esta vez, sin embargo, resultó ser un ungüento homeopático en un frasco.

Voy a buscarle uno, por si quiere probarlo —dijo Cuca al lanzar la colilla al aire.

A esas alturas, cuando llevaba ya un año con síntomas que se agravaban, Ada se habría comido el camote silvestre crudo si hubiera alguna posibilidad de que le ayudara. En cuanto volvieron a entrar, mandó a la muchacha a la farmacia. Sí había, así que esa misma noche Ada empezó a aplicárselo en la piel. Un mes después, los bochornos habían cesado por completo.

Otra novedad. Ada ya no necesitaba que Pablo saliera de la ciudad como excusa para tomarse una tarde para sí misma. Un día le llamó a su comadre Evi para que vieran una película juntas. Más tarde podrían pasar a El Moro para comer churros con chocolate caliente, «como en los viejos tiempos», sugirió Ada, y así lo hicieron. En otra ocasión fueron a hacerse la manicura. No era raro que de pronto una u otra se hicieran alguna invitación. Ada esperaba con impaciencia esos momentos.

En cuanto al matrimonio de Ada y Pablo, la terapia les ayudó. Pablo solo aceptó ir cuando se le presentó como alternativa al divorcio.

Se ofreció a renunciar a sus reuniones anuales en Veracruz, pero ni el terapeuta ni Ada lo consideraron necesario. Una llamada a la susodicha en Veracruz con el altavoz encendido fue suficiente. Le dijo a su antigua amante que, si bien su relación tenía que terminar, podrían quedar como amigos si ella lo deseaba. No fue así.

El más joven de la familia, Víctor, viajaría ese año desde Berkeley para pasar con ellos las vacaciones de Acción de Gracias.

—Me preguntó si podía traer a alguien —le contó Pablo a su mujer, que ya estaba trabajando en el estudio con la lista de tarjetas de Navidad. Con los dedos hizo un gesto de comillas en el aire cuando repitió «alguien». Desde siempre, sus muchachos habían traído a casa a sus mejores amigos. Se quedó pensativa al oír que esta vez les pidiera permiso. Pablo asintió ante su expresión de desconcierto. Ada puso el abrecartas entre la agenda, para no perder la página en donde estaba.

—Dice que fue una persona *religiosa*... —aseguró Pablo, tomando asiento al otro lado del escritorio. Mirta entró con el café de la tarde en una bandeja. La muchacha se entretuvo en recoger algunas migajas de la conversación de la pareja.

—¿Dijo «*religioso*» o «*religiosa*»? —preguntó Ada.

—Bueno, dijo «*persona religiosa*» —respondió Pablo, dando a entender que el sustantivo femenino requería un adjetivo femenino y que no significaba necesariamente que la persona en cuestión fuera una mujer. Los dos se tomaron unos minutos para preparar el café, que Mirta insistió en servir. Cuca había preparado unas galletas de canela sabrosísimas.

—Ay, esa Cuca —dijo Ada, tomando una, todavía caliente y desmenuzable—. Está decidida a romperme la dieta. Miró de reojo a

Pablo, que había dejado de ir al gimnasio y ya no le abrochaban los pantalones.

—Bueno —empezó Pablo, que tenía azúcar en polvo en los labios por la galleta que acababa de meterse en la boca—, Víctor dijo que «fue...». Es casi un místico, este hijo tuyo. ¿Recuerdas cuando terminó la preparatoria e hizo que lo dejáramos en un monasterio en Hidalgo? Quería ser un mendicante. Pablo bebió un sorbo de la taza de una vajilla que alguna vez había sido de sus abuelos y agarró otra galleta.

—¡Por favor, Pablo! —dijo Ada. Le dolía pensar que siempre se acusaba a la madre del carácter sensible de sus hijos—. Al menos aguantó seis meses. No puedes decirme que nuestro hijo no aprendió algo de esa experiencia, sobre el valor de la humildad y a apreciar la vida que le dimos. Mirta decidió que la conversación se estaba poniendo buena y fue a quitarle el polvo a la chimenea para escuchar a escondidas.

—«*Religiosa*» podría significar cualquier cosa» —dijo Ada—. ¿Lo especificó?

—Ya era tarde cuando la otra noche contesté su llamada —dijo Pablo—. Quizá dijo «monje»... ¿o «monja»?

Ada parecía estar muy absorta en sus pensamientos, como casi siempre en los últimos tiempos, pensó Mirta, mientras volcaba con brusquedad las cenizas en un pequeño cubo de metal. Se suponía que no debía tener favoritos en la casa, lo sabía, pero Mirta recordaba con cariño cuando iba a buscar al pequeño Víctor al colegio y lo acompañaba a la casa. El entrañable remolino en su cabello, la forma en que sus rodillas nudosas siempre estaban cubiertas de costras, la manera en que se las ingeniaba para que Cuca y ella lo protegieran cuando recibía una mala nota o cuando las convencía para que lo dejaran comer el postre antes de la cena. Todo regresó a su memoria. A veces, cuando

Víctor llamaba y sus padres no estaban, Mirta se sentaba a charlar con él hasta que Cuca se acercaba y la miraba con severidad.

La joven, con el uniforme rosa y blanco que usaba todos los días, se echó la larga trenza sobre el hombro, recogió el balde y, como ya lo había hecho en otras ocasiones, se detuvo a aclarar un desacuerdo entre sus patrones.

—Disculpe, señor —dijo—. Señora, la persona que el joven Víctor traerá a casa es una joven mujer. Y fue monja —dijo, y salió corriendo antes de que pudieran preguntarle por qué sabía tanto.

Víctor llegó a casa desde Berkeley con una joven afable que presentó como su novia. En la primera comida que compartieron todos, Ai, la novia de Víctor, contó que en realidad había sido monja budista cuando era niña. Sus padres no querían una niña y la habían entregado a un templo. Además, tenían pocos recursos para criarla. Cuando creció, se fue y encontró su camino para ir a estudiar ingeniería en Estados Unidos. También, dijo que allí había tenido «la gran fortuna de conocer a Víctor». Ai hablaba inglés con acento británico. A Ada, que nunca había seguido las telenovelas, pero que recientemente se había vuelto adicta a una serie de la televisión pública sobre la reina Victoria, le pareció encantadora. Cuando Ai dijo: Pásame la sal, por favor», Ada pensó que sonaba como una aristócrata.

Una tarde, cuando la joven pareja regresó de una excursión al parque Chapultepec, la novia de Víctor se fue a la habitación para descansar, mientras él se acercó a su madre, que se había quedado dormida mientras leía.

—Sabes, Ai todavía es budista —le dijo su hijo, como si hiciera una declaración grave que le pesara. Ada asintió.

—Lo sé —dijo ella, y le dio una suave palmada en el brazo.

No creen en Dios —dijo Víctor.

Ada extendió la mano y la pasó sobre su espeso cabello. Como madre, sentía una felicidad completa al tener a su hijo menor en casa.

—Quiero decir, somos católicos... en especial tú, mamá —insistió su hijo—. Bueno, para ser honesto, ya no soy tan católico. No sé lo que soy ahora...

—Entonces ya somos dos, hijo —le dijo.

Los ojos de Víctor, tan parecidos a los de Pablo, casi se salían de sus órbitas por el asombro o la perplejidad, y se pusieron más blancos alrededor de las pupilas.

—Quiero decir que... por supuesto que sé quién soy —trató de explicarle Ada—. Pero eso que somos no es algo que no pueda cambiar. Se sentó y puso ambas manos en la parte inferior de su espalda, como si necesitara estirarse. Ven —agregó—, vamos a la mesa.

Víctor le ofreció una mano a su madre. Era cierto, cómo es que siempre está uno cambiando, aun cuando cree estar estancado. Con frecuencia, Ai y él hablaban de tales paradojas. Los cambios ofrecían una apertura hacia el autoconocimiento, o se podía optar por la regresión a la ignorancia.

«¿*Regresión a la ignorancia*?» ¿Era eso lo que había dicho su amado hijo? ¿O lo había dicho Ai: «¿O puedes permanecer en tu letargo incluso después de muchas vidas de aprendizaje?» Por otra parte, los budistas no creían en la reencarnación. Se llamaba *anattā*: sin alma, sin yo. ¿No sería que su hijo confundía pensamientos e ideas, como lo hacía cuando tenía hambre? Las fosas nasales de Víctor se expandieron con los aromas del pavo asado de Cuca, relleno de hígados de pollo, y con las enchiladas de camote que habían hecho en honor a la invitada especial.

Ada se dirigía hacia la cocina para darles a las muchachas las instrucciones de como servir la comida, cuando su hijo se acercó para tomar su mano. Ella giró, con esa mirada de preocupación inmediata que siempre tenía cuando uno de sus seres queridos necesitaba atención. Víctor le ofreció una sonrisa para asegurarle que en realidad no era nada, solo un pensamiento, una pregunta.

—¿Cómo es que tú y mi padre se han mantenido juntos durante tantos años, mamá? —le preguntó—. Espero que mi matrimonio, cuando me case, sea tan exitoso como el tuyo.

Su madre parecía algo sorprendida o tal vez avergonzada por la admiración de Víctor. En ese momento Pablo entró desde otra habitación y escuchó la pregunta de su hijo.

—Ningún matrimonio es perfecto —dijo alegremente—, pero la cocina de Cuca está cerca de serlo. Los demás miembros de la casa también se estaban acercando al comedor.

—Los hombres son tan simples —dijo la esposa de Pablito, quien recientemente parecía haber encontrado su propia voz—: Estómagos llenos, deportes y, ¡ah sí, sexo!

—El sexo también es importante para las mujeres —afirmó Ada. Miró a su alrededor, como si desafiara a quien fuera a contradecirla. Nadie lo hizo. Filosofar de forma tan general sobre las diferencias inherentes entre las necesidades de los hombres y las de las mujeres se había vuelto aborrecible para ella, aunque esta podría ser una palabra demasiado fuerte; sin embargo, por ahora tendría que servir.

Humo de tango

¿QUÉ TENÍAN LAS fiestas que, en medio de la alegría y las canciones, de la celebración y los recuerdos, se enemistaban con tanta furia los familiares? ¿Qué era eso que hacía que los enamorados y los amigos llegaran a un punto de ruptura irremediable? ¿O aquello que empujaba a otros a una isla desolada y llena de remordimiento? Por fortuna, no pasaba todos los años, pero este sí. Un estallido emocional se manifestó, como placas tectónicas a punto de expandirse mediante una erupción. Parecía una pérdida de proporciones sísmicas, pero en realidad era necesaria esa liberación. La angustia contenida había sido demasiada. El cambio era inevitable. Una vez pasado el impacto, todo el mundo tendría que adaptarse... o no.

Los vientos de cambio posiblemente llegaron cuando Mártir alcanzó una nueva etapa en la vida y sintió que nunca había sido tan sabia. Ya le había pasado antes, en la adolescencia y alrededor de los veintiún años. Creía saberlo todo de primera mano, en cuanto a la existencia humana. Después, cuando la confianza disminuyó al pasar los treinta, alcanzó la cúspide de una sagacidad refinada por el tiempo: los cuarenta. A partir de entonces, nadie iba a sorprenderla con sus acciones u omisiones. Ahora, sagaz y observadora, era consciente de la fragilidad y el exceso de egoísmo de la humanidad. Esperaba decepciones e incluso otro corazón roto. Estas eran algunas de las cavilaciones que habían empezado a desgustar a Mártir desde las vísperas del año nuevo de 2010.

Para una mujer de cierta edad, la nueva década no debería haber llegado con tantas premoniciones. Toda esa cháchara en las revistas, la sección de modas del periódico dominical y las películas de Lifetime, que consideraban a los cuarenta los nuevos veinte. Por lo general, se referían a las mujeres anglosajonas de piernas largas en trajes de Chanel. La foto principal de los artículos solía mostrar en el fondo a un fortachón sin camisa que preparaba un martini, o a una mujer, de seguro ejecutiva o presidenta de una compañía, rodeada en su despacho por muchachos guapos con traje e incipientes barbas sexis, todos dispuestos a complacer a la jefa de alguna manera.

De verdad ¿era Mártir —que no se sentía representada por ninguna de esas imágenes glamourosas— una mujer de su tiempo? ¿O había sido ignorada por la vida, igual que su mamá, una inmigrante que se pasó la vida en Chicago como costurera y ama de casa, esposa dedicada y madre? Los medios de comunicación decían ahora que estaba bien divorciarse (✔), criar a los hijos por tu cuenta (✔), ser independiente en lo económico (✔), aunque en este caso apenas si podía pagar sus cuentas. Las *cougars* tomaban las riendas de sus vidas sexuales (a Mártir no le gustaba que compararan con pumas a las cuarentonas que salen con jóvenes, la palabra le sonaba a depredador), pero, también: (✔). No te avergonzarías si la gente se burlara a tus espaldas porque tu matrimonio fracasó o porque tu atuendo era demasiado juvenil para tu edad. A los cuarenta y siete, la perimenopausia asomaba su horrible rostro con sus bochornos, pero aún podías tener esperanzas.

Desde los trece años, de manera esporádica, había estudiado danza en las clases extraescolares del parque de su barrio. Ahora que sus hijos vivían solos, Mártir, quien había trabajado medio tiempo en tiendas minoristas, se planteaba hacer algo para reavivar las ambiciones que debió hacer a un lado. Esto comenzó cuando ella y Esteban ofrecieron clases de baile en diversos escenarios.

Esteban, dieciséis años más joven, vivía con ella. Él vendía mariguana y producía música emo. Del departamento entraba y salía gente que Mártir no conocía, y a quienes no siempre quería conocer. Cada vez que iba al baño, en el pasillo la asaltaba el olor rancio del humo que venía del estudio de Esteban.

Los miércoles y jueves por la noche, Mártir tomaba el tren L hasta la calle Wells, luego caminaba tres cuadras hacía un elegante club nocturno latino, donde ofrecía una breve clase de salsa durante la hora feliz, para animar a la creciente audiencia. Parte de su salario se lo pagaban con entremeses de cortesía: alitas de pollo en salsa de chipotle, totopos con salsa y palitos de apio con aderezo ranch.

A ese tipo de lugares iba con un vestido plateado brillante, que le quedaba justo por encima de la rodilla, pero si lo había mandado a la tintorería usaba la camisola de gasa con lentejuelas, que había comprado en Filene's Basement durante las fiestas recientes. En sus pies, cada vez más anchos, unos zapatos altos Nine West con correas, que no eran de tango pero servían para una milonga. (Ella y Esteban no daban clases por entonces, pero practicaban su tango). Había llegado el momento, al menos en la pista de baile, en que la menuda Mártir, alguna vez una humilde hija de andaluces (y tal vez aún lo era), luciera un llamativo vestido, un sostén *push-up* y esa ropa interior que le levantaba las pompis, adquirida a través de uno de esos números 800 que aparecían en algún anuncio nocturno de televentas.

Por encima de todo, Mártir era una mujer independiente que tomaba sus propias decisiones.

A estas alturas, lo que más requería de su atención era el cuidado de sus padres ancianos y la permanente ansiedad por sus hijos, que ya eran independientes. Su padre se había jubilado tras un derrame cerebral. Lo cuidaba su madre. Por suerte, doña Cuca se valía por sí misma, aunque de vez en cuando padecía alguna hinchazón en sus articulaciones. Lucinda, la hija de veintiún años, se había ido a la universidad. Era la primera de la familia que buscaba graduarse. Muy buena estudiante, pero una madre siempre se preocupa por la seguridad y el bienestar de su hija. Teo, de diecinueve años, no acababa de encontrarse a sí mismo. Se había quedado con su padre en South Side.

La mayor parte del tiempo Mártir estaba en casa y se la pasaba en el dormitorio. Detrás de la puerta cerrada escuchaba los movimientos de Esteban y de vez en cuando algunas voces de extraños que pasaban por allí. A la hora de acostarse él se le acercaba: «¿Quieres algo de comer? ¿Un vaso de cabernet?», al mismo tiempo dejaba caer sus vaqueros al suelo, se ponía la capucha de la sudadera negra sobre la cabeza, e iba de aquí para allá, dentro y fuera del dormitorio, para lavarse los dientes, asegurarse de que las puertas estuvieran cerradas, o para escuchar los mensajes telefónicos en el contestador de la sala. Por fin, metidos bajo las sábanas, hacían el amor o buscaban qué ver en los canales locales hasta que se quedaban dormidos con el traqueteo del tren L que se acercaba.

Fue una noche justo antes de los exámenes parciales de Lucinda, luego de los cuales tendría unas vacaciones escolares, cuando Esteban se acercó a la cama y le dijo:

—Llegó tu hija.

Mártir se había dormido esperando que su enamorado volviera de El Mediterráneo, donde tocaba la guitarra a cambio de propinas. La noticia provocó que se levantara de un salto:

—¿Qué?

Hizo a un lado la pila de mantas y alcanzó la bata que se hallaba tirada a los pies de la cama. El suelo estaba frío, pero no se molestó en buscar unas zapatillas.

Mártir había dejado de esperar despierta a su enamorado las noches en que él se iba. Preocuparse no valía la pena. Él la llamaba solo cuando se le ocurría, y volvía cuando le convenía. Ella se iba a dormir angustiada. No tenían un auto en condiciones óptimas, podía quedarse varado o, lo que era peor, Esteban podía tener un accidente. Pero se recordaba a sí misma que en realidad ella no era su madre para preocuparse tanto, ni tampoco su esposa. Si la razón de que llegara tarde era porque tenía otra mujer, ¿qué podía hacer al respecto?

Mártir no había escuchado a su hija cuando entró al departamento. La joven tenía llave y ya dormía acurrucada en el sofá de dos plazas que estaba en la estrecha sala; se había tapado con su abrigo de invierno.

—¿Lucinda? —dijo su madre y se acercó para empujar suavemente el hombro de la joven. ¿Qué pasa?

Su hija estudiaba mucho para figurar en la lista de honor del decano. Le resultaba difícil de creer que hubiera manejado tres horas en la noche hasta Chicago, sin llamarla antes, a no ser que le hubiera pasado algo.

Entraron a la cocina para poner la olla del té y platicar. Tenía que ver con un exnovio. Lucinda no se sentía confundida ni con sentimientos encontrados por haber terminado la relación. Era él, dijo, quien parecía tener dificultades para aceptarlo.

—Mi amiga Belkis me dijo que vio a Adán merodeando afuera de los dormitorios —le contó Lucinda. A diferencia de su madre o quizá, en su condición de estudiante, descuidaba su apariencia: el esmalte de sus uñas estaba todo mordisqueado, su cabello largo se hallaba sujeto con una pinza y vestía la misma sudadera que se puso la última vez que su madre la vio.

¿Quién es esa Belkis, mija? —preguntó Mártir. Era difícil mantenerse al tanto de sus nuevas amistades en la universidad.

—¿Belkis? —dijo Lucinda—. Ella trabaja en Jack in the Box. Acuérdate, te dije que nos conocimos en la ventanilla de autoservicio.

Su madre asintió y luego hizo ese gesto que con frecuencia tenía en su rostro:

—¿No va a tu universidad?

Lucinda dio un sorbo a su taza y protestó:

—El que mi amiga no vaya a la universidad, mamá...

No se necesitó mucho para que madre e hija discreparan. A Mártir le resultaba difícil ocultar sus esperanzas de que su única hija se graduara, que tuviera una vida diferente a la suya, con amigos que hablaran de poesía, se vistieran bien y fueran a la ópera. Por supuesto, era una fantasía sacada de una película en blanco y negro, tipo Hollywood. Lucinda no era Ingrid Bergman. Se trataba de una quimera que le había transmitido a Mártir su madre, quien por las noches veía películas clásicas, en soledad, esperando que sus hijos llegaran a casa a tiempo para el toque de queda de los fines de semana, con un cigarrillo liado a mano que le robó a su marido, mientras este roncaba. La ventana abierta dejaba entrar el bullicio nocturno de Chicago, lleno de una vida que doña Cuca no había experimentado.

Mártir, que jamás había vestido de etiqueta y ni siquiera le importaba *Fígaro*, ahora esperaba eso de Lucinda. Quería que todo fuera brillante y nuevo para su hija. Cuando la muchacha rechazaba esos deseos, se sentía a la deriva.

La conversación se descarriló por culpa de sus fricciones, pero la mención de ese tipo de Chicago, que no tenía nada que hacer en el campus de la universidad de su hija, le llamó la atención y desató un nuevo temor.

—Lucinda dice que su ex la está siguiendo. —Mártir hablaba en voz tan baja que Esteban tuvo que apoyar sus codos en la cama para escuchar.

La joven había roto con su novio, que trabajaba reparando calefacciones y aires acondicionados en el taller de su papá en Chicago. Pero ¿cómo y por qué habría de acosar a Lucinda? ¿Qué quería decir con que la estaba siguiendo? Una noche, Lucinda dijo que creía haber visto pasar su coche cuando volvía a su dormitorio. La muchacha era muy miope, pero ¿confundiría el coche de Adán?

—Una amiga suya dice que anoche lo vio merodear por el dormitorio de Lucinda —dijo Mártir—. No sé por qué mi hija no me llamó. A ti te estuve esperando hasta tarde...

Esteban no llegó a casa sino hasta casi las tres de la mañana. Su ropa y su pelo siempre olían a mariguana, pero esa noche también a alcohol.

—¿Quién lo vio...? Adán, ¿verdad? ¿Hablamos de ese ex? —Esteban orientó la conversación hacia lo que estaban diciendo, para no seguir con la discusión de la noche anterior, cuando llegó a casa muy tarde.

—Por supuesto que es Adán, Esteban. —Mártir se pasó la mano por su largo cabello, desde la cabeza hasta las puntas. Las raíces se le estaban volviendo blancas y ya le hacía falta un retoque, pero ahora debía olvidarse de gastos como el del salón de belleza, para poder pagar a tiempo la renta y la calefacción—. Adán es el único novio que ha tenido mi hija. Se conocieron en la secundaria. Él se volvió posesivo y luego, cuando ella se fue de Chicago... —La voz de Mártir adquirió un tono agudo—: Creo que no soportó la idea de que su novia estudiara en la universidad y fuera a tener una mejor educación que él.

Esteban se acarició la escasa barbita de chivo para demostrarle a Mártir que él también estaba preocupado por el asunto. En realidad, quería dormir.

Mártir suspiró hondo, se quitó la bata de noche y se fue a la cama. Al día siguiente su hija le daría más detalles. Si tenían que denunciar a Adán por merodear en los terrenos del campus, lo harían. Era importante que Lucinda no se relacionara con un tipo así nunca más. Nada debía interponerse en su camino hacia el éxito.

Pero quizá existía alguna confusión. Lucinda no había visto al chico ella misma.

—¿Belkis, la de Jack in the Box? —Mártir se lo había preguntado antes, cuando su hija le contó. Es probable que pusiera los ojos en blanco.

—Mamá —le dijo Lucinda—, me gusta mi nueva amiga y el que no vaya a la universidad eso no significa que no sea inteligente, o que no sea lo bastante buena para ser mi amiga.

Era frustrante para Lucinda ver cómo sus padres tenían tantas expectativas con respecto a ella. Siempre había sido una estudiante sobresaliente, tal vez era por eso. Por otra parte, su hermano menor se salía con la suya todo el tiempo: trabajaba como repartidor de comidas en un restaurante y tanto su padre como su madre parecían estar encantados de que estuviera ganando dinero. Además, su padre le compró un coche, usado pero renovado. No debía hacerse cargo de las cuotas del auto y vivía con su padre sin pagar renta. Teo la tenía hecha. ¿Qué más podía pedir el muchacho? En cambio, Lucinda debía trabajar el doble para complacerlos a todos.

—Belkis dijo que anoche, cuando vino a pedirme prestado mi vestido de cachemira, Adán estaba parado justo debajo de un farol cercano. Al verla se volteó, pero ella se dio cuenta de que era él.

—¿Ahora prestas tu ropa buena? —le preguntó Mártir, mientras dejaba caer una mano sobre su regazo, para enfatizar lo que decía. El vestido de cachemira era un regalo especial de cumpleaños.

—¡Mamá! —exclamó Lucinda, y se echó a llorar.

—¡Qué vago es ese Adán! ¿Y qué anda haciendo por ahí en tu escuela?

Lucinda se tapó la cara, le temblaban los hombros. Cuando recuperó la compostura, dijo:

—Ya no contesto a sus llamadas, tal vez por eso se apareció. Pero yo no lo vi, fue Belkis.

Aunque Mártir dudaba de que la escuela hiciera algo en contra de un tipo que no se le había acercado, Lucinda pareció tranquilizarse cuando su madre le prometió que llamaría al día siguiente para quejarse de la falta de seguridad.

Una semana antes del Día de Acción de Gracias, Mártir y Esteban se ocupaban de diversos trabajitos que les ayudarían a mantenerse al día y a ahorrar un poco para las fiestas, cuando llegó su hijo.

—Estoy preocupado por Lucinda —dijo el muchacho, y tomó el vaso de jugo que le ofreció su madre.

El departamento estaba muy lejos de ser esa agradable casa familiar donde él y su hermana habían crecido, en las afueras de la ciudad. Parecía como si el sueño americano hubiera recogido sus cosas para trasladarse a la siguiente ciudad, porque tan pronto se graduó sus padres vendieron la casa y se mudaron cada uno por su lado. Atrás quedaba el patio trasero con los recuerdos de los asados, las fiestas de cumpleaños y el jardín bien cuidado de su madre. También habían pasado a la historia las vacaciones en Orlando y los viajes familiares por carretera al Gran Cañón y a Canadá. Ahora cada quien está en lo suyo, esa parece ser la novedad.

—¿Qué ha pasado? ¿Por qué no me ha llamado Lucinda? —Mártir se angustió de inmediato. No tenía shows ese día, así que se la había pasado en pijama viendo televisión.

Teo se encogió de hombros, bajó el cierre de la chaqueta impermeable, se sentó y dijo:

—No sé. Dice que alguien vio a su exnovio en el campus otra vez, a ese tal Adán. Creo que la asusta pensar qué podría estar haciendo allí.

Mártir tomó asiento, con las manos apretadas contra el pecho. A primera vista, Adán siempre le había parecido agradable, cortés y de voz suave. Ella nunca fue testigo de ninguna de las peleas de la pareja. ¿Quién podía predecir cómo reaccionaría la gente ante el rechazo?

—Ya sé —dijo Mártir. Fue directo al armario a sacar su abrigo y luego recordó que también debía cambiarse de ropa—. Voy... nos vamos para allá, es obvio que no han hecho caso de mi llamada telefónica.

Teo parecía sorprendido:

—¿Cómo te vas a ir para allá? ¿Dónde está Esteban?

Su madre y su novio compartían el coche.

Mártir no había visto a su compañero desde la noche anterior. La había llamado alrededor de la medianoche para decirle que iba casa de un amigo a hacer algo de música. Si hubiera bebido demasiado, si estuviera muy cansado para conducir a casa, o si no hubiera buen clima, no tendría ningún problema en quedarse en el departamento de su amigo. Como a Mártir no le daban ganas de darle explicaciones a su hijo, se limitó a decir:

—Le dejaré una nota en la barra de la cocina. Hay que ponerle gasolina a tu coche, hijo. Vamos para allá. Dios no quiera que tu hermana nos necesite y estemos todos aquí, como si nada pasara.

Durante el viaje de dos horas hasta el campus de Lucinda, la mayor parte del camino madre e hijo debatieron cómo iban a explicar su presencia repentina. Llegarían después del horario de oficina y por lo tanto no habría nadie en la administración para atenderlos. Podrían ir a la policía del campus a presentar una queja, pero ¿con qué fundamento? Solo sabían que una joven ajena a la escuela había dicho que vio merodear por el dormitorio de la universidad al exnovio de Lucinda.

Por otra parte, ¿qué diría Lucinda al ver que su madre y su hermano aparecían de repente? Ella estaba en la entrega de trabajos y presentando exámenes, así que no podría volver a Chicago con ellos. Mártir hubiera querido no haberse inquietado por la nueva mejor amiga de su hija, en vez de concentrarse en el comportamiento inaceptable de Adán. Ahora Lucinda no confiaría en ella.

Cuando llegaron al campus, habían agotado cualquier idea práctica para abordar el asunto y se quedaron sentados en el coche de Teo, con el motor en marcha y la calefacción encendida para mantener el calor. Adán nunca había amenazado a Lucinda. Salvo por un relato de segunda mano, y Lucinda no hizo ningún otro reclamo. Pero si la joven tenía miedo, eso sería suficiente para que su familia investigara, no como la administración de la universidad.

Los dos se quedaron en el coche. El hijo de Mártir, alto como su padre, pero regordete como un bebé enfundado en su chaqueta rellena de plumas, ocupaba la mayor parte del espacio. Metió la mano en el asiento trasero y sacó una bolsa de papitas tamaño familiar. Mártir se hundió en el asiento, con el cuello de lana hasta la barbilla.

—Podríamos registrarnos en un motel cercano e ir a la oficina del decano mañana por la mañana —sugirió.

Sin mirar a su angustiada madre, Teo negó con la cabeza.

—¡Sabes que mañana trabajo, ma! —le dijo—. ¡Además, no voy a registrarme en un motel con una señora que se parece a mi madre!

—Teo, no me parezco a tu madre. Soy tu madre. —Mártir tomó el chiste como una indirecta dirigida a la relación que ella mantenía con su joven enamorado. El pelo largo y los vaqueros sucios de Esteban le daban un aspecto aún más joven. Lucinda parecía estar menos resentida por el novio que su madre había elegido, pero cuando se hablaba de ese asunto tampoco tenía mucho que decir para apoyarla.

Teo se enderezó para encender el coche.

—Volvamos a Chicago —dijo—. Si quieres, llama a Lucinda desde un teléfono público. Si no se encuentra bien, al menos podremos ayudarla.

Encontraron un teléfono en una gasolinera. En la intemperie, Mártir temblaba mientras hablaba con su hija. Lucinda había contestado con voz somnolienta. Después de dar un examen esa tarde, se la pasó estudiando toda la noche. El dialogo fue cortante, y le pareció mejor no mencionar que Teo y ella estaban allí.

Cuando Mártir volvió al coche y se abrochó el cinturón de seguridad, Teo le dijo:

—Podría ir al edificio de Lucinda para ver si Adán anda por allí. Espérame en el coche, mamá. Aunque no tenían permiso, se estacionaron en un lugar cercano al dormitorio de Lucinda para facilitar el acceso al edificio.

Mártir tenía los ojos cerrados cuando un fuerte golpe en la ventanilla la sobresaltó. Era Teo con un guardia de seguridad. Mártir bajó la ventanilla. Ella y el guardia de seguridad se miraron.

—¿Conoce a este joven? —le preguntó. Tras un tenso intercambio, pudo aclarar que su hija era una estudiante y que ellos habían ido allí para comprobar que estuviera segura, el guardia le devolvió la identificación a Teo y los dejó irse.

—Uno pensaría que así deberían investigar cuando estaban acechando el dormitorio de las jóvenes —dijo Teo, con la cara enrojecida porque el incidente lo alteró.

—No es un dormitorio de muchachas —dijo Mártir—. Es mixto,

pero sí, lo sé, hijo. —Estaba arrepentida de haberlo llevado a una misión tan inútil y regresaron a la ciudad casi sin hablarse.

Como madre de dos hijos, ella siempre decía que no tenía favoritos, y era cierto. Sin embargo, la angustia por la seguridad de su hija aumentaba día a día, y a medida que la niña se convertía en la joven que era ahora, tenía la impresión de que los hombres aparecían por todas partes para mirarla con lujuria, sí, así eran esas miradas. También Mártir, cuando era más joven, había sufrido ese tipo de atenciones no solicitadas.

Antes de casarse con Teodoro, ella trabajaba en una joyería familiar en el centro de Wabash. El patriarca era un anciano, que a la joven le parecía de cien años. Todos los días iba a trabajar con traje y corbata, y se sentaba detrás del mostrador para observar a todo el mundo. Su hijo, un orfebre bullicioso y con talento, a su vez tenía dos hijos igualmente muy habilidosos. Ellos promocionaban sus diseños únicos. A Mártir le encantaba el ambiente. Se sentía elegante, aunque era un local minúsculo en el decimocuarto piso de un antiquísimo rascacielos. Al hijo del patriarca lo llamaban el señor Lepe y era amigo de su padre. Los hombres tenían un pequeño grupo de amigos españoles, que se reunían una vez al mes para jugar a las cartas y fumar puros. El señor Lepe le prometió al padre de Mártir que apadrinaría a la joven para que hiciera un curso de contabilidad. Ella era hábil con los números, y tal vez algún día podría encargarse de la administración, cuando se jubilara el actual contador, que al igual que su propio padre ya debería haberlo hecho desde hacía mucho tiempo.

Sin embargo, antes de que empezara ese curso, el jefe de Mártir, que era hijo de Lepe, se le acercaba cada vez más. Mientras hablaba con un cliente, con la mano le rozaba la espalda cerca de la cintura, le susurraba las cosas al oído en vez de dirigirse a ella de frente, hasta que un día, en la parte de atrás de la joyería trató de besarla en la boca. Ella tomó el bolso y un saco para salir corriendo y ya no volvió. Al no contar con ningún otro apoyo económico, esto acabó con su potencial carrera como contadora, y su padre estaba tan decepcionado que no mostró interés alguno en escuchar las razones que ella tuvo para abandonar el trabajo.

En retrospectiva, como una madre capaz de dar hasta el último céntimo para ayudar a que sus hijos cumplieran sus metas, le resultaba difícil entender que sus propios padres hubieran tomado decisiones diferentes. Ellos esperaban que cuando sus hijos llegaran a los dieciocho años, es decir, a la edad legal adulta, se pudieran mantener con sus propios recursos. Su hermano se enlistó en el ejército y Mártir se fue de la casa.

Una experiencia que le había parecido realmente aterradora fue vista por sus padres como algo secundario.

—¿Realmente querías que ignorara las insinuaciones del hijo del señor Lepe? —le preguntó una vez a su madre, antes de olvidarse del asunto para siempre.

—No, cariño —le dijo su madre sonriendo—, pero tampoco puedes culparlo. Eres tan joven y guapa. Además, después de todo, ya sabes que los hombres siempre van a insistir. En cuanto viera que no te ibas a prestar a todo eso, habría dejado de molestarte. Los hombres hacen lo que quieren solo cuando se les permite.

A partir de ese día, no solo dejaron de hablar de la oportunidad para convertirse en una contadora bien remunerada, sino que tampoco volvió a recurrir a su madre para tratar asuntos relacionados con el sexo opuesto. La primera vez que sus padres conocieron a su futuro marido fue el mismo día en que él les pidió su mano. Fue una formalidad. Ella y su prometido ya estaban planeando la boda.

Ahora, después de toda una vida, la hija de Mártir se enfrentaba a un hombre que tampoco respetaba los límites. Doña Cuca estaba totalmente equivocada. Algunos hombres no se detenían con solo decirles: «No».

Ella miró a su hijo, que tenía los ojos fijos en la carretera. ¿Acaso su retoño, ya un adulto, pensaba que su madre era una depredadora porque salía con alguien más joven? ¿Un puma salvaje con letales colmillos y garras en forma de sables afilados? ¿Una *cougar*?

Pues bien, en la jungla urbana, donde las búsquedas de parejas sexuales pueden terminar después de una noche, fue Esteban quien insistió en pretenderla. Ninguno ganaba mucho dinero y ambos se repartían los gastos. Aunque Esteban era más joven, Mártir sabía que él estaba más seguro de sí mismo que ella en lo relacionado con el romance.

Fue Pilar, una amiga ocasional del círculo donde practicaban el tango, quien le contó sobre la milonga que se celebraba una vez al mes en un estudio de baile arriba de un restaurante italiano. Esas noches el lugar recibía el nombre de Salón Río de la Plata.

—Cobran una cuota de entrada. Eso les ayuda a mantener el local —le dijo Pilar. Mártir no se consideraba muy buena y, de todos modos, no tenía pareja de baile.

—No pasa nada —le aseguró Pilar—. En la milonga, los hombres se sientan en sus mesas y las mujeres en las suyas, al otro lado del salón. Cuando empieza la música se acercan para invitarte a bailar. Incluso las parejas lo hacen así.

Suena muy retro, pensó Mártir, y aceptó ir con Pilar solo para darse la oportunidad de algo nuevo. Tan pronto como el DJ puso «La Puñalada», un hombre joven, que la miraba con intensidad, se dirigió directamente adonde estaba.

—¿Qué hago? —susurró ella.

—¡Baila! —le dijo Pilar y riendo empujó con el hombro a su vieja amiga. Mártir era tímida y se ruborizaba, ¡por Dios! El tipo llevaba zapatos de baile, así que debía bailar decorosamente.

Resultó que los dos tangueaban bien juntos. Como pareja de baile, Esteban era paciente con Mártir, y antes de que la joven noche terminara intercambiaron sus números de teléfono.

—No te olvides —dijo Mártir, haciendo un gesto con la mano sobre su oído, para indicar que esperaría su llamada, mientras ella y su amiga salían del lugar. Él sonrió con esos dientes blancos y uniformes que contrastaban con su piel oscura, como lo había hecho todo el tiempo aquella tarde. Parecía tranquilo y carismático. Al contrario de cómo la hacían sentir otros hombres desde su divorcio, con él se sentía relajada.

Unos días después, Mártir no estaba cuando le llamó, pero él le dejó un detallado mensaje en español, su idioma natal, para invitarla a otra milonga. Esta vez Mártir fue sola. Ya conocía el protocolo y tomó una mesa cerca de la pista de baile. Vio que Esteban charlaba con otro hombre junto a los refrigerios. La pareja de porteños que luchaba para mantener el estudio vendía empanadas caseras y vino Malbec en vasos de plástico. Se empeñaban por recrear el ambiente de un bar de tango tradicional, con luces tenues de pequeñas lámparas de gas, que funcionaban con pilas e iluminaban las mesitas. La música era seleccionada por un DJ, pero los anfitriones tomaban el micrófono para presentar los distintos números de baile. Ambos recorrían el salón dando instrucciones y trataban de animar el ambiente.

Tan pronto se escuchó la segunda canción, él se acercó. Era simpático y coqueto, así que tal vez se daría una aventura fugaz. No pasó mucho tiempo para que Esteban fuera a cenar a su casa (Mártir no había podido sustraerse al impulso de presumir las empanadas que sabía preparar), y se hicieran pareja. Una mañana, después de una noche en que se quedó a dormir, Esteban le anunció:

—Mi compañero de departamento quiere que me vaya.

Estaban tomando café con leche en la cama. Mártir había entrado a la casa de Esteban una sola vez, cuando iban rumbo al cine. Le había gustado la distribución de los muebles, sobre todo la sala de estar, con unos cuantos cuadros originales en las paredes y un sofá de cuero afelpado. Ahora se daba cuenta de que Esteban sólo alquilaba una habitación allí.

—Sí, mi compañero de departamento se acaba de comprometer y su novia se va a mudar con él —agregó su nuevo galán. Hubo un silencio intenso, por el hecho de que Mártir tenía un cuarto extra en su casa. Pero finalmente ella le dijo:

—¿Quieres vivir aquí?... Quiero decir, ¿conmigo?

Eso sucedió nueve meses atrás.

Fue bastante fácil que los enamorados se adaptaran a una vida en común. Sin embargo, así como había comenzado, parecía que ahora se estaba volviendo humo, como una espiral que se va perdiendo entre las nubes. Pero ¿quién lo diría primero?

Ya de regreso en Chicago, cuando llegaron al edificio de Mártir, Teo se estacionó en doble fila y esperó a que su madre entrara y le hiciera la señal de visto bueno, prendiendo y apagando la luz del cuarto un par de veces, luego de una rápida inspección del lugar.

No había intrusos, pero tampoco encontró a Esteban. La nota que le había dejado en la barra de la cocina todavía seguía allí. Ella se quedó mirando el papel con sus garabatos, como si tuvieran algo que informarle sobre la ausencia de Esteban. ¿Habría estado en la casa y la habría leído para luego salir de nuevo? ¿No había vuelto? La luz del contestador parpadeaba. Apretó la tecla para escuchar la grabación, mientras se quitaba las botas para la nieve, el abrigo, la bufanda y las otras prendas, para colgarlas en el armario de los abrigos. Bip, cuelgan, bip, cuelgan, bip, luego la voz de su exmarido que preguntaba por Teo. *Se lo deberían haber dicho,* pensó Mártir. El padre de Teodoro seguro que se enfadaría porque lo dejaron preocupado. No debió insistirle a su hijo para que la acompañara a un viaje tan largo, sabiendo que al día siguiente tenía que trabajar. Pero ¿y si Lucinda estaba en peligro? Si era así, el viaje no les había revelado nada.

Justo en ese momento oyó que una llave giraba en la cerradura y, segundos después, entró Esteban. Parecía frío, pero también nervioso; no, no nervioso, empapado de una culpa indefinida. Se miraron fijamente.

—¿Acabas de llegar a casa? —preguntó Mártir y apretó la tecla para detener la contestadora. En el estrecho espacio de la habitación tenía al joven enfrente. Olía a yerba y a calle.

—Intenté llamar, pero no contestaste —dijo, y empezó a quitarse su abrigo. Estaba sonrojado, ya fuera por el frío, por estar intoxicado o sorprendido por una mujer alerta que esperaba encontrar profundamente dormida, o tal vez por las tres cosas, era incierto. En vaqueros y con la sudadera, quitándose el cinturón para lanzarlo en dirección al dormitorio, con sus calcetines mugrientos y mojados, Esteban se escapó rumbo al baño y cerró la puerta tras de sí. Minutos después oyó la regadera. *Bueno, ya está,* pensó ella. No hacía falta ser un detective privado para darse cuenta de que el hombre tenía algo que lavar, aunque solo fuera una conciencia manchada.

Los días y las noches que siguieron, sus intercambios como pareja fueron superficiales. Ella no tuvo noticias de su hija ni de su hijo. No le quedó más remedio que asumir que no había nada nuevo. El jueves de Acción de Gracias todos los integrantes de la pequeña familia de Mártir habían quedado de reunirse en el departamento de sus padres. Durante años ella había sido la responsable de preparar el banquete familiar, excepto por algunos platillos que su madre insistía en guisar ella misma: arroz con azafrán, patatas alioli y boquerones en vinagre. Desde luego, no eran platillos que habrían compartido los peregrinos ingleses, pero en casa de Mártir eran alimentos básicos, y su padre se negaba a sentarse a la mesa sin esos manjares y aromas de su infancia.

Mártir estaba por comenzar los preparativos cuando Esteban entró en la cocina e hizo un anuncio: se iba a anotar en una escuela de gastronomía. Así lo expresó:

—Me inscribiré en una escuela de gastronomía. —Dijo que la música, las clases de baile e incluso traficar con mariguana, todo junto, le había pasado factura. A su manera, una carrera culinaria desarrollaría su creatividad. Había un montón de trabajos para quien tuviera esas habilidades—. Tal vez algún día tengamos nuestro propio restaurante —dijo con una enorme sonrisa y con la esperanza de lograr que Mártir, tal vez, le ofreciera apoyo financiero para su nuevo proyecto. Al no obtener respuesta, hizo una propuesta sin precedentes. Cocinaría el pavo de Acción de Gracias para demostrar la seriedad de sus intenciones y su talento gastronómico—. Sé que tengo la sazón para convertirme en un excelente chef —dijo.

Este pronunciamiento, de hecho, provocó que Mártir diera un paso atrás. Esteban solo entraba a la cocina el tiempo necesario para hacerse su café.

—Teodoro siempre prepara el pavo —dijo ella, refiriéndose a su exmarido, que habitualmente se unía a la familia para las fiestas.

—Yo haré uno más —dijo Esteban—. Si consideramos lo que comen tu ex y Teo, necesitaremos dos. El mío será al estilo guatemalteco.

Quien sabe cómo sea eso, pensó ella.

Le incomodaba que Mártir lo mirara fijo. A ella le costaba aceptar lo que él le decía. Semejante ambición, que implicaba asumir un compromiso con determinación, no tenía precedentes. Mientras estudiaba su rostro, se dio cuenta de que la tez de Esteban estaba cenicienta por los vientos helados del exterior.

—¿Por qué no te pones un poco de mi crema? —sugirió ella.

Lo desconcertó que ella mencionara su aspecto. Él tenía la esperanza de volver a conquistarla. Desde que se ausentaba casi toda la noche, ella comenzó a darle la espalda en la cama.

—No me voy a poner productos de mujer en la cara —le dijo.

—¡Vamos, nene! Es solo una crema hidratante —dijo Mártir. Ella no lo iba a presionar, pero resultaba gracioso ver lo sensible que era—. No te estoy sugiriendo que te rocíes con Summer's Eve.

Se rio al mencionar un producto que era para un lavado vaginal, y eso bastó para que Esteban se fuera de la habitación.

Al final, había muchas cosas para llevar a la modesta casa de sus padres: un enorme pavo asado en una olla y varias cazuelas cubiertas con papel de aluminio. Como algo excepcional, Esteban se había peinado. Mártir lucía su vestido brillante.

Para tales ocasiones, era costumbre de la familia arreglarse como si fueran a una fiesta. Después de comer, el padre de Mártir se acercó al estéreo y puso discos. Su nieto le había regalado el último de Paco de Lucía. Insistía en que Mártir, Lucinda y su mujer se levantaran y bailaran para ellos, a pesar de que su mujer padecía de reumas crónicos. Fue ella quien le había enseñado a Mártir a seguir el compás, cómo marcar el ritmo con los pies y las manos, y esa sesión en la sala hizo que todos sintieran una tierna nostalgia, cada uno con sus propios motivos. Después, la abuela se quedó sin aliento y se sentó para echarse aire con el abanico de seda plegable, que había traído del otro lado del océano. Tenían vino por todas partes y coñac para los hombres. Al dar las ocho en punto, su padre anunció que ya era hora de irse a la cama y de que los demás se fueran a sus casas.

Un año en que comenzó a nevar sin parar, estaban seguros de que iban a tener una tormenta de nieve.

—¡Basta! —dijo el viejo aplaudiendo cuando en el reloj cucú de la pared sonaron las ocho y luego agitó sus manos como si quisiera deshacer algún hechizo. Se fue a la cama y dejó que su mujer se ocupara de los preparativos para que todos durmieran, porque ella insistió en que no intentaran conducir con aquel clima. A la mañana siguiente, tan pronto despertó, Mártir se vistió y se marchó antes de que su madre se levantara y la reclutara para ayudar a preparar el desayuno de todos.

Esa tarde, cuando Teodoro llegó con su hijo y cruzó con su pavo por la puerta de la cocina, se encontró con un pavo asado ya sobre la mesa. Fue como si hubiera visto un espejismo. Las dos aves fueron colocadas una al lado de la otra, en una mesa demasiado pequeña, donde no entraba nada más. Los platos se hallaban a ambos lados del fregadero y en el carrito del microondas.

El padre de Mártir tenía esa misma gorra a cuadros que usaba desde hacía mucho tiempo. No se movía de la silla y con las dos manos se agarraba de un bastón. Llevaba cinco años jubilado de su trabajo en la fábrica de curtidos, que obtuvo décadas atrás cuando llegó al Medio Oeste de Estados Unidos. Don Salomón, que había llegado a los setenta y cuatro en su último cumpleaños y sufría de varices, se resignaba a esforzarse lo menos posible, mientras su corpulenta esposa se movía de un lado a otro, tratando de esquivar a este y aquella, para adaptarse a una situación más obligatoria que festiva.

—¿Cómo te ha ido con los exámenes, cariño? —le preguntó Teodoro a su hija, cuando ya todos se habían preparado su plato. El departamento no tenía comedor y, en tales circunstancias, apenas quedaba sitio para sentarse en la cocina.

Lucinda no se había puesto el vestido de cachemira que su madre le sugirió, sino que traía su pijama de franela y una sudadera manchada, con la capucha tapándole un poco la cara; parecía irritada porque no quería que le preguntaran nada. Se metía en la boca el tenedor lleno, y entre bocado y bocado se reía burlona de las cosas que decía la gente. Sus ojos se veían vidriosos, quizás por cansancio mental. Teodoro y Mártir se habían asegurado de que su hija no tuviera que trabajar para que se concentrara del todo en sus estudios. Si no fuera porque Mártir conocía muy bien a su hija, habría sospechado que se drogaba. Ella decía que ni siquiera tomaba aspirinas para el dolor de cabeza. ¿Dónde quedaron los modales con los que la habían educado?

—¡Más despacio! —le espetó Mártir—. ¡Actúas como si te acabaran de liberar del gulag!

—Como quieras, mamá —replicó Lucinda, y se bebió de un trago el vaso de vino tinto de su abuelo y se sirvió otro.

—¿¡Ya cambiaron la rueda del auto?! —el abuelo le gritaba a la muchacha desde el otro lado de la mesa. Tenía el puro apagado (por órdenes de su mujer y su médico), pero lo mantenía apretado entre sus dentaduras, como un símbolo de tiempos pasados, ya sea por impulsos reprimidos o como un desafío permanente.

—¿La llanta? —preguntó Mártir, como si la mera palabra fuera motivo de alarma. Se había asegurado de probar trozos del pavo de Esteban y del pavo tradicional que hacía el padre de sus hijos, pero ya no cabía mucho más en su plato.

A regañadientes, Lucinda, Teo y su padre contaron que, semanas atrás, a la muchacha se le había dañado una rueda del auto. Al no saber cómo arreglarla, llamó a su padre a Chicago. Él y Teo fueron a cambiarla, pero la de repuesto no se encontraba en buen estado.

Cuando salieron de la ciudad, Teodoro se detuvo en un taller de llantas y encargó una para ella. Tan pronto pudo, Lucinda consiguió que cambiaran el repuesto.

—Caramba —dijo Mártir, con la boca abierta, como si una tremenda crisis hubiera ocurrido sin que ella lo supiera. Miró a Esteban y él se encogió de hombros. Nadie había hecho ningún comentario sobre su pavo y estaba triste.

—En fin —dijo Teodoro, señalando a Mártir con el tenedor—, ¿qué es eso de que tú y Teo fueron a investigar a Adán porque estaba siguiendo a Lucinda?

—¡¿Qué?! ¡¿Te ha molestado ese tipo, chiquitina?! —preguntó el abuelo.

Su mujer no dijo nada, pero apretó sus pequeñas manos contra sus mejillas empolvadas. Como solo se ponía en ocasiones especiales, doña Cuca tenía la misma polvera de Max Factor desde que Mártir era niña. Estaba sobre la cómoda, junto al cepillo de marta, el espejo de mano y el joyero barnizado que su hijo, el oficial del ejército, le había traído de su primer viaje a Kuwait.

Todos miraron a Lucinda en silencio.

—¡Dios mío, qué gente! —dijo, y volvió a su plato, dispuesta a apuñalar un pedazo de papa para metérselo en la boca.

Mártir también miró a su alrededor. Todos los ojos se volvían ahora hacia ella. Una madre, si era una buena madre, debería estar al tanto de los problemas de su hija.

—Sí, Teo y yo fuimos en el auto una noche. Estábamos preocupados...

—Tú estabas preocupada —interrumpió Teo—. A mí, casi me arrestan.

—¿Casi te arrestan? —preguntó su padre.

—Tú también estabas preocupado —le dijo Mártir a su hijo—. Y se trataba de un guardia de seguridad nocturno... no te estaba arrestando.

—¿Lo arrestaron? —dijo el abuelo. Ahuecó una mano para acercarla a su oreja y así poder oír mejor. Miró a su mujer. Ella sacudió la cabeza con una expresión de igual desconcierto—. ¿En qué lío te has metido, Teo? —preguntó el anciano.

—No estoy metido en ningún lío —dijo Teo en voz alta.

—No te quisimos molestar, hija, porque estabas estudiando. ¿Has sabido algo más de que Adán merodeara cerca de tu dormitorio? —preguntó Mártir.

—¡Dios mío! —volvió a decir Lucinda, esta vez en voz baja. Hizo a un lado el plato. Además de su abuelo, era la única que estaba sentada a la mesa.

—No la molestes —contestó la madre de Mártir, y luego habló como si la joven no comprendiera lo que se decía de ella—: Vas a lograr que no quiera comer... ¡Y estaba comiendo muy bien!

La advertencia hizo que Mártir perdiera el apetito. En la secundaria, su hija, que como Teo siempre había sido regordeta, en cierto momento se convirtió en un esqueleto. De la escuela llamaron a Teodoro y Mártir para que hicieran algo. Se quedaron atónitos al darse cuenta de que Lucinda padecía un trastorno alimenticio. Su madre había supuesto que la pérdida de peso de su hija se debía a una dieta excesiva. (Después de todo, las adolescentes siempre andan acomplejadas por su aspecto). Al tratar de forzarla para que comiera, ya fuera algo sencillo como los cereales del desayuno o un trozo de fruta, se enfrentaban a su negativa hostil. ¿Desde cuándo se había convertido Mártir en símbolo de sabotaje para la vida de su hija? Había ocurrido casi de la noche a la mañana.

El problema de angustia adolescente que tenía la muchacha ocupaba todos sus pensamientos. La idea de que su hija tuviera aversión a la comida y de que hiciera cosas terribles para evitarla, según supieron por la información que les dio el médico, casi descorazona a

Teodoro y a Mártir. ¿Por qué nunca se habían dado cuenta en casa? En resumidas cuentas, ¿qué clase de padres eran? Cada uno culpaba al otro de haberle fallado a la familia.

Pero ahora, de acuerdo con todos los informes, Lucinda se estaba adaptando bien a la universidad. La ruptura con su novio de toda la vida había sido su decisión. «Un maniático controlador», fue como empezó a llamar a ese tipo, al que una vez consideró su alma gemela.

Los ojos de todos seguían atentos a Lucinda, hasta que la joven se levantó de un salto con aire de exasperación y corrió fuera de la cocina.

—Ve por tu hija —le ordenó enojado el abuelo Salomón a Mártir y golpeó el suelo con su bastón metálico—. En esta casa se come... ¡Madres que no saben cuidar de sus hijos! ¡Si es lo único que se les pide...!

No miró directamente a su mujer, pero al segundo golpe del bastón ella sacó un pañuelo arrugado del bolsillo de su delantal y, con los ojos bajos, se limpió la nariz. No se necesitaba mucho más para alterarla. Tenía muchos motivos para sentirse mal, no todo había sucedido a la vez ni en tiempos recientes... sino a lo largo de los años.

Su único hijo perdió la vida durante la operación militar llamada Tormenta del Desierto. Siempre estaba muy orgullosa de verlo con uniforme. Se jactaba de lo grande y fuerte que había llegado a ser. Su marido también. Cuando dos soldados aparecieron en la puerta de su casa con la noticia de su muerte... ese día fue el último que ella volvió a tener paz. Lo mismo le pasó a su marido, solo que a él, por alguna razón, le satisfacía culpar de la muerte de su hijo a una innombrable falla de su mujer como madre. Vivir con Salomón se convirtió, en un infierno. ¿Pero dónde se podía ir? Ya no tenía a nadie cercano en España. En todo caso, se había vuelto más estadounidense que nada.

Mártir llegó al baño y empujó la puerta antes de que su hija pudiera cerrársela en la cara.

—¡Lucinda, regresa, por favor! —le suplicó—. Si no lo haces, seguirán preguntando. —Sintió alivio cuando su hija soltó el picaporte de la puerta y aceptó volver a la cocina.

—¡Habla! —Salomón no vio motivo para dejar de dar órdenes cuando vio a las mujeres entrar. Lucinda ocupó su silla, pero esta vez Mártir se quedó cerca de la entrada—. ¿Te ha molestado ese bueno para nada? —le preguntó.

—Abuelo, no —dijo Lucinda en voz baja. En realidad, su abuelo no la intimidaba. Con un solo puñetazo de los que había aprendido en la clase de boxeo habría podido noquear al viejo. Además, cuando estaban solos, él le había demostrado que era el hombre más gentil que existía.

—¿Viste tú a Adán por ahí? —preguntó Teodoro.

—No lo he visto —respondió Lucinda, mirando a su padre con resentimiento acumulado—. Se lo dije a Teo y se lo dije a mi madre. Fue mi amiga Belkis, la de Jack in the Box, quien dijo que lo había visto frente a mi dormitorio de la universidad.

—¿Belkis? ¿Quién? —le susurró doña Cuca a Esteban. Ambos estaban apoyados en el fregadero. Comían de pie y con los platos en la mano.

—¿Cómo lo describió? —preguntó Esteban. Era la primera vez que decía algo desde que la familia había empezado a comer, y todos se volvieron a verlo como si antes no se hubieran dado cuenta de que estaba ahí.

Teo se quitó la gorra de calavera. Su cabello desaliñado le cayó sobre los ojos, y con un rápido movimiento de cabeza se lo echó hacia atrás.

—A lo mejor tu amiga Belkis me vio a mí. Ya ves que todos los mexicanos nos parecemos.

Lucinda se quedó con la boca abierta para demostrar lo ofendida que estaba.

—¿De qué estás hablando, Teo? No puedo creer que tú y mamá fueran hasta mi campus para espiarme.

—No hicimos nada malo, Lucinda —intervino Mártir.

—Entonces, ¿qué dijo exactamente esa Belkis de Jack in the Box, mija? —preguntó Teodoro, viendo qué tarta de la mesa iba a cortar primero. No era ningún secreto que en cualquier comida el postre era lo que más le gustaba. La tarta de cereza fue la ganadora—. Es decir, ¿ella conoce a Adán?

Lucinda empujó su silla hacia atrás. Hizo un ruido chirriante al arrastrarla. Teo reaccionó y se tapó el oído con un dedo; con la otra mano aún sostenía su plato.

—¡Cómo jodes, chica!

—Sí, lo conoció... una vez, antes de que rompiéramos, claro. Ella dijo que el tipo era un poco moreno. Pero llevaba una sudadera con capucha o una gorra o algo así, por eso no pudo verle la cara muy bien.

—Además de que estaba oscuro y que tenía capucha o gorra, ¿qué más? —dijo Esteban.

Mártir miró a su enamorado, de complexión delgada, estatura media, rasgos predominantemente mayas; lo más probable es que lo tomaran por mexicano, pero no en el buen sentido.

—Quizá era yo —dijo Teodoro.

—No —dijo su hijo—. Tú y yo fuimos a arreglar la rueda antes de que empezara todo aquello.

—Bueno... —Teodoro parecía querer decir algo, pero se lo impidió un bocado de tarta.

Lucinda miró a su padre. No le había contado sobre aquel problema con Adán, pero sí se lo dijo a su abuelo cuando lo visitó en su casa. Sin duda, en sus tiempos él se habría ocupado del chico de una forma u otra. Ahora estaba segura de que el viejo lo había comentado con su padre.

Teodoro fue a servirse otro trozo de tarta, ahora de camote. Su ex suegra hacía los mejores pasteles, sobre todo las tartas. No era necesario comentárselo a nadie, pero unas semanas antes, su suegro le llamó preocupado por el chico ese que solía salir con Lucinda. Teodoro faltó a su trabajo y fue por su cuenta a informar del problema a la universidad. Tomaron nota, pero le dijeron que no había mucho que pudieran hacer dadas las circunstancias. A menos que cometieran alguna infracción, era difícil tenderles una celada a chicos que no pertenecían al campus. Insatisfecho con el tono despectivo con que lo trataron, el padre de Lucinda se quedó dando vueltas por la escuela el resto de la tarde. No apareció ningún Adán.

—Dios mío —dijo la muchacha—. Ojalá nunca se lo hubiera mencionado a nadie. —Cuando su abuela intentó darle un trozo de tarta, Lucinda parecía a punto de comenzar a llorar—. Si me preguntan a mí —gritó, saltando de su asiento—, creo que fue él. —Señaló a Esteban. Luego se estiró los puños de la sudadera sobre sus manos y se cubrió la cara.

Todos se volvieron hacia Esteban, que parecía tan sorprendido como el resto. Llevaba en la mano el plato de tarta que le acababan de dar y lo soltó bruscamente sobre la mesa; el tenedor tembló y cayó al suelo. Sin decir ni una palabra, salió de la habitación. Antes de que nadie pudiera reaccionar, Lucinda se fue corriendo también en dirección a la sala. Oyeron que la puerta principal se abría y se cerraba una vez, y luego de nuevo.

Con los ojos de los demás fijos en ella, Mártir pensaba en qué debía hacer. Su madre le hizo una leve señal y las dos empezaron a limpiar.

Lucinda regresó poco después. Había salido corriendo sin abrigo y temblaba, los dientes le castañeaban por el frío. Huraña y silenciosa, se dirigió a su abuelo, que había ido a sentarse en su sillón de la sala para ver la televisión. El anciano apartó el bastón para abrazar a su nieta.

—Todo va a salir bien —le dijo en voz baja. Mártir estaba en el umbral entre la cocina y la sala. ¡Qué no habría dado por que ese hombre le dijera esas palabras por lo menos una sola vez!

Cualquier cosa que hayan dicho Mártir y su pareja antes de que él empacara sus cosas, se mudara con la ayuda de un amigo que tenía camioneta y cobrara algún dinero por el coche que habían comprado juntos y que ella quería conservar, no tuvo la mayor importancia. De paso, Esteban le mencionó que pensaba regresar a Guatemala. Aun no lo decidía. Se llevó todas sus cosas, pero se le olvidaron sus zapatos de baile. Mártir pensó que tal vez lo hizo a propósito, como para dejar una especie de recuerdo de su agridulce experiencia...

Pero un día Esteban apareció.

—Olvidé mis zapatos de baile —dijo, y sin esperar a que ella los buscara, fue directamente al armario donde los había dejado. Salió con un zapato en cada bolsillo del abrigo. En la puerta principal se miraron torpemente—. ¿Puedo besarte? —preguntó él.

Es posible que ella quisiera que él la besara, pero en los segundos siguientes perdió las ganas y se negó con un gesto.

Otro capítulo que se cerraba sin nuevas lecciones de vida. A pesar de toda la pompa y el alboroto, los cuarenta se estaban manifestando con preocupaciones recicladas y algunos destellos de euforia. Como en «Rema, rema, rema tu bote / Suavemente por la corriente...». Mejor suerte para la próxima década. En muchas culturas tradicionales, los cincuenta eran considerados la edad de la sagacidad. (Quizá porque en otros tiempos la gente no vivía tanto). Probablemente Esteban y ella nunca tendrían París, pero siempre tendrían la milonga de la calle Clark. Una noche ganaron un concurso de tango en la categoría intermedia, y luego se fueron a la playa Montrose con el trofeo, para beberse una botella de Torrontés. Si los veinte años de matrimonio habían sido una dura jornada de trabajo, de la que podía sentirse orgullosa por haber cumplido con sus deberes, aquel breve romance era lo que quedaba al final del día, ese momento de la vida para tomar las cosas con calma.

Un día, después de hacer unos encargos de sus padres, Mártir se quedó para visitarlos. Doña Cuca y ella se sentaron ante la mesa de la cocina para tomar un expreso y comer el insuperable flan de su madre.

—Menos mal que no vivo contigo —dijo Mártir—, porque me inflaría como un globo en un santiamén.

—No te vendrían mal unos kilos de más —dijo su madre—. Ahora ya sé de dónde viene esa obsesión por estar delgada que tiene tu hija.

Doña Cuca contuvo las ganas de decirle a Mártir todo lo que pensaba. Después de todo, ¿por qué los demás tenían que preocuparse más por la niña que su propia madre?

La semana pasada, aunque Lucinda estaba lejos en la universidad, sus abuelos evitaron una difícil situación relacionada con ella. Doña Cuca encontró a su marido limpiando su pistola, una Astra modelo 400. Le perteneció a su padre, quien la utilizó en la guerra donde peleó como republicano con orgullo y firmeza. Salomón solo tenía siete años cuando su valeroso padre murió. La pistola era la única herencia que le dejó.

—¿Qué crees que estás haciendo? —doña Cuca le preguntó, exigente, con el temor de que Salomón, con su vista débil y sus manos inestables, terminara por pegarse un tiro en el pie allí mismo, en la sala.

—Voy a hablar con ese joven sobre mi nieta —dijo. Ya se había puesto su abrigo para demostrar que tenía intenciones de ir y que no habría forma de convencerle de lo contrario.

Su mujer sabía que se refería a Adán. ¡Todo un caballero, según lo veía ella! Nunca lo habría tomado por alguien con malas intenciones, en especial hacia Lucinda.

—No intentaré detenerte, viejo testarudo —dijo doña Cuca—. Si alguien tratara de dañar, aunque solo fuera un pelo de la cabeza de mi niña, yo misma le pegaría un tiro.

Salomón gruñó y empezó a meter en el cargador unas balas que provenían de una caja tan vieja que se caía a pedazos.

—Pero nadie vio a Adán en la escuela de Lucinda —añadió. Cuca tomó un trapo de su hombro y sacudió el polvo imaginario de la pantalla del televisor, tratando de que su opinión pareciera más casual—. Nadie que conozcamos vio a ese chico trabajador, que sale todos los días con su padre al maldito frío para arreglar los calentadores de la gente y que en todas las celebraciones le compra flores a su madre. Una chica que no conocemos, una tal Belkis de Yakin de Vox... ¿creyó que era Adán? ¿Quién es ella? ¿Quién es? ¿Quién es su familia?

Salomón seguía con su tarea, fingiendo no prestar atención a su esposa, pero ella sabía que la estaba escuchando.

—Si quieres saber lo que opino, para mí todos los de por allá son una bola de mariguanos.

No miró a su marido mientras soltaba esa palabra, que quizás su esposo no sabía que ella la conocía.

Se detuvo.

—¿Qué estás diciendo, Cuquis? —El hombre nunca lo había admitido, pero lo más probable era que la sensatez de su mujer lo había mantenido con vida.

—No estoy diciendo nada —respondió su mujer.

Las fosas nasales de Salomón se expandían conforme se impacientaba.

—¡Habla, mujer! —exigió, al tiempo que agitaba el arma como si en cualquier momento fuera a apretar el gatillo por pura desesperación.

Cuca se resistió con valentía a su farsa y sus fanfarronadas. Era Lucinda quien importaba.

—Si quieres ayudar a tu querida nieta —dijo Cuca—, lo único que te digo es que hables con ella. Si no deja de fumar esas tonterías la echarán de la universidad. ¿Cómo es posible que su madre no entienda que su hija no es perfecta? La misma Mártir estaba ciegamente enamorada de un traficante de drogas. —Cuca puso las manos en las caderas y miró fijamente a su marido. No podía haber sido más clara.

—¿Un traficante de drogas? —Salomón abrió los ojos con evidente incredulidad. Se quitó la gorra, se rascó la calva y, tras unos segundos, asintió—: Siempre supe que había algo raro en ese tipo. Creía que solo era un poco... —Apuntó hacia su cabeza con un dedo nudoso y silbó despacio.

Salomón dejó escapar un largo suspiro, ya sin estar tan seguro de lo que debía hacer con respecto al joven en cuestión, y se dirigió a su habitación para guardar su vieja arma. Pensándolo bien, había querido defender el honor de la familia más que causar un daño físico.

Doña Cuca decidió llamar a su hija. Por fortuna, Mártir ya había echado a ese tipo. Era obvio que su hija se debía sentir sola desde el divorcio y su autoestima estaría debilitada. Una mujer tenía sus necesidades, pero igual podía ser un poco selectiva. Cuca se sentía bastante bien como para hacer sus propias compras cerca de su casa, pero pedirle a Mártir que buscara pimientos y aceitunas cuando fuera a esa elegante tienda de ultramarinos en North Side le daría una excusa para visitarla.

No es que las hijas alguna vez les hicieran caso a sus madres. Sabe Dios que, si ella hubiera obedecido a la suya, Salomón habría sido un capricho pasajero. Entonces Cuca no le habría hecho caso después y no habría traído a Estados Unidos a su hijo nacido en España, para que acabara dando la vida por su país adoptivo. El Principio de Causa y Efecto, así se resumía la filosofía de Cuca.

Por ejemplo, ese reloj suizo de imitación, que estaba en la sala con su cucú dando cada hora, incluso por la noche, y que tanto entusiasmaba a su marido, porque creía que su abnegada esposa lo había comprado a plazos en Sears... ¿como regalo de aniversario? Había sido un regalo, sí, pero para ella y de parte de un hombre, con motivo del nacimiento de su hija. Mártir incluso lo vio en una ocasión, pero nunca se acordaba de él.

—Ven aquí —le llamó Cuca a la niña, quien aquella tarde estaba en un columpio del parque. Su madre se hallaba al lado de ese hombre desconocido y, curiosa, Mártir se acercó para apoyarse tímidamente en su madre. Cuando el hombre le tendió la mano para saludarla, en señal de amistad, la pequeña de tres o cuatro años hundió la cara en el regazo de ella y empezó a lloriquear.

En la época que los niños estaban pequeños y aún dependían de su madre para todo, el sábado era el día favorito de Cuca. Su marido siempre trabajaba los sábados para obtener un pago extra. La joven madre jugaba con sus hijos en la casa, ponía discos o intentaba ayudarlos con las tareas del colegio. A veces leía en voz alta, mientras Mártir apoyaba la cabeza en su hombro. Cuca pensó en todo eso y se sonó la nariz.

Años después uno recuerda esos momentos —conservados con cuidado en cajones de cedro, cubiertos con los pétalos de las flores del jardín del verano anterior, gabinetes con puertas de cristal y llaves, envueltos en papel de seda dentro de elegantes cajas colocadas en los estantes superiores—, y los saca para volver a abrazarlos cuando está en soledad y siente nostalgia.

Era extraño que a doña Cuca también le vinieran a la mente esos otros recuerdos. Tendría que contarle a su nieta de cuando era niña en España y acompañó a su madre, después de que las mujeres obtuvieron el derecho al voto. Cuca la recordaba vestida con el único traje que tenía, uno con una gardenia de tul prendida en el cuello, y no olvidaba cómo esperaron en la fila durante horas.

Luego, Cuca se acordó de cuando ella misma fue arrestada por abortar. Su familia consiguió liberarla, pero después los urgieron a ella y a Salomón para que se fueran.

—Cometiste un error que no solo afectará tu vida —le dijo su hermano mayor—, porque tu conducta también perjudicará la vida de todos nosotros.

Cuando escuchó el contestador de Mártir, su madre colgó. Odiaba hablar con aquellas cosas. Doña Cuca estiró el cuello para ver si su marido regresaba del cuarto. Por lo que escuchaba, se notaba que había decidido echarse una siesta. Metió la mano entre el brazo y el cojín del sofá, sacó los cerillos y un paquete de cigarrillos. Abrió un poco la ventana para que saliera el humo, sin que entrara demasiado aire frío, luego encendió un cigarrillo y se sentó.

Las mujeres hacían todo tipo de cosas que la sociedad, la religión o los hombres esperaban de ellas, sin importar cómo tuvieran que reprimir su propia naturaleza innata. Parían un hijo tras otro. Llevaban faja y liga para trabajar sentadas todo el día en una silla dura, mientras se encorvaban sobre una máquina de coser. Una podría disfrutar al hornear algo, seguro, pero no si te lo exigían. Todo esto formaba parte de la vida de una mujer.

Incluso Jackie Kennedy Onassis, elegante, rica y atendida durante toda su vida, fue admirada sobre todo por los hombres poderosos con los que se casó. Podrías llegar a ser una Emma Goldman. Las mujeres anarquistas, con toda su anarquía, terminaron haciendo las cosas según los dictados de los hombres. Al mismo tiempo, había mujeres sin ideología ni política, fuera de los reflectores, cuyos nombres no conocían ni siquiera los vecinos. Estas mujeres anónimas se dedicaron a sus asuntos cotidianos en silencio, sofocadas bajo la presión de las expectativas de la sociedad. A escondidas, ya fuera en represalia contra el statu quo o por desesperación, se atrevieron a romper las reglas. Estas insurgentes, en opinión de Cuca, eran las verdaderas heroínas de cada generación de mujeres.

La madre de Mártir se acarició la nuca y levantó algunos cabellos sueltos con un pasador que se sacó de un lado de la cabeza. Se encaminó hacia la cocina. Cuca apagó el cigarrillo bajo la llave de agua y tomó de nuevo el teléfono para intentar hablar con su hija. Cada vez que Mártir venía, Cuca le pedía que le enseñara a manejar. Sí, ya era hora de que ella comenzara a sacar el auto. ¡Vaya que a Salomón le iba a «gustar» oír eso!

La muchacha del vestido verde

LA MUCHACHA DEL vestido verde, o más bien su presencia, le fue anunciada a Vicenta durante su primera semana en la biblioteca. La inquietante historia o, según la señora Kantor, «el rumor», no se la contó a la nueva bibliotecaria un compañero de trabajo o un asiduo visitante, sino una mujer que consultaba un libro de Edgar Cayce, a quien Vicenta nunca había visto ni vería jamás.

—¿Has oído hablar de la muchacha del vestido verde... por aquí? —murmuró la mujer, recargada en el mostrador. Era blanca, vestía una blusa de algodón y unos pantalones cortos planchados, traía la correa del casco de su bicicleta colgando de su brazo.

Cada vez que Vicenta interactuaba con gente blanca le daba por ponerse tensa. Aunque el inglés era su idioma natal, no la consideraban blanca y tampoco la veían como «americana», por lo que se sentía presionada para hablar el mejor inglés posible, especialmente por su condición de bibliotecaria.

Trataba de hallar en su memoria el recuerdo de alguna mujer con vestido verde que «se suponía» ella conocía. Como dudaba, movió su cabeza negando.

—La gente la ha visto por aquí —dijo la mujer, de unos treinta o cuarenta años cuando mucho. Miró a su alrededor, como si estuviera paranoica de que la muchacha en cuestión apareciera súbitamente de la nada.

—No la conozco —dijo Vicenta, al sacar la tarjeta del sobre pegado en el interior de la portada, luego observó cuando la mujer la firmaba y le preguntó—: ¿Es tu amiga?

La mujer, necesitada de un poco de sol luego del largo invierno, se puso muy pálida.

—Está sin cabeza —dijo, casi en secreto. Luego dio un paso hacia atrás—. No te han hablado de ella, ¿verdad? —Negó con la cabeza, y su coleta se balanceó como la cola de un cuervo en el viento.

Vicenta selló la tarjeta, le entregó el libro a la mujer y volteó a ver furtivamente a la señora Kantor, que estaba sentada ante su escritorio. La directora de la biblioteca levantó la vista, acomodó sus lentes bifocales sobre su nariz y con un dejo de fastidio continuó con sus tareas. Hacer notar su descontento era parte de la personalidad de su jefa.

La mujer guardó el libro en su bolsa de tela y recargó uno de sus codos en el mostrador.

—Bueno, espero verla algún día. Aunque dicen que no tiene cabeza, es muy probable que tenga mucho que contar, y por eso se la pasa merodeando por aquí.

—¿Qué dicen...? ¿Cómo? —preguntó Vicenta en voz muy baja para evitar que el oído de ciervo de la señora Kantor lo captara. De inmediato acudió a su mente la imagen sangrienta de un asesinato. Sintió escalofríos. Ay, Dios. ¿Estaba embrujada la biblioteca?

Vicenta solo había oído hablar de apariciones de fantasmas. Pero su padre, de niño en el México rural, una noche en que regresaba del baño exterior se encontró con La Llorona, que de inmediato corrió hacia el río dando gritos. Contaba la leyenda que esa mujer había ahogado a sus hijos. El padre de Vicenta, que por entonces tenía ocho años, se asustó tanto que tuvieron que llevarlo con un curandero para que le devolviera el alma que, según se creía, esa experiencia le había arrebatado.

Lo espiritual es complicado, pensó Vicenta, *y los espíritus más todavía.* Luego de hacer su Confirmación, les preguntó a sus padres qué pasó cuando María Magdalena se encontró a Jesús en su tumba. ¿Era un fantasma? «No blasfemes», la regañó su madre. «Era nuestro señor resucitado. Allí estaba él en persona».

Al respecto, el relato bíblico era un tanto confuso. ¿Tenían todos el poder de morir y regresar a la Tierra, o solo los santos y las almas condenadas? Una mujer sin cabeza, que vagaba en la biblioteca del vecindario, parecía pertenecer a este último grupo. Por otra parte, estaban los cristianos mártires que sufrieron todo tipo de torturas. Pero este era el Chicago de 1986, no la Europa medieval. Vicenta se resistió a persignarse. Volteó a ver a la señora Kantor, que regañaba por teléfono a alguien que no había devuelto a tiempo varios libros, con la actitud intimidatoria de un cobrador.

Mientras se ponía el casco de ciclista, la mujer se pasó la lengua por la dentadura y asintió. Dio un golpe en el escritorio, señaló a la señora Kantor y, dijo:

—Ella lo sabe. —Un momento después, salió por la puerta con su casco.

Como el contrato de Vicenta requería un período de noventa días a prueba, por supuesto que no le preguntó a la señora Kantor sobre la mujer sin cabeza que visitaba el edificio. En lugar de eso, trató de sacarse de la cabeza esa imagen sombría, pero le resultó imposible. Ya sea por las historias que se contaban durante la cena, cuando era niña, o por su educación católica, estaba convencida de que esa terrible aparición se haría realidad algún día, y entonces Vicenta perdería la cabeza. (La gente decía «alma», pero en una clase de psicología había aprendido que «mente» y «alma» eran lo mismo).

Cada vez que debía usar el baño de los empleados, la joven esperaba hasta que hubiera alguien en la cafetería de al lado, para no quedarse sola en la parte de atrás. Ni siquiera le gustaba quedarse sola en la cafetería. No había nada amenazante en ese lugar, pero no tenía ventanas y sentía claustrofobia, como si se estuviera asfixiando.

La mayor parte de los días se sentía bien en el trabajo, pero había otros en que se le manifestaba un velado sentimiento de aprensión, el presentimiento de algo innombrable. Las noches en que cerraban a las ocho, Vicenta salía corriendo tan pronto se apagaban las luces. Le aterraba la idea de tener que ordenar los libros en un pasillo poco iluminado, donde una figura mórbida podría mostrarle su mano esquelética en cualquier momento.

Si bien nadie más volvió a hablar de la muchacha del vestido verde, otra indeseable presencia comenzó a rondar por el lugar; una de carne y hueso. Deidre, así se llamaba, o «la vagabunda», como le decía la gente menos amable, se convirtió casi en parte del mobiliario. Poco después de que Vicenta iniciara su nuevo trabajo, la mujer empezó a estacionar su carrito de supermercado, lleno de basura, cerca de un parquímetro al lado de la biblioteca. Entraba bamboleándose y arrastraba los pies con esas botas que le quedaban grandes e, incluso en verano, se cubría con capas de ropa vieja y sucia. Antes de verla o de oírla, un penetrante mal olor invadía los orificios nasales anunciando su llegada. Se acercaba a un estante, tomaba un libro y buscaba un lugar donde sentarse. A veces realmente leía, moviendo los labios. Si la enorme mujer comenzaba a hacer comentarios en voz alta, un agudo «shhh» de la señora Kantor bastaba para que ella volviera a su lectura hasta que comenzaba a cabecear.

Era el primer trabajo que Vicenta tenía como bibliotecaria de tiempo completo. Dos años antes había terminado sus estudios en una universidad del sur del estado, pero la planeación de su boda y el adaptarse a una nueva vida no le habían permitido, hasta entonces, buscar un empleo como profesional de tiempo completo. Cuando se enteró de que había una vacante en la biblioteca local, le pareció ideal. Por lo visto, la señora Kantor, que era la directora, pensó lo mismo. Luego de una breve entrevista, Vicenta fue contratada. La biblioteca era relativamente nueva y, sobre todo, ofrecía un ambiente agradable. Contaba con una sección para niños y se había instalado un espacio con computadoras. La mayoría de la gente no estaba familiarizada con su uso y la señora Kantor se propuso organizar una clase nocturna.

—Todo depende de si conseguimos fondos —le dijo a Vicenta para explicarle por qué sus planes para estos programas estaban detenidos—. Y los políticos de por acá prefieren llenarse los bolsillos en lugar de darles a las escuelas y a las bibliotecas lo que necesitan.

Había otra empleada que venía tres o cuatro veces a la semana.

—Sharon se encarga de levantar lo que van dejando abandonado aquí y allá por holgazanería —le dijo la jefa a Vicenta en su primer día. La joven asintió con el ceño fruncido, como si estuviera recibiendo una información importante, aunque no tenía idea de qué era lo que podía considerarse holgazanería en una biblioteca de barrio. El esposo de Vicenta trabajaba como cargador en el muelle. Allí, cuando un compañero abandonaba su deber, y entonces dejaba de cargar lo que le tocaba, eso sí que era holgazanería porque ellos tenían que bajar el ritmo de producción. Era importante trabajar en equipo si querían mantener el empleo.

Sharon tenía un título en bibioteconomía, pero lo que hacía era apilar libros en las estanterías. Tal vez eso era lo que la señora Kantor entendía como «levantar lo que van dejando abandonado por holgazanería». Ordenar libros era una labor para un interno o un pasante, pensaba Vicenta. ¿Por qué la señora Kantor no le había dado el puesto de tiempo completo a la bibliotecaria que ya tenía entre sus empleados?

A Sharon parecía no importarle. Hablaba poco y se concentraba en sus labores. Echando hacia atrás su cabeza llena de rastas, ceñidas con una pañoleta de estampado llamativo (una de las muchas telas que compró en Kenia durante su luna de miel), Sharon recorría metódicamente los pasillos, con un artefacto llamado Walkman sujeto en el cinturón de sus jeans y con los audífonos puestos. La señora Kantor no estaba de acuerdo con que vistieran jeans en el trabajo ni tampoco con que escucharan música, pero no había un reglamento que lo prohibiera, y lo más que podía hacer era expresar entre dientes su disgusto. La empleada de tiempo parcial estaba embarazada, y a medida que su panza crecía también parecía aumentar la impaciencia de Sharon. Cabía la posibilidad de que su jefa pensara que lo mejor era no iniciar una disputa, tomando en cuenta que tenía pocos empleados.

Durante el verano, cuando la biblioteca cerraba, a Vicenta le resultaba placentero caminar las cuatro cuadras de regreso a casa, como en una escena sacada de una obra de Wilder, *Nuestro pueblo*. La gente iba de un lado a otro, mientras las luces brillantes de la calle titilaban. Los padres jugaban en el parque con sus hijos en los columpios y los toboganes, los niños más grandes disfrutaban jugando sóftbol o montando en bicicleta. Unos adolescentes en la cancha de básquetbol. Familias jóvenes refrescándose bajo los rociadores de agua. Los rebosantes árboles de maple ocupados por el bullicio de los pájaros, justo cuando caía la tarde y el horizonte se teñía de morado y naranja. En casa, Simón ya había preparado la cena y aguardaba la llegada de su esposa para sentarse a comer, como un hombre enamorado y deseoso de procurar una vida armoniosa.

Algunos jueves por la tarde, Vicenta y Sharon corrían hacia la cafetería del señor Pagonis, que estaba en la esquina, para comerse una hamburguesa con papas fritas. En una de esas ocasiones, lejos del agudo oído de la señora Kantor, Vicenta se aventuró a preguntarle a Sharon por qué no había solicitado el trabajo de tiempo completo. Era obvio que estaba preparada y que el dinero le vendría bien.

—Sabes que en el trabajo solo ofrecen pocas semanas de permiso de maternidad, ¿verdad? —le dijo Sharon—. Luego de que nazca mi bebé no voy a regresar al trabajo. Le tendría que dar casi todo mi salario a la niñera. Cuando esté en condiciones de volver a trabajar, algo encontraré. —Negó con la cabeza—. No voy a extrañar a la señora Kantor —dijo—. Estoy segura de que lo único que a ella le preocupa es obtener todos los beneficios para cuando se jubile el próximo año. No la culpo, se ha pasado media vida en la biblioteca.

A Vicenta esa no le parecía una mala vida. Le gustaba el ambiente de su trabajo.

—Por eso Kantor es tan rígida, preocupada todo el tiempo por si mete la pata, ¿y luego? Se quedaría sin el cheque de jubilación que tanto le ha costado. Estoy convencida de que trata mejor a la vagabunda que a mí. Sharon se rio entre dientes, pero estaba claro que no encontraba nada gracioso en lo que había dicho.

—¿Te refieres a Deidre? —quiso aclarar Vicenta. Hasta ese momento no se había percatado del resentimiento de Sharon. Ya eran dos.

—Sí, me refiero a Deidre —dijo Sharon, poniendo los ojos en blanco—. Lo siento por ella, no me malinterpretes. Pero deja apestoso el lugar, ¿o no te has dado cuenta?

Sharon hizo una bola con el papel encerado de su hamburguesa y la tiró en la canasta de plástico roja donde se la habían servido.

—De tan solo pensarlo casi me echa a perder el almuerzo —dijo, y se metió un dedo en la boca, como si le dieran nauseas.

Claro que Vicenta se daba cuenta del fétido olor que la mujer dejaba a su paso. Por eso, la joven bibliotecaria se ocupó en pedirles a los conserjes que llegaban desde temprano, que pusieran especial cuidado en desinfectar la zona donde Deidre solía sentarse. Tratar con la indigente se había convertido en algo tan desagradable como la creciente obsesión de Vicenta por el supuesto fantasma de la biblioteca.

Como era de esperarse, fue en Halloween cuando la muchacha sin cabeza del vestido verde se convirtió en tema de conversación. La señora Kantor puso frente a Sharon y Vicenta una pila de cartulinas anaranjadas y negras, además de una caja de materiales. Tenían una enorme pizarra de anuncios, que cada mes decoraban para celebrar los días de fiesta nacionales o conmemorar a los personajes importantes. Las dos mujeres se hicieron de una mesa de lectura para colocar en ella plantillas, pegamento, tijeras y otros materiales. Era una labor que Vicenta disfrutaba y de inmediato se puso manos a la obra. Sharon empezó a cortar la cartulina para hacer eslabones negros y naranjas con el fin de encadenarlos a lo largo de la pizarra.

Dijo que era una extensión de su talento creativo. Una usuaria que estaba leyendo en la mesa se ofreció a ayudar. —Me encanta Halloween —les dijo—. Rento películas de terror y las veo a solas para sentir miedo.

Sharon contuvo una risita y preguntó:

—Pero ¿te has fijado que es siempre esa «chica mala», ya sabes, la sexualmente promiscua, a la que primero acuchillan? —La voluntaria se encogió de hombros.

Vicenta volteó a ver a la señora Kantor, que estaba ocupada con alguna gente que quería sacar libros. Entonces se acercó y dijo:

—Hablando de miedo, ¿alguna de ustedes ha oído algo sobre la muchacha sin cabeza, la del vestido verde?

La voluntaria y Sharon reaccionaron al mismo tiempo con un gesto un tanto divertido, como si se tratara de una broma. En una mesa cercana, dos mujeres que preparaban una propuesta a la ciudad para utilizar un terreno baldío como jardín comunitario, escuchaban a escondidas. Movieron sus cabezas en un gesto de negación.

—Bueno, este es un edificio nuevo —dijo Sharon—. No creo que alguien haya muerto aquí. ¿No es por eso que los fantasmas se aparecen? Mueren de repente y luego sus espíritus quedan atrapados en el lugar.

—Tal vez no fue en este edificio, sino en lo que aquí había antes —dijo la mujer que las ayudaba—. Ya sabes, como se dice siempre de los cementerios indígenas que son profanados cuando se construye sobre ellos.

Vicenta no pensaba que la mujer del vestido verde tuviera que ver con cementerios indígenas. Un hombre que se hallaba cómodamente sentado a unos metros de distancia dejó de lado su libro. Él venía una o dos veces a la semana. Jubilado y con mucho tiempo en sus manos, se pasaba la vida leyendo sin prisa los libros de la sección de literatura de vaqueros.

—Cuando era niño toda esta cuadra estaba rodeada por hermosas casas Eduardianas. Los jardines eran impecables. Aquí vivían banqueros, abogados, la crema y nata de la sociedad. Con el tiempo, las casas fueron derribadas, una tras otra, por su deterioro y por el plan que tenía el alcalde para crear una Chicago moderna.

Por algún motivo, todos asintieron. Una de las mujeres que estaba trabajando en la propuesta, con los formularios dispersos a su alrededor, dejó de escribir.

—¿Qué tipo de vestido verde? —inquirió. Parecía una pregunta peculiar, en especial porque venía de alguien cuya apariencia podría haber sido amablemente descrita como casual, si no es que descuidada, pero hizo volar la imaginación de Vicenta. Pensó en algo de angora, como la boina blanca invernal que llevaba puesta, y en el color verde bosque del pañuelo que elegantemente adornaba su cuello. Era de Polonia o de Rusia. Al menos eso le dijo Simón. Había conseguido ese regalo en su última visita al mercado de pulgas, adonde él iba a curiosear buscando herramientas usadas. Esa bufanda era ahora la prenda favorita de Vicenta.

—Seguro era una joven debutante y sobreprotegida de aquella época Eduardiana —comenzó a especular la mujer que estaba en la mesa, mientras se quitaba los lentes de lectura—. Su padre le prohibió casarse con el italiano que repartía carbón. La muchacha subió al ático y se colgó. Así de simple.

—¿Por qué un italiano? —preguntó alguien.

La mujer se encogió de hombros:

—Cuando mi abuelo llegó de Italia, ese fue el primer trabajo que tuvo. Mi madre decía que por entonces había mucha discriminación hacia los italianos.

—Pero... si no tenía cabeza ¿cómo fue que se colgó? —preguntó Sharon. Puso la mano en su espalda adolorida, su embarazo era difícil. Agarró la engrapadora y llevó la cadena de papel hacia la pizarra.

—O sea que el padre tomó un hacha de la leñera y le tasajeó la cabeza a su hija —dijo una de las mujeres que estaba redactando la propuesta, como si hiciera un reportaje de investigación. Su espacio en la mesa estaba ordenado, los lápices con punta, alineados al lado de una calculadora portátil y lo que parecía ser un inhalador para el asma—. Pero no porque quisiera huir con algún imbécil, sino porque no tenía la menor intención de casarse.

Como si el misterio hubiera sido resuelto, las dos mujeres que estaban preparando la propuesta regresaron a su labor.

—No muy lejos de aquí hay un cementerio —dijo el hombre que

leía libros de vaqueros—. Pero eso no necesariamente explica por qué alguien vería un fantasma aquí.

—¿Cementerio? —dijo en voz alta la señora Kantor—. ¿Un fantasma sin cabeza? ¿Qué quieres decir, Vicenta? —le preguntó. Todos voltearon a ver a Vicenta y luego a la señora Kantor. La directora agarró su bolso y una gruesa chaqueta que mantenía colgada sobre su silla giratoria—. Hazte cargo de atender —le pidió a Sharon. Molesta, salió a fumar un cigarro. Se hizo el silencio.

Vicenta estaba a punto de tomar un marcador cuando una vocecita murmuró:

—Yo la vi. —Levantó la vista. Cerca de ella, estaba parada una mujer de complexión delgada, con su hija de la mano y un LP de *La novicia rebelde* bajo el otro brazo. Esa súbita proximidad sorprendió a Vicenta, hasta que cayó en la cuenta de que venían de la cabina a prueba de ruido que estaba cerca.

—La última vez que vine se hallaba allí. —La mujer señaló con la barbilla en dirección a la cabina, pero sus vidrios eran oscuros y no se podía ver hacia adentro—. Sentí que algo tocaba mi cabello. Al principio creí que era ella. —Volvió a mover su cabeza, esta vez para señalar a su hija—. Fue cuando vi esa cosa detrás de mí en el reflejo del vidrio.

—¿Cosa? —dijo la voluntaria que estaba junto a la mesa.

—Algo... sin cabeza. —Nadie habló, hasta que ella dijo—: Agarré a mi hija, salí corriendo y se lo conté de inmediato. —Se volteó y con la barbilla dio a entender que se refería a la señora Kantor, quien todavía estaba afuera—. Pero ella solo se me quedó viendo, como si yo estuviera loca.

La mujer que estaba en la mesa negó con su cabeza y siguió trazando sus plantillas. Vicenta se quedó sin habla, su corazón latía con fuerza.

—En casa me dijeron que estaba loca —continuó la mujer, tratando de sonreír—. Tal vez lo estoy. —Y bajó la mirada—. Después de todo, volví a entrar.

La joven madre agarró a su hija, fue a devolver el LP al mostrador y se retiró.

Minutos después, cuando parecía que nadie tenía nada que decir, la solicitante de subvenciones 2 se aclaró la garganta:

—Mi primo asesinó a su esposa porque dijo que estaba loca —contó—. Pero todos sabíamos que la razón fue que siempre la estaba regañando porque no preparaba el arroz como su madre.

—¿Qué? —dijo la voluntaria—. Si mi esposo dijera que no sé cocinar como su madre lo mataría yo —protestó.

—Solo le dieron tres años —siguió diciendo la mujer—, y por «buena conducta» estuvo menos tiempo.

—Es una broma, ¿verdad? —dijo su compañera solicitante de subvenciones. Golpeó la mesa con su lápiz y se sentó—. ¿Tres años por matar a una mujer porque no sabía hacer arroz? ¿Sucedió en este país?

Su amiga asintió.

—Sí, aquí en Chicago. Pero él no usó eso en su defensa. Lo que dijo fue que ella lo atacó con un cuchillo y él tuvo que dispararle.

El hombre que leía la novela de Louis L'Amour (o, como él mismo se lo describió a Sharon, «el escritor favorito del presidente») se levantó. Regresó la novela al estante y se despidió amablemente de las mujeres con un movimiento de cabeza. Lo más probable es que le molestara la plática. Como la señora Kantor estaba en su descanso, las mujeres se sintieron cómodas para continuar con esa espantosa historia.

Vicenta sintió comezón en la cabeza y se quitó la boina. La mujer que estaba ante la mesa, y que ahora recortaba siluetas de gatos erizados, sonrió con satisfacción.

—Tienes todos los pelos parados —dijo señalando a Vicenta—. Es la estática.

Tímidamente, la joven bibliotecaria se alisó el cabello y se puso la boina, ajustando la bufanda en su cuello. Quería lucir como Kiki de Montparnasse. Cuando explicó su nuevo peinado, una melena corta con flequillo, nadie alrededor de Vicenta sabía de la fama de esa musa y artista parisina de los veinte. La inusual visita a un salón debía alegrarla. Arreglarse como una mujer que sabía lo que quería era inspirador.

Poco antes de comenzar a trabajar allí, Simón y ella habían ido a la sala de urgencias una noche en que Vicenta se despertó con una hemorragia. Desde el aborto espontáneo, él había estado muy cariñoso con su joven esposa y la sorprendía con pequeños regalos, como la bufanda. Ella ni siquiera se había dado cuenta de que estaba embarazada y, aunque les habían asegurado que podía volver a quedar embarazada, daba la impresión de que Simón, que rara vez mostraba sus emociones, se había retraído. Poco a poco recuperó su buen carácter (por lo menos la mayoría de los días), pero quedó claro lo importante que era para él formar una familia.

La desgracia tuvo un efecto diferente en Vicenta. Todos somos capaces de aguantar dolores inesperados e incluso humillaciones. Las mujeres abren sus piernas por amor y también por razones reproductivas. Luego de que rasparon su útero, ella comenzó a repensar la maternidad. No la desanimaban las molestias físicas del embarazo, sino más bien se preguntaba si su verdadera vocación sería otra.

El incidente también le había recordado a cada uno algo que ocurrió al comienzo de su relación. Naturalmente, en un principio, ninguno estaba seguro si quería asumir un compromiso o no. Ella estudiaba en una escuela al sur del estado. Él vivía en Chicago y trabajaba mucho. Luego de que rompieron, Vicenta se dio cuenta de su embarazo. Se pasó una y muchas noches hablando con sus compañeras de cuarto. Llamó por teléfono a su madre y a su hermana. Finalmente, la muchacha decidió que la mejor solución sería interrumpir el embarazo. Cuando volvieron a estar juntos, Vicenta nunca habló con Simón sobre este angustioso episodio; un año después, luego de que se comprometieron, quiso ser honesta con su futuro esposo y se lo contó. Para consternación de la joven mujer, en lugar de sentir compasión o arrepentimiento por no haberla acompañado en ese difícil trance, Simón reaccionó como si lo hubieran agraviado.

—Pero ni siquiera estábamos juntos —le dijo Vicenta—. Te dejé mensajes en tu contestadora. Yo estaba en exámenes... No sabía qué hacer.

—¿O sea que mataste a nuestro hijo? —le preguntó.

A medida que los días se hacían más cortos, el otoño llegaba a su fin y anunciaba la presencia del invierno. Caminar las cuatro cuadras a casa en medio de la oscuridad y con temperaturas cada vez más bajas pronto quedó fuera de toda consideración. Además, Simón se sentía intranquilo de que su joven esposa anduviera por calles casi vacías. Le compró un aerosol de gas pimienta que venía en un llavero. Vicenta era una muchacha de ciudad, lista y vivaz. No es que Simón no confiara en ella.

—Pero uno nunca sabe —le dijo—, alguien puede saltar sobre ti desde una puerta a oscuras... o jalarte hacia un callejón.

No es que esas cosas no sucedan. Vicenta se sintió agradecida de que su esposo fuera por ella en la noche. Le tranquilizaba ver el auto estacionado en doble fila, con el motor encendido, calentito por dentro, y a Simón, a quien no había visto en todo el día, esperando verla salir por las puertas de cristal.

Cuando llegaba el frío a esta ciudad, conocida por sus inviernos brutales, no resultaba fácil echar a Deidre a la calle en el momento de cerrar. La señora Kantor hizo algunas averiguaciones y se enteró de que la mujer dormía en un albergue de la iglesia, donde se ofrecían cenas y se proporcionaban catres. Pero ella no podía ir allí sino hasta las scis dc la tarde, cuando abrían. Un día, mientras recogía su almuerzo en la cafetería, Vicenta le mencionó al señor Pagonis la responsabilidad que sentía por esa mujer sin casa, que había hecho de la biblioteca su residencia. Se le ocurrió pedirle a su amigo, cuya cafetería tenía en el barrio más tiempo que la biblioteca, que le permitiera a Deidre sentarse en la parte trasera de su establecimiento y le ofreciera un café a cuenta de la casa hasta que abriera el albergue.

—Excepto los jueves, cuando la biblioteca está abierta hasta más tarde —le dijo—, cerramos a las cinco, así que solo sería durante una hora, más o menos.

Las espesas cejas del señor Pagonis se levantaron como un par de cepillos animados.

—¿Qué le parece que es esto, un lugar de beneficencia? —preguntó. Vicenta vio saltar saliva de su boca—. Yo pago mis impuestos —continuó—, aporto a mi iglesia, voto en las elecciones, ¿qué más esperan de mí?

Quizás tiene razón, pensó ella, y estaba a punto de irse con su orden de gyros para llevar, cuando él cedió, moviendo la cabeza con desconfianza, y con un gesto desdeñoso que no se sabía si expresaba que estaba de acuerdo, resignado o que no le importaba.

—Este es un país rico —dijo—: No hay razón para que el gobierno deje que esta gente viva en las calles. ¿Sabes lo que sería bueno? Deberían hacer una redada y mandarlos lejos de aquí.

—¿Adónde sugieres que los manden? —preguntó su *hostess*, que estaba escuchando—. ¿Meterlos en un autobús y mandarlos a Fort Lauderdale?

—¿A Florida? ¡Florida! —Él volteó, daba la impresión de que iba a comerse viva a la pobre mujer—. Ah, si tuviera la suerte de irme para allá cuando me jubile —dijo, casi a punto de dar un pisotón, moviendo la mano como si quisiera arrancarse el cabello que no tenía—. No me importa a donde vayan. Solo que estén fuera de mi vista y de mi ciudad.

A la hora de cerrar la biblioteca, se necesitaron varios intentos para lograr que la malhumorada mujer fuera a la cafetería, pero finalmente fue por sí misma.

A principios de diciembre, poco antes del anochecer, con la nieve amontonada en la orilla de la banqueta y hielo en el camino, la señora Kantor anunció que la biblioteca estaba por cerrar y, como siempre, preguntó por Deidre.

—¡Aquí no está! —gritó Sharon mientras recogía las mesas.

Vicenta, ansiosa por salir hacia donde, como siempre, Simón le estaría esperando estacionado en doble fila y estorbando al tráfico, ya se había calzado sus botas y se había tapado con un suéter y un abrigo. Se estaba poniendo los guantes de lana cuando la señora Kantor volteó a verla y le ordenó:

—Fíjate en el baño de las mujeres, Vicenta. A lo mejor está allí.

Mientras tanto, Sharon se asomó al baño de hombres y la señora Kantor se paró en la entrada, sin abrigo, para echar un vistazo a uno y otro lado de la calle.

No es que su jefa tuviera derecho alguno de gritarle órdenes a nadie, pero Vicenta fue a inspeccionar el baño de mujeres. Como ya era su costumbre, se llevó una mano a la cara para no ver la cabina a prueba de ruido al pasar por ahí. Si llegara a encontrarse con el reflejo de una silueta sin cabeza, seguro que le daría un ataque cardiaco.

La joven bibliotecaria se encaminó hacia los baños, que apestaban a algo fétido. Al reconocer bajo la puerta los zapatos rotos, gritó:

—Deidre, ¿estás bien? —Se acercó con cautela. La puerta no tenía seguro—. ¿Señora Deidre? —murmuró Vicenta. Se tapó la nariz, y abrió con cautela. La anciana rezongó, pero no hizo nada para levantarse del inodoro.

—¿Te puedo ayudar? —preguntó Vicenta. La puerta volvió a cerrarse y Vicenta le dio un empujoncito para abrirla. Como Deidre no respondió, decidió que tenía que hacer algo. Detuvo la puerta y le ofreció su mano. Deidre la miró tan confundida como siempre y no se movió. Luego de una pausa, Vicenta tomó su mano—. Ven —trató de persuadirla—, salgamos de aquí. Ya todos nos tenemos que ir a casa.

Deidre se apartó bruscamente. Exasperada, Vicenta se inclinó para agarrarla de los hombros, con la intención de levantarla, aunque la mujer pesaba por lo menos el doble que ella.

—¡Déjame en paz! —Deidre se apartó para evitar el intento de Vicenta por ayudarla. A cada momento, sus reacciones se volvían más agresivas—. ¿Quién eres tú? —gritó—. ¿A dónde me quieres llevar? ¡Lárgate, lárgate!

Eso era precisamente lo que quería hacer Vicenta, irse. Tuvo que contener las ganas de vomitar que le causaba el olor nauseabundo y, como no consiguió mover el voluminoso cuerpo plantado en el retrete, se sintió impotente. Los pies de Vicenta resbalaron como si pisara lodo, y se imaginó que era diarrea. Hubiera querido llamar a las otras dos bibliotecarias para que la ayudaran, pero temió que sus gritos alarmaran aún más a Deidre y trató de calmarse.

—Tranquila, por favor —suplicó—. Todo está bien.

Poco después, Simón tocó en la puerta de vidrio en busca de su esposa, luego de dejar su auto en doble fila y con las luces de emergencia parpadeando. Quien le abrió fue una aterrada, o por lo menos agitada, señora Kantor. Lo había visto en un par de ocasiones. Como Simón trabajaba horas extra, anticipándose a los gastos navideños, llegó vestido con su overol lleno de tierra, por lo que sintió que la mujer lo miraba como si le costara reconocerlo. Por un momento se vieron uno a la otra, y luego él preguntó:

—¿Algún problema? —Trató de mirar hacia dentro, pero la mujer se interpuso.

Cuando por fin apareció la agobiada Vicenta, de inmediato se sorprendió al ver como se desafiaban con la mirada. Voltearon hacia ella.

—¿Qué pasa? —preguntó la señora Kantor a Vicenta, quien se quedó sin palabras ante la peculiar escena.

—Vámonos, ¿sí? —por fin le dijo ella a su esposo y lo tomó del brazo.

Pero la terrible noche aún no había terminado. Camino a casa, en el auto, ella trató de explicar por qué se había retrasado y qué debería decir o no decir con respecto a Deidre, esa vieja loca y repugnante a la que nadie quería cerca.

—Qué desagradable —dijo Simón—. ¿Qué más van a hacer por esa indigente? ¿No sería mejor que le hablaran a alguna institución? Tal vez lo que necesita es un hospital psiquiátrico. —Sus manos se aferraron al volante.

Vicenta nunca había escuchado hablar así a su marido. No lo culpaba por estar molesto. Luego de un largo día, los dos estaban cansados y hambrientos.

Cuando llegaron a su edificio, ella le preguntó a Simón sobre la manera en que su jefa y él se habían quedado mirando cuando ella llegó.

—¿Te dijo algo? —le preguntó Vicenta.

Quiso hacerse el desentendido, se pasó la mano sobre su espeso cabello negro.

—¿Te parezco un delincuente, nena? ¿Por qué alguna gente piensa que los hombres de cierta apariencia son propensos a la delincuencia? —Y se señaló a sí mismo. Vicenta guardó silencio, y los dos subieron al edificio sin cruzar palabra—. Si alguien tiene apariencia de asesina a sueldo es la vieja Kantor —dijo, cuando se sacaba las botas húmedas para dejarlas fuera del departamento.

Vicenta se sentó en la sala. Tenía la sensación de ser un muñeco inflable —por ejemplo, Snoopy en el desfile navideño del centro de la ciudad—, que perdía todo su helio.

A veces, las disputas de pareja emergen de un montón de desechos emocionales inflamables y solo se necesitaba un cerillo para hacerlos arder. En este caso, ese montón de desechos seguía allí. Cada vez más volátil. Él se la pasaba disculpándose todo el tiempo. Sus justificaciones comenzaban en forma de explicación.

—Desde que perdimos al bebé... —Ahora, cuando le daba por analizar sus peleas, le parecía que ese era un pretexto. Todo terminaba con pequeños regalos, como la bufanda de Europa Oriental o un ramo de flores del supermercado.

No se quitaron los abrigos, como usualmente lo hacían cuando llegaban al calor de su hogar. Nadie fue a preparar la comida. Los dos se sentaron, ella en la sala y él en la cama del dormitorio, como esperando que sonara la campana que anunciaba el inicio de la pelea. El fuego de una inminente disputa se había encendido por el retraso de Vicenta al salir del trabajo.

—Si vamos a formar pronto una familia —le dijo Simón desde la puerta—, me parece que no puedo permitir que sigas trabajando.

Vicenta no podía creer lo que escuchaba. Simón siempre había apoyado sus metas profesionales. Cuando ella estaba en la escuela y trabajaba medio tiempo en la biblioteca de la universidad, era él, un tipo que todos los días laboraba en el muelle, quien le compraba sus libros de texto.

—¿Quién se hará cargo del bebé? —preguntó Simón—. Suponiendo que tengamos uno.

Con o sin el apoyo de su esposo para que ella trabajara fuera de la casa, seguiría intentándolo. Aunque recordó la opinión de Sharon sobre los miserables beneficios para las mujeres con hijos. ¿Valía siquiera la pena trabajar fuera de casa?

Simón regresó al sillón, su tobillo descansaba sobre su otra rodilla, y su pie, cubierto con una mugrienta calceta, temblaba con inquietud.

—Si crees que voy a esperar hasta ser un cuarentón para tener hijos —dijo él—, cuando ya esté muy viejo para disfrutarlos, estás loca. —Como si se arrepintiera de esta frase, agregó—: Espero que lo entiendas, Vicenta.

¿*Entender qué?*, se preguntó ella, pero estaba muy cansada luego de una larga jornada y no quería discutir. Ya era tarde y había perdido el apetito.

—Voy a darme un baño y me iré a dormir —dijo, con la esperanza de que su actitud sirviera como una especie de bandera blanca para su enojo.

—Sí, qué buena idea —dijo Simón—. Asegúrate de echar esa ropa en el cesto, o mejor en el bote de basura. Hueles a mierda.

A pesar del hecho de que tal vez había cierta razón en su queja, Vicenta sintió el rechazo de su esposo como una bofetada.

«No seas tan sensible», decía Simón cada vez que la criticaba; y ella solo respondía como si se sintiera herida. Ante sus regaños, comenzó a actuar como un conejo asustado. En el baño, al quitarse la ropa, la olió y sintió rastros del hedor de Deidre. Aunque ¿a quién le gusta que le digan que huele mal? El mundo de Simón, el de los hombres rudos y duros del muelle, era muy distinto al de ella. A veces, eso se le olvidaba a él.

Después de bañarse, Vicenta fue al ropero del pasillo y sacó una bolsa de dormir. Si ella le provocaba repulsión, Simón podía dormirse en el suelo esa noche, a ella no le importaba. Le aventó el pesado rollo, que cayó justo ante sus pies, pero él se quedó sentado en el sillón.

—¿Ya ves lo que quiero decir? —le dijo, con la cara enrojecida—. ¡Estás loca!

Casi por instinto, agarró la botella de cerveza que estaba en la orilla de la mesa y, con la puntería de sus tiempos de mariscal de campo, se la aventó. Ella reaccionó rápido, y alcanzó a esquivar al objeto volador, pero sintió que la cerveza la salpicaba cuando el misil se estrelló contra el piso, al tiempo que vidrios y líquido saltaban por todas partes.

Llena de ira, Vicenta miró alrededor para ver si encontraba algo con qué responder. Simón estaba alerta, sentado con la espalda derecha y los pies en el suelo. Ella recordó la herida en su pierna del domingo anterior. Habían discutido y la agradable tarde, mirando una película rentada, se convirtió en zona de guerra. Cuando ella se levantó, rumbo a la cocina, sintió que algo le golpeó la pierna. Era la fotografía enmarcada de su boda, que estaba en una repisa de la sala. La esquina metálica le cortó la piel poco antes de estrellarse en el piso. Sorprendida, Vicenta se quedó mirando el objeto roto en el suelo. Simón ni siquiera se molestó en ver donde había caído porque se fue al cuarto dando un portazo.

Pocos días después volvieron a discutir. Si ella se enganchaba con la pelea, lo más seguro es que la situación se pondría peor. ¿Qué seguía? La joven esposa prefería no averiguarlo, se retiró a la recamara y cerró la puerta (sin dar un portazo). Más tarde, cuando Vicenta se asomó, le sorprendió que el departamento estuviera tan tranquilo. Simón se había ido. Cada vez que su esposo sentía la necesidad de tranquilizarse, de reflexionar o simplemente de estar solo, salía a dar una vuelta en su auto. Cerca de la medianoche, ella seguía sin poder dormir y se regresó a la sala. Simón no había llegado. Vicenta se acercó a la ventana y miró a través de las persianas venecianas; la calle, sin mayor movimiento o ruido que el de las ráfagas de nieve que llevaba el viento, en otras circunstancias parecería tranquila pero ahora se sentía un tanto rara. Además de la preocupación por su esposo y el deseo de que pronto volviera a casa, ella estaba nerviosa por el incidente con Deidre. Vicenta se sentía culpable por haber dejado a Kantor y a Sharon con el terrible desastre; terrible e innombrable. Pero cuando Simón llegó por ella, ¿qué otra cosa podía hacer? Si insistía en quedarse o trataba de dar una explicación, a los ojos de Simón pasaría de ser la muchacha incapaz de hacer algo malo a la esposa que todo lo hacía mal.

A la mañana siguiente, la caminata rumbo a la biblioteca fue prácticamente en condiciones polares. Era muy temprano y las banquetas estaban peligrosamente heladas, porque los residentes aún no habían tirado sal gruesa. Vicenta se resbaló varias veces, pero por fortuna no alcanzó a caerse. Simón y ella aún no se comunicaban, pero asumió que la iría a buscar, como siempre. A pesar de la desagradable pelea que habían tenido la noche anterior, ella confiaba en que podrían resolver sus diferencias.

Como la señora Kantor era la que siempre abría la biblioteca, Vicenta se preocupó al ver que no había llegado. Su jefa nunca se atrasaba. Luego de prender las luces, quitarse los abrigos y cambiar sus botas antiderrapantes por zapatos de calle, fue a checar el termostato. Se sentía mucho frío y ella se preguntó si habría algún problema con la calefacción. Ojalá y no. La biblioteca podría enfriarse terriblemente si fallaba. Negar la realidad jamás es una opción sabia, pero por lo pronto, la segunda al mando subió el termostato, con la certeza de que la calefacción no tardaría en funcionar.

En lugar de ir a su escritorio, Vicenta no dejó de moverse en los alrededores, para mantener el calor mientras esperaba la llegada de los conserjes. Su estómago hacía mucho ruido. Ella no tenía costumbre de desayunar y, como siempre, solo se había tomado una taza de café esa mañana, pero de repente sintió hambre. La noche anterior, después de la pelea no había comido, se acordó. Esa mañana, sobre la estufa seguía estando la sartén con los restos de lasaña, todavía cubierta con papel aluminio, que la pareja había sacado del refrigerador para calentar. ¿Sí había comido algo? ¿Por qué le estaba costando tanto recordar lo sucedido la noche anterior? La cabeza le dolía, como si tuviera resaca.

Vicenta estaba tratando de determinar de qué quería la señora Kantor que se encargara en su ausencia, cuando descubrió sobre una de las mesas de lectura la extraña presencia de un viejo y grueso libro. Al final de cada jornada, todas se aseguraban de dejar en orden el lugar. Pero, por otra parte, la tarde anterior había sido una excepción, para decirlo de forma amable y con precisión: una tragedia en dos o tres actos. Vicenta levantó el libro, que tenía el lomo dañado y las páginas amarillentas, justo en el momento en que llegaron dos trabajadores de mantenimiento, que golpeaban con fuerza la ventana. Dejó el volumen dañado en la pila de las devoluciones y se apuró en abrir.

Cuando Sharon apareció, los hombres estaban ocupados en la limpieza del baño de mujeres. Ella llegó en su auto, pero como la biblioteca no tenía estacionamiento lo dejó lejos y quedó exhausta por la caminata que hizo hasta el edificio. Además, le inquietaba la ausencia de la directora.

—Tal vez deberíamos llamar a su casa —propuso, mirando el lugar vacío de la jefa de la biblioteca.

Vicenta pensó que lo mejor era darle tiempo a la señora Kantor. Con el clima inclemente y las temperaturas bajas que se anunciaban para más tarde, lo más probable es que el tráfico en la autopista fuera lento.

—Tal vez solo se le hizo tarde —dijo ella.

Cuando el dúo que hacía la limpieza terminó y estaba por irse, se detuvo frente al mostrador.

—¿Quién dejó tan sucio allá dentro? —preguntó uno de los muchachos. Era corpulento y de baja estatura, con una barba que le cubría casi toda la cara. El otro hombre asintió, mientras se sacudía el sudor de la frente. Parecían molestos.

—Una indigente —respondió Sharon de un modo que Vicenta interpretó como indiferencia. Quizá los hombres lo sintieron de la misma manera. Parecían incómodos. Uno de ellos, abotonando su abrigo, preguntó:

—¿Se la llevaron al hospital o qué?

—¿Al hospital? —preguntó Vicenta—. ¿Por qué dices eso?

—¿Cómo que por qué? —Era el hombre de la barba quien preguntaba—. ¿Con toda la sangre que tuvimos que limpiar? Parecía como, como...

—Como si una jodida masacre hubiera ocurrido allí —dijo el otro hombre, tratando de calmar a su compañero—. Con el perdón de las señoras.

Vicenta y Sharon se quedaron viendo entre ellas y luego hacia los hombres.

—No era sangre, amigos —dijo Sharon.

—¿Cómo carajos no? —dijo el otro hombre, dándole un codazo a su compañero para que se fueran—. Tengan cuidado, señoras. No se metan en problemas, ¿sí?

Cuando los hombres se fueron, Sharon dijo:

—A ver, ¿quién confunde mierda con sangre?

Esto provocó en Vicenta la primera sonrisa luego de veinticuatro horas.

—Cierto —dijo ella—. Seguramente lo van a reportar así, y en cualquier momento llegará la policía para arrestarnos.

—Todo por esa asquerosa vieja vagabunda —dijo Sharon—. Después de salir de aquí me la pasé mal toda la noche. Se le quedó viendo a Vicenta de una manera que la hizo sentir incómoda y despertó en ella un gesto de interrogación.

—Ah, no pasa nada, solo que me pareció gracioso lo obsesionada que estás con el fantasma de la muchacha que ronda por aquí, y ahora mismo tú pareces uno.

Vicenta se quedó boquiabierta.

Su compañera de trabajo siguió hablando:

—Estás pálida, huesuda, temblorosa y llevas un vestido verde.

Nunca le habían dicho que estaba huesuda. En cuanto a pálida, su piel era morena aun en pleno invierno. Su atuendo, un suéter de merino y una falda a juego, era verde azulado.

—Tenemos que agarrar calor —dijo Vicenta, dirigiéndose a la cocina. Sharon se balanceaba detrás de ella, con las manos apretando su abultado vientre.

—Contrólate, muchacha —le dijo, aunque era obvio que Vicenta no les hacía caso a sus comentarios mordaces.

Había una cafetera eléctrica al fondo, pero no lograron hacerla funcionar. Al ver que las luces del techo parpadeaban, llegaron a la conclusión de que no estaban funcionando bien ni la calefacción ni la electricidad.

—Es culpa de este endemoniado frío —dijo Sharon—. Se dice que la temperatura va a bajar muchísimo, tal vez alcance los treinta bajo cero, porque el viento hace que se sienta más frío. —Al no poder prepararse su acostumbrado té caliente, anunció que iría a la cafetería a conseguir uno.

Mientras tanto, aunque la biblioteca estaba oficialmente abierta, nadie había llegado aún. ¿Quién podría culpar a la gente por no salir con ese clima tan hostil? La misma Vicenta hubiera preferido quedarse bajo el calor de sus cobijas esa mañana. Fue hasta su escritorio para encender la lámpara de lectura y se dio cuenta de que tampoco funcionaba. Cuando reportó el problema eléctrico, deseó que no fueran a mandar a los mismos hombres que habían hecho la limpieza. En lugar de aceptar que la falla estaba en los fusibles, seguramente saldrían con otro escenario siniestro, como acusar a alguien de haber cortado los cables.

Justo en ese momento, en medio de una ráfaga de viento, apareció un usuario. Ella reconoció al hombre, que se dirigió hacia el estante donde acababa de dejar los periódicos. Tomó algunos, pero se interesó por el *Chicago Tribune*. «Temperaturas gélidas», rezaba el titular.

—Anoche la gente se estaba muriendo de frío en la intemperie —dijo en voz alta, mientras se dirigía en busca de un asiento. Cuando Vicenta volvió a levantar la vista, creyó ver una silueta oscura que se acercaba a la puerta principal, tal vez era Deidre. Pero desapareció. Se quedó con la duda.

Sharon regresó. A causa de su enorme estómago, no lograba abrigarse y la caminata le hizo temblar.

—¿Dónde dejaste tu té? —le preguntó Vicenta.

—Ah, tenía mucho frío y me lo tomé allá —dijo, con los dientes castañeando—. ¿Adivina qué? La *hostess* preguntó por la indigente de las bolsas, porque anoche no apareció. —Sharon rezongó—. Por Dios.

—¿Y entonces? —preguntó Vicenta.

—Les dije que desde que nos deshicimos de ella anoche no sabíamos nada.

—¿Así les dijiste? «¿Nos deshicimos de ella?» —dijo Vicenta.

—¿Acaso no fue así? —preguntó Sharon, medio temblorosa—. Y el señor Pagonis se quedó callado, al lado de la caja registradora.

—¿Qué se suponía que iba a decir? ¿Estaría enterado de algo? —preguntó Vicenta, sabiendo que no, pero a punto de sacarse de quicio por la petulancia de Sharon. El enojo irracional que recorría todo su cuerpo no solo era porque la biblioteca se estaba convirtiendo en una heladera.

El lado oscuro de Sharon se hallaba justo bajo su pose rasta de amor y paz. Por mucho que, en un principio, Vicenta pensara que podían ser amigas, no confiaba en su compañera de trabajo. Por otra parte, todos tenemos un lado oscuro que aflora bajo determinadas circunstancias, ¿o no? A algunos se les manifestaba en defensa propia y cuando eso sucedía sorprendía a todos. Otros lo liberaban desde una rabia profundamente arraigada. A otros más, la violencia los tomaba por sorpresa, sin importar cuál fuera la razón.

Vicenta comenzó a clasificar los libros devueltos, y cuando agarró el que había encontrado esa mañana, vio que no tenía ninguna marca en el lomo. Tampoco estaba protegido por una funda de plástico, como todos los de tapa dura.

Sharon tenía el abrigo y los guantes puestos, estaba parada en el mismo lugar, y Vicenta se acercó para mostrarle el libro. Su colega le echó un vistazo y luego, con la mirada perdida, le dijo:

—Este no es nuestro.

—¿Te sientes bien? —le preguntó Vicenta.

—No estoy segura —respondió la otra mujer con una voz suave—. Creo que se me rompió la fuente. —Las dos voltearon hacia el piso y se dieron cuenta de que Sharon se hallaba sobre un charco que se agrandaba.

—No te preocupes —le dijo Vicenta, corriendo espantada hacia su escritorio para pedir una ambulancia. Como el hospital estaba cerca, no tardó en llegar. Luego de ver que la futura madre quedaba en buenas manos, y ya como única empleada disponible, Vicenta regresó al edificio para contestar el teléfono, que sonaba sin cesar. Era el esposo de Sharon, que como era residente en el Hospital Mount Sinai no había pasado la noche en casa.

—Se la llevaron en la ambulancia para que tenga a su bebé —le informó Vicenta casi sin aliento. Sostenía el teléfono entre su oído y el hombro, mientras frotaba las mangas de su abrigo. El termostato se había roto o estaba fallando. Afuera, el clima era horrible.

—¿Tú quién eres, eres médica? —le preguntó—. A Sharon todavía le falta un mes.

Él sabía muy bien que ella era bibliotecaria, como su esposa, pero si la falta de sueño le provocaba semejante altanería, a Vicenta no le importaba. Estaba claro que el sarcasmo era una característica de esa familia. Tan pronto como pudiera, leería su horóscopo en el *Sun-Times*. De seguro dirá algo así como: «Hoy será un buen día para quedarse en casa».

Era hora de buscar a su jefa. Vicenta hojeaba rápidamente las tarjetas de su Rolodex, donde tenían su número de casa, cuando el teléfono sonó. Era la señora Kantor. Antes de que Vicenta tuviera tiempo de empezar a contarle sobre la desastrosa mañana, ella le dijo:

—Estoy en el hospital.

Vicenta lanzó un grito ahogado.

—No, espera... —le dijo la mujer—. Ayer en la noche, luego de que mi hijo pasó por mí, tuvimos un accidente. Con todo el hielo que había, perdió el control del auto....

La joven exclamó de nuevo, aun con más fuerza.

—No, todo está bien. Es decir, él va a estar bien. Pero me la he pasado acompañándolo toda la noche. Tan pronto como alguien de la familia pueda venir, me iré a casa.

Vicenta le deseó lo mejor a su jefa, y le aseguró que todo en el trabajo estaba bajo control. No le pareció prudente mortificar a la señora Kantor con la falla de las luces, la calefacción que se dañó en el día más frío del año, y el que estuviera sola en la biblioteca. Ella sabía que pronto la evaluarían y ser capaz de afrontar desafíos seguro la destacaría en su expediente.

—Oye —le dijo la señora Kantor—, ¿has escuchado algo? Ya sabes... sobre Deidre.

Vicenta le dijo que no. Hubo una pausa del otro lado y luego una especie de suspiro.

—Yo tampoco —dijo la directora—. Por lo menos no en las noticias. Pero bueno, tengo que colgar porque estoy en un teléfono público y hay una fila detrás de mí.

Colgaron justo en el momento que una luz del techo se apagó. Como estaba nublado, el lugar se oscureció aún más. Vicenta volteó hacia donde el hombre había estado leyendo los periódicos, pero ya se había ido. Se sentó un par de minutos y luego regresó al lugar de la señora Kantor para comunicarse con el área de mantenimiento. Tratar de reportar los desperfectos en medio del mal tiempo solo agregaba confusión. El de calefacción y el de electricidad eran departamentos distintos, y las líneas estaban saturadas. Se requería determinación o, si no, estar muy desesperada para lograr contactar a las personas indicadas, luego de llamar a distintas extensiones y que en cada ocasión la dejaran esperando. Cuando la persona precisa contestó y le dijo que ya había una orden para mandar a alguien, Vicenta se sintió orgullosa de sí misma y más tranquila.

—Tiene que haber alguien que le abra —dijo la señora que la

atendió . Porque si no, ya no podrán volver esta semana, estamos teniendo muchas llamadas de emergencia. Así que espérelo, ¿de acuerdo?

Vicenta le aseguró que así lo haría. La biblioteca cerraba a las cinco. Solo tenía que quedarse hasta entonces.

Mientras estaba sentada frente al escritorio, abrigada y con sus guantes, vio el antiguo volumen que había encontrado en la mañana. No recordaba haberlo dejado en el lugar de la señora Kantor, pero allí estaba. Tal vez su dueño volvería a buscarlo. Como si estuviera a punto de develar un tesoro, prolongando la espera, pasó una de sus manos sobre la cubierta. De hecho, no hay nada más emocionante para un bibliófilo que encontrar un libro raro. Solitaria, Vicenta lo levantó para olerlo. Le recordaba el interior del baúl que su bisabuela había traído de México en los tiempos de la Revolución, con todas las pertenencias de la familia. Hacía mucho que ella había muerto, así como los tíos que cabalgaron al lado de Pancho Villa; pero el baúl todavía existía.

La tenue luz natural hizo que Vicenta entrecerrara los ojos para tratar de leer la primera página. La editorial se había fundado en Chicago hacia 1909. La publicación era de 1913. Esa fue una época vital para la vibrante ciudad de más de dos millones de personas. Tenía poco de haberse inaugurado la terminal de ferrocarriles Chicago and North Western. Se fundó la librería Kroch. Más tarde se convertiría en Kroch's & Brentano's, que aún sigue estable. En aquellos años, la ciudad era un notable epicentro editorial. La compañía impresora, también en Chicago, había editado mil ejemplares, lo que debió ser un tiraje importante para aquella época. Luego venía la página con el título, como cúspide de cualquier historia. Lo que halló hizo que se frotara los ojos antes de volver a leer: *La muchacha sin cabeza del vestido verde*. Al lado de la página con el título había un grabado en blanco y negro de una figura mutilada. Anónima.

Vicenta puso el libro en la mesa. Es decir que la historia era una novela, pura ficción. Tenía que ver con lo que había dicho la mujer de la bicicleta cuando Vicenta comenzó a trabajar allí: un famoso pedacito en la historia de la ciudad, o por lo menos de sus leyendas.

A Vicenta le castañeaban los dientes y se levantó para ir al cuarto de atrás en busca de su gorro de lana y de la bufanda que su madre le había tejido para que se abrigara. Lo más prudente era marcharse. Al diablo con todo. ¿Quién iba a culparla de cerrar una biblioteca de barrio sin esperar el visto bueno oficial? ¿La correrían por eso? Se sentó en el comedor para decidir si se iba o se quedaba. Habría llamado a su madre para pedirle consejo, siempre tan práctica y acertada, pero ella y su padre habían ido a México. Estaban construyendo una casa para cuando se jubilaran y ambos pidieron permiso para ausentarse y así supervisar el proyecto de construcción. Aunque dudaba, podría mandarle un mensaje a Simón. Luego de su terrible pelea, lo más probable es que él esperaría hasta la hora de comer para llamar, si es que lo hacía. ¿Esperar a que llegaran los de mantenimiento era parte de la descripción de su trabajo? La incondicional señora Kantor jamás habría abandonado su puesto.

En la pared había un reloj de pilas y se podría decir que su maquinaria se escuchaba a cada segundo, pero el cerebro de Vicenta estaba entumecido. Jaló las mangas de su grueso abrigo y de sus dos suéteres, hasta su muñeca, y se bajó el guante térmico para ver el reloj. Era casi mediodía.

Una corriente de aire entró, provocando que la puerta de la cafetería se cerrara de golpe e hiciera saltar a Vicenta. ¿Había alguien en la entrada?

—Estoy aquí atrás —gritó ella. Una nueva ráfaga de aire frío se dejó sentir y la luz de la cafetería se apagó, crepitando como una vela.

El cuarto no tenía ventanas y se oscureció completamente. Vicenta estiró sus manos, tratando de encontrar la puerta.

Había huellas en el piso. Quizá el ingeniero de mantenimiento contratado por la ciudad había llegado para ver lo de la luz y la calefacción. A lo mejor era el cartero. Alguien que buscaba un libro o información, pero no había nadie en el mostrador principal para atenderlo. O tal vez, como ocurría en días normales, era un fuereño buscando indicaciones para ir a algún lugar, en auto o a pie. Quien quiera que fuera, se había quedado en silencio.

—Acá estoy —balbuceó, cayendo en la cuenta de lo débil que sonaba su voz. ¿Quién iba a escucharla? Después, Vicenta sintió algo más que venía de afuera. No era un hedor como de excremento, de orina y de whisky, que le eran ahora tan familiares por los indigentes que entraban y salían para protegerse del frío. No era para nada fétido.

Vicenta sintió una energía, tal vez como la de un ángel, justo afuera de la cafetería.

No, eso era estúpido. Poético pero ilógico.

No logró encontrar la puerta, mucho menos el picaporte, que solo necesitaba un giro y un empujón para abrirse. Vicenta buscó su bíper en la bolsa y lo sacó para comunicarse con Simón, pero como no alcanzaba a ver desistió. Tal vez, Simón estaría pensando en ella, en cierta manera con remordimiento, y le llamaría. Ese pensamiento le provocó una fugaz sensación de calma.

—¿Hola? —dijo Vicenta. Luego habló con más fuerza, tratando de no sonar ridícula o demasiado frágil, encerrada en la cafetería. Era precisamente el tipo de situaciones acerca de las cuales Simón le había advertido. ¿Dónde estaba el gas pimienta? En su bolsa, dentro del escritorio, lejos. Vicenta temblaba y se cruzó de brazos con firmeza. «Encuentra la salida», se dijo. «Corre, saca la bolsa del escritorio. No voltees. ¿Dónde están las llaves, para cerrar?». No se acordaba.

Una cosa era explicar por qué, bajo circunstancias extremas, se abandona un lugar que no está en buenas condiciones, y otra es dejarlo abierto a merced del vandalismo. Había sido una mañana caótica. Tenía tanto frío que apenas podía recordar su nombre completo. Pensaba en cómo reaccionaría Simón cuando más tarde se lo contara cenando en la mesita de su cálido departamento. Él no le creería. Se morirían de risa. Ella misma apenas podía creer lo que estaba pasando. Tal vez en el futuro, incluso, trataría de escribir esa historia, La muchacha del vestido verde. Algo digno del Premio Nelson Algren. No sería sobre una mujer sin cabeza, sino sobre una mujer que se negaba a tener hijos. Esta profesional contaría con una oficina en la municipalidad, donde se aseguraría de que la gente tuviera lo necesario, especialmente en circunstancias de desastres.

Los pasos se detuvieron justo ante la puerta. Vicenta ladeó su cabeza.

—¿Hola? —Silencio. Avanzó de costado y encontró el mostrador con la cafetera y artículos diversos. Movió la mano alrededor y halló el lavabo. Encima de él, lo sabía, colgaba un pequeño espejo. Tal vez los constructores del edificio pensaron que en lugar de una ventana para mirar el horizonte, lo cual era imposible por la ubicación, la gente preferiría mirarse a sí misma. ¿Se estaba mirando ella?

Dio un cauteloso paso hacia atrás y chocó contra una silla, la jaló y se sentó.

—Take me out to the ball game —comenzó a tararear y después a cantar Vicenta en voz baja. Muchos años antes ella había aprendido esa tonada en el campamento. Si durante la primera semana que Vicenta llegó la mujer de la bicicleta nunca le hubiera hablado de la muchacha sin cabeza, ¿por qué iba a tener miedo de que algo maléfico la acechara? Si eso tuviera aliento, lo habría sentido, seguro sería rancio, asqueroso. ¿Había algo detrás de ella? Retrocedió.

No era sino el poder de sugestión o el producto de una mente fantasiosa, como el tenue sonido de la música que ella escuchaba claramente al otro lado de la puerta, ese mismo poder de imaginación que Simón, sus padres y sus hermanos, e incluso sus amigos, creían que le venía de nacimiento o porque se la transmitió su afición por los libros.

Pero ¿y la joven madre que escuchaba musicales en la cabina, la que sintió que le acariciaban el cabello? Ella la vio en el vidrio. Nadie le había hablado antes de la mujer sin cabeza, ¿o sí? Tal vez estaba loca. O tal vez había escuchado la conversación y se había inventado la historia. La gente hace cosas como esa para llamar la atención. Vicenta se dijo a sí misma que no debía apresurarse en llamar «loca» a otra mujer. Demasiadas mujeres a lo largo de la historia, incluso en este siglo, terminaron en sanatorios, con lobotomías, drogadas, solas y sin hogar. Mujeres brillantes como Camille Claudel (que fue aprendiz de Rodin y se rumoraba que era la verdadera artista detrás de la obra maestra *El pensador*) acabaron abandonadas y en la indigencia, juzgadas más tarde como inofensivas, ratonas solitarias. Ah, pero si esa ratona solitaria tuviera amigas como ella sería una invasión. Un intolerable asalto al orden de las cosas. ¡Zas! ¡Zas! ¡ZAS! Váyanse de una vez, ratoncitas atrevidas. Muéranse, muéranse, muéranse.

Vicenta no le había contado a nadie, ni siquiera a su madre, a quien le confiaba todo, que hacía poco tiempo Simón la había agarrado del cuello con sus enormes manos. No quería que su familia pensara mal de él. Lo rechazarían y no habría forma de traerlo de vuelta al redil. Él mismo se dio cuenta rápidamente y se disculpó. No había vuelto a suceder. Aquella noche, con las marcas visibles,

Vicenta pensó en muchas cosas. Se le ocurrió sacar del ropero la cámara de 35 milímetros para tomar fotografías de las marcas. Documentar. Por si acaso. Pero si llamaba a la policía, ¿qué harían ellos? Lo considerarían una disputa doméstica.

En la oscuridad de la cafetería, Vicenta se sentía casi paralizada y estaba segura de haber escuchado una melodía que venía del cuarto vecino. *Take me out to the ball game*, se repetía una y otra vez. Sonaba como un órgano tocado con delicadeza. Se sentía arrullada con cada nota. ¿O sería la hipotermia? *Ay, no*. Era imposible. Ella estaba adentro. *Levántate*, le ordenó su cerebro. *Sal. Da la vuelta. Busca tus llaves. Vete a casa*. En el fondo, la melodía sobre el campo de béisbol continuaba. ¿Sonaba fuera o dentro de su cabeza? Con los ojos cerrados, y durante una fracción de segundo, vio a sus padres en su nueva casa de México. Estaban trabajando en un frondoso jardín lleno de flores.

¿Dónde había leído que cuando la gente fallece se despide antes de irse?

Vicenta se cruzó de brazos para descansar con la cabeza sobre la mesa y allí sintió que había un libro. Estuvo a punto de hacerlo a un lado. A menudo, Sharon agarraba uno del estante para echarle un vistazo durante el descanso, mientras saboreaba su té de hierbas. Pero ¿había algo sobre la mesa redonda y blanca antes de que se fuera la luz? Vicenta trató de acordarse. (Era importante que no se dejara engañar por su mente). No podía haber estado allí. Ella se habría dado cuenta si hubieran dejado un libro. Pero allí estaba, en su poder. Si lo acercaba a su nariz, ¿a qué olería? ¿A diente de león en primavera, a heces humanas, o quizá a sangre?

Vicenta sacudió su cabeza, tratando de aclarar su mente y se dispuso a levantarse. Correría hacia adelante y, mágicamente, la puerta aparecería delante de ella. Saldría corriendo de la biblioteca y no se detendría hasta llegar a casa.

Era probable que las llaves estuvieran sobre su escritorio. ¿Por qué se resistía a tomarlas, cerrar el inmueble e irse a casa?, caminando con cautela para no resbalarse sobre el pavimento helado? Ella volvería a estar contenta en la calidez de su departamento. Mañana sería otro día, uno mejor. Sharon habría tenido a su bebé. La señora Kantor, recuperada de la terrible noche que tuvo, regresaría al trabajo. Esa noche, Simón la abrazaría, respirando *su* olor a aceite de cítricos, azahar y limón (pero definitivamente no a mierda). Se amarían eternamente.

Take me out to the ball game, escuchó la tonada repetirse, ahora no tanto con órgano sino con un piano de juguete tocado por un niño, una tecla a la vez. ¿Por qué en Chicago los inviernos eran tan atroces que podías dormirte recordando el pasto del estadio, los gritos y las risas desbordantes, la expectativa ante un juego que en los días de verano era inigualable? *Take me out to the ball game*, repetía.

Vicenta cerró los ojos. Su padre era un empleado de mantenimiento. Pero aunque hubiera estado cerca, no lo habría llamado porque las autoridades de la ciudad tenían estrictas normas sindicales. Pero sí lo habría llamado para pedirle su opinión sobre el problema con la electricidad. «No te preocupes, mija», le habría dicho, «se arreglará».

Take

me out

to the ball game...

No te preocupes, mija,
todo estará bien.

Vicenta escuchó una voz tan dulce como un jarabe de agave, trató de tocarla y alcanzarla con sus brazos, pero sentía rígidas las extremidades y le hormigueaban. ¿Era posible abrazar el sonido? *Sí, claro que sí*, llegó la respuesta quién sabe de dónde. *Puedes olernos, ¿o no?*, le dijo. *Olemos a maíz acaramelado y a perro caliente al vapor. Somos el chocolate caliente de la abuelita en Nochebuena.* Esta Navidad, Vicenta y Simón habían invitado a sus hermanos. Planearon hacer tamales y chocolate caliente, el espumoso chocolate mexicano, rico en leche entera, con el que todos ellos crecieron y que tomaban en ocasiones especiales.

En el centro de la mente de Vicenta apareció una tenue luz azul. No creció. No se apagó. Era como la estrella de David brillando en la oscuridad del firmamento.

«Persígnate en el nombre del niño Jesús», escuchó la voz juvenil de su madre instruyendo a los niños antes de que las luces se apagaran.

Los teléfonos sonaron. *Tengo que contestar*, pensó Vicenta, pero se sorprendió por no poder levantarse. El sonido cesó y luego comenzó de nuevo. ¿Era la señora Kantor? Fugazmente, se alegró de no haber podido llegar al teléfono y reconocer ante su jefa lo mal que estaban las cosas, pero si no le contestaba se pondría furiosa.

Si soy tan pendeja deberían correrme, se reprochó. *Pero a lo mejor es Simón.* Se sintió invadida por la tristeza al no poder hablar con él. Después de todo era su esposo, su cómplice de fechorías, como les gustaba bromear entre sí. no se juzgaban, no se ocultaban nada. Era lo que siempre se decían.

¿En qué estás pensando?

No irás a ningún lado, Vicenta. Vicenta. Vicenta.

Una noche en casa de la nona

Como lulú y Marie se sentaban juntas en las clases de orientación, desde el primer día se hicieron grandes amigas. Las muchachas se alegraron mucho al darse cuenta de que sus familias vivían a pocas cuadras de distancia. Marie había estudiado en una escuela primaria católica, mientras que Lulú y sus hermanos asistieron a una escuela pública, por eso no se habían visto hasta entonces. Ese primer día, las nuevas amigas intercambiaron sus números telefónicos.

—No llames después de las nueve —dijo Marie—. Mis padres no me dejan recibir llamadas muy tarde. —Lulú asintió.

—Los míos tampoco me dejan.

Era verdad. Su padre trabajaba en el turno de noche y su llamada de las dos de la mañana, que su madre contestaba, era la única permitida.

La madre italiana de Marie insistió en que fuera a una escuela católica. Pero cuando llegó el momento de entrar a la secundaria, el padre protestante tomó la iniciativa y Marie pudo hacer realidad su deseo de ir a una escuela pública mixta. Además de las clases de orientación, ella y Lulú cursaban otras materias juntas. Cuando salían de la escuela, en lugar de irse en autobús, se tomaban su tiempo y caminaban cuatro kilómetros hasta llegar al barrio. Si llovía, una de ellas sacaba un paraguas y entrelazaban sus brazos, saltaban sobre la banqueta para evitar el agua que corría hacia el drenaje. Durante todo el trayecto, no dejaban de platicar y reírse de lo que una y otra decía o hacía. Marie, que nunca se había puesto ropa heredada, era muy elegante, a diferencia de Lulú, que solo tenía unos «zapatos para la escuela» y un bolso nuevo para usarlo todo el año. Muy pronto, su gran amiga comenzó a prestarle ropa: un suéter de angora que le trajo envuelto en una bolsa de papel o un par de pantalones capri. Para corresponderle, Lulú le arreglaba el cabello todas las mañanas. Las dos intentaron ser porristas, pero ninguna lo consiguió. Entonces decidieron unirse al Club Francés. Después de la cuarta clase, iban a almorzar y se sentaban juntas. Muy pronto sus compañeros se dieron cuenta de que a ese par no le interesaba la compañía de nadie más.

Eran inseparables. Si lo que tenían en común no era suficiente, como suele ocurrir con las alianzas en tiempos de guerra y de paz, lo que sellaba el vínculo entre ellas era un secreto que, si alguien lo llegara a descubrir, podría arruinar a una o las dos.

Era octubre en Chicago y el otoño ya había hecho su majestuosa entrada. Las hojas de espino adquirieron una intensidad roja y dorada. Las de maple, de un naranja profundo, bailaban en el aire y caían suavemente sobre las banquetas húmedas. En el cielo, las parvadas de aves volaban rumbo al Sur. Por todos lados se manifestaban señales de que el invierno se avecinaba. Pero, sobre todo, el aire se sentía diferente.

—Esta mañana, cuando desperté hice esto —dijo Marie, moviendo la nariz como un conejo que olfatea o tal vez a la manera de la actriz del programa de televisión *Hechizada*. Ninguna podía mover la nariz sin usar dos dedos. Se rieron y una de ellas soltó un ronquido, lo que les provocó una risa casi histérica. Estaban agachadas, agarrándose la panza, cuando alguien que pasaba por allí se les quedó viendo con curiosidad y se desató una nueva ronda de carcajadas.

Oficialmente, el verano había terminado y era hora de sacar los abrigos y los calcetines de lana.

—El aire huele distinto —observó Marie rumbo a casa. Caminaban tan despacio que a veces no llegaban sino hasta la hora de la cena.

Lulú asintió. Creía que algún día Marie sería una muy buena maestra de escuela, como ella misma planeaba serlo, siguiendo los pasos de su madre. La abuela de Marie, su nona, no había sido maestra, pero ayudaba a enseñar catecismo en la escuela, y eso era como ser una maestra también.

—Lo percibí anoche, cuando estaba sentada en la terraza. Se sentía fresco y supe que había llegado octubre —dijo Marie—. El aire cogió un aroma crujiente.

—Claro —dijo Lulú—. Cogió. —Miró de reojo a su amiga para ver si había captado el doble sentido.

—¿Cogió? —murmuró Marie.

—Claro, COGIÓ. ¡Vamos! ¿No lo captas? El aire cogió.

—Te juro que a veces eres muy tonta... y tienes la mente metida en la alcantarilla —dijo Marie, sin dejar de rascarse la cabeza. Las dos se quedaron viendo una a la otra y luego soltaron otra carcajada.

Voltearon hacia el cielo nublado y asintieron, como si hubieran llegado a un nuevo planeta y decidieran que era habitable.

Lulú habría admitido que últimamente algo se sentía diferente. Si tuvieras que elegir un color para el otoño, sería el morado, que era el color de la túnica ensangrentada que llevaba Jesús en Semana Santa. En el velorio al que su madre la llevó, cuando murió el esposo de una de sus compañeras de la fábrica, el cuerpo del ataúd tenía una corbata morada. Lulú no alcanzaba a entender por qué enterraban a un muerto y lo dejaban abandonado en una caja, a dos metros bajo tierra y vestido de traje. De pronto se estremeció.

—Eso que sientes en el aire, Marie, es el anuncio de la muerte —le dijo.

—De veras que a veces dices cosas muy raras —le respondió su amiga.

—Es verdad... porque soy rara —le contestó.

—Por supuesto, eres un bicho raro.

Siguieron caminando durante un rato, hasta que Marie dijo:

—No voy a ir a casa ahora. Tengo que pasar a ver a mi nona. Acaba de salir del hospital y mi madre ha pedido que nos turnemos para cuidarla.

Lulú conocía a la abuela materna de su gran amiga porque Marie la quería más que a nadie en el mundo, era su favorita. El primer sábado que vino a la casa de Lulú, llegó con una bolsa de papel llena de jitomates de su huerta.

—Me da mucha pena —le murmuró a su amiga luego de dársela a la madre de Lulú—. Mi nona me obligó. Dice que nunca hay que llegar a una casa con las manos vacías.

A la madre de Lulú le encantaron el gesto y los maravillosos jitomates. Desde entonces, cada vez que Lulú mencionaba el nombre de Marie, su madre decía algo así como: «¡Qué agradable muchacha! ¿Cómo está su abuela?».

Una semana antes, Nona fue trasladada al hospital con dolor estomacal y la internaron.

«Le sacaron sus partes femeninas», escribió Marie en una nota que le pasó a su gran amiga. Era una manera muy graciosa de referirse a una histerectomía. Las amigas habían estudiado anatomía humana en las clases de salud. Nona regresó a casa y esa mujer viuda de cincuenta años, que antes era independiente y se hacía cargo de todos, ahora necesitaba que la cuidaran, por lo menos hasta que se recuperara.

—¿Crees que podrías venir conmigo? Me la voy a pasar aburrida, sentada y sola aquí. Mi nona estará en cama, creo —le dijo Marie—. Mi madre dejó unos mostaccioli y podemos comer, tú y yo, sin adultos ni nadie alrededor. ¡Ándale! Te puedo ayudar con el ensayo para nuestra clase de inglés... creo que ni lo has empezado.

La chiquilla hizo un gesto de «por favorcito» con las manos unidas y eso desarmó a su amiga.

—Tengo que preguntarle a mi madre. A lo mejor mañana —dijo Lulú. Necesitaba una estrategia para convencerla. Recurriría a la táctica de hacer la tarea con la alumna sobresaliente. A Lulú no le gustaba escribir ensayos y el libro que el maestro les había asignado hace poco, *El señor de las moscas*, la puso a dormir tras las primeras tres páginas. Era casi tan malo como *La letra escarlata*. En la clase solo había un ejemplar y se lo pasaban de alumno en alumno, para leerlo en voz alta.

No era raro que Lulú fuera a la habitación de su madre para platicar a la noche. Se metía en la cama y a veces se quedaba dormida, mientras su madre le acariciaba el cabello. No se decían todo, pero sí compartían muchas cosas. Lulú estaba convencida de que estudiaría en la escuela de belleza. A su madre le pareció que era una decisión valiosa y se ofreció a pagarle la inscripción.

—Pero no les digas a los demás —le susurró—. Tus hermanos van a querer que también los ayude en cualquier cosa que se les ocurra y tu padre va a querer que te pongas a trabajar para pagarla. Por eso es mejor que quede entre nosotras.

Cuando esa noche Lulú entró en el dormitorio, donde la cama de sus padres estaba arrinconada entre dos paredes, usó el argumento escolar para convencer a su madre de que la dejara ir con Marie.

—¿Qué va a decir tu padre? —le respondió ella en voz baja—. Sabes que no le gusta que sus hijos salgan de noche entre semana. Pero está bien, solo asegúrate de que esa gente te traiga a casa. No es hora para que andes sola en la calle. —Lo cierto es que entre semana la ciudad de Chicago tenía un toque de queda para los menores a partir de las diez y media de la noche.

—Luca, el tío de Marie, nos llevará a casa, pero esto sería hasta después de las once —dijo.

—¿A las once? —preguntó su madre—. Ay, hija, tu padre nos va a matar si se entera.

Lulú se dio cuenta de que su madre estaba tratando de hacerse la difícil, y por eso le dijo:

—Marie dice que tal vez su tío nos contratará el próximo verano para trabajar en la pizzería.

Su madre movió la cabeza.

—No, mijita. Tú y yo ya lo habíamos hablado. Vas a inscribirte en cosmetología, y eso si no repruebas una materia y terminas yendo a escuela de verano. Nadie lo sabe, pero tal vez algún día tengas tu propio negocio y yo pueda dejar la fábrica y trabajar contigo.

Finalmente, como solía suceder, Lulú consiguió que la dejaran ir con Marie a casa de su nona.

Durante todo el día siguiente, las muchachas estuvieron un tanto emocionadas porque pasarían la tarde juntas sin que las vigilaran. Ahora que estaba en la secundaria, Lulú crecía cada vez más. Ya podía tomar sola el autobús todos los días. Iba maquillada a la escuela, aunque tenía que cuidarse de que nadie en su casa se diera cuenta. La falda a la altura de la rodilla que sus padres aprobaban se convertía en mini cuando se la enrollaba en la cintura. Para no hablar del tema de los muchachos, sobre todo uno de ellos.

Aquella tarde en el corredor, Lulú le dio una nota al muchacho que recién la había invitado a salir, un estudiante del último año. Invitar a salir a una muchacha significaba ser su pretendiente. Alfie no era guapo, pero sí alto y trabajaba en su tiempo libre, y además tenía auto. Se notaba que ella le gustaba. Todo el tiempo estaba sonriendo y siempre tenía algo que decirle cuando se cruzaban en el corredor. «Hola, guapa», solía saludarla. Hasta que un día se detuvo al lado de su casillero y la invitó a salir. Lulú aceptó. De inmediato su mente comenzó a volar. Sería genial si algún día pasara por ella en su auto para llevarla al cine.

Cuando esa tarde vio a Alfie, le dio el teléfono y la dirección de la abuela.

«Pasa por mí a las nueve y media», le escribió en un papel. Tendría poco más de una hora para pasear con el muchacho antes de que la llevara a casa. Era probable que estacionaran el auto para besarse. La madre de Lulú no se daría cuenta porque creería que el tío de Marie la iba a llevar a casa.

Luego de la última clase, las chicas se reunieron como siempre junto a sus casilleros, y salieron corriendo rumbo a la casa de la abuela, como un par de caperucitas rojas. Nona y su familia vivían en un edificio viejo y gris de dos plantas, en una pequeña cuadra residencial de la avenida Blue Island. Esa era otra ventaja para Lulú. Como quedaba por lo menos a diez calles de su casa, nadie de su familia la vería.

Esa tarde, en lugar de caminar despacio y con tranquilidad, se subieron al autobús, ansiosas por llegar pronto a la casa de la abuela. Cuando se bajaron, enlazadas de la mano y saltando, comenzaron a cantar: «Cruzando el río y pasando por el bosque...» cantaban y reían, «¡a la casa de la abuela vamos!». Por supuesto que no esperaban hallar al lobo debajo de las cobijas, pero si aparecía:

—¡Le daré un mochilazo! —dijo Marie, balanceando su bolso de libros.

—Claro —dijo Lulú—. ¡Y entonces nos echaremos a correr!

Las muchachas entraron por la terraza; las escaleras de madera llevaban al segundo piso, flanqueadas por un barandal de nogal pulido. La puerta que estaba al lado de la entrada del edificio era la de Nona. Lulú frotó el pomo del pilar de la escalera, como si fuera una bola de cristal, mientras Marie buscaba la copia de la llave, que tal vez se hallaba al fondo del bolso de libros. De pronto, su madre abrió bruscamente la puerta y ambas se espantaron.

—Mamita, me asustaste —dijo Marie.

—¿Por qué te tardaste tanto, Marie Ann? —la regañó y se fue a recoger su abrigo y su bolsa, que había colocado con cuidado en el sofá—. ¿No tomaste el autobús, como te dije? Ya se me hizo tarde para llegar a la parroquia. —La madre de Marie se estaba haciendo cargo de las tareas de Nona en la iglesia. Mientras se ponía perfume de una pequeña botella de Tabú que sacó de su bolsa, comenzó a dar instrucciones—: Tu nona está durmiendo. Mantén la televisión con el volumen bajo y cuando me vaya, ponle seguro a la puerta. No le abras a nadie. —Y se fue.

Las muchachas suspiraron con alivio.

—¿Quieres galletas? —preguntó Marie, y aventó su chamarra sobre el sofá—. Podemos ver *Soul Train*...

Los días eran cada vez más cortos y a las cinco de la tarde ya estaba completamente oscuro. Para Lulú era extraño no estar en casa cuando ya el sol se había metido. A excepción de sus idas a la escuela, la chica nunca estaba lejos de su familia. Se quedó viendo cómo su amiga obedecía a su madre y giraba la perilla para que quedaran encerradas.

—¿Estás bien? —preguntó Marie, que era sensible ante los sentimientos de su amiga—. Veo que estás temblando.

Lulú no se quitó el abrigo cuando su amiga la invitó a sentarse. La sensación abrupta de tener frío era una reminiscencia del año pasado, cuando su abuelo de Nuevo México vino de visita y se quedó en la casa de su tía. Lulú y su familia los visitaron el domingo. El viejo no se cansaba de divertirlos con las historias de su infancia en el rancho. Lulú creía que eso había ocurrido en México, pero su abuelo la corrigió:

—Nuevo México ha sido un estado de la unión desde 1912 —dijo bruscamente—. Somos americanos, pero también hispanos.

Lulú siempre había creído que eran mexicanos. Su madre era de la Ciudad de México.

—¿La Ciudad de México está en México? —preguntó.

—Claro que sí —le contestó su hermano menor—. Estúpida.

—No hables así en casa —lo regañó la tía.

Durante la tarde y parte de la noche, el abuelo no paró de hablar, como si toda su vida hubiera estado amordazado. Después de la comida, la familia se reunió en la sala y él comenzó a contar una historia de cuando era niño y lo mandaron a cuidar las ovejas durante la noche. Algo se había metido en el corral.

—¿Cómo qué? ¿Osos? —preguntó el hermano pequeño de Lulú.

—Un gato montés —dijo el otro hermano.

—Lo más probable es que fueran coyotes —quiso adivinar la tía.

La hermana mayor de Lulú, siempre con la nariz pegada a un libro, levantó la vista y señaló:

—Lobos... por supuesto.

Una y otra vez él negó con la cabeza, sin hablar. Tal vez nunca lo supo. Lo único que quería era contar su historia.

—Allí estaba yo, muy solo —dijo, mientras se alisaba su abundante bigote—. Un niñito, un simple mocoso, con esta enorme escopeta. Claro que ya sabía cómo usarla. ¡Ni el oso, ni los coyotes, ni los leones de montaña, o lo que fuera, me habrían atrapado vivo!

Comenzó a reírse y todos lo imitaron. Lulú intentó sonreír, pero se quedó pensativa, trataba de imaginar cómo sería la horrible criatura que atacaba a los animales del rancho durante las noches.

—En un momento dado —añadió—, tal vez me quedé dormido y a lo mejor fue un sueño, pero escuché a una mujer... —Por alguna razón, miró fijamente a cada una de las mujeres que estaban allí—. Me murmuró: «Ven conmigo...». —La voz del abuelo cambió, volviéndose aguda y misteriosa.

Lulú, sentada en el piso con los niños, retrocedió asustada y vio que sus hermanos hacían lo mismo.

—Ven conmigo —repetía el abuelo, con una voz cada vez más escalofriante. Luego, dio un salto y agarró el pie de Lulú, que traía calcetines. Ella trató de zafarse, pero él se aferró hasta quedarse con el calcetín.

—¡Suéltame! —le gritó. Aunque los adultos trataron de tomarlo a broma, todos se quedaron intranquilos. El abuelo soltó una carcajada y se levantó.

—¡Ay, qué tiempos aquellos! —dijo—. En ese entonces todos teníamos que ayudar. Si no lo hacíamos, no comíamos. —Parecía enojado, más que nostálgico, al pensar en aquellas épocas.

Más tarde, cuando la familia se disponía a regresar a casa, el abuelo asustó de nuevo a Lulú. Deslizó su mano áspera detrás del cuello de la niña para hacerle cosquillas, pero más bien le provocó una sensación de rasguño, como si fuera la garra de un pájaro.

—¡Ven conmigo...! —le dijo con su voz rasposa de fumador.

Cuando se enteró de que ya su abuelo había regresado a Nuevo México, Lulú le dijo a su madre:

—No me gustó que me molestara tanto.

—Tu abuelo solo quería jugar, Lulú —le dijo su madre, con una sonrisa que intentaba tranquilizarla.

A pesar de lo que le había dicho su madre, más tarde Lulú escuchó a sus padres discutir el asunto a través de la pared que separaba sus dormitorios.

—Mi padre es así —dijo el padre de Lulú—. Así crio a todos sus hijos, se burlaba y nos molestaba... Pensaba que así fortalecería nuestro carácter.

—La próxima vez, si no deja en paz a mi hija, le enseñaré lo que es tener carácter —dijo la madre.

Marie encendió una lámpara que estaba en la orilla de la mesa de la sala y otra junto al sillón antes de llamar a su abuela. Mientras iba al dormitorio para ver cómo estaba, Lulú se quedó viendo alrededor. Las gruesas cortinas de la pequeña sala se hallaban recorridas. *Qué extraño*, pensó. Las cortinas eran de un morado intenso, el mismo tono que antes había imaginado. Tal vez era clarividente, como decía Marie. «Sabía que te ibas a poner eso hoy», solía decir Lulú, cuando aparecían vestidas con los mismos colores o con atuendos similares. «Por eso me vestí así, para que estuviéramos iguales».

En la funeraria, donde la muchacha de poderes sobrenaturales estuvo con su madre, detrás del ataúd colgaban unas cortinas parecidas a las de Nona. Todo el tiempo que Lulú se la pasó en silencio, sentada al lado de su madre sobre una silla dura, trató de imaginar qué había detrás de ellas. Le preguntó a su madre.

—Nada. Es solo una pared —replicó ella, y le puso un dedo sobre los labios.

Desde la calle no se podía ver a través de las cortinas de la abuela, y tampoco desde dentro se podía ver la calle, que Lulú imaginaba llena del tráfico a la hora pico y con el alumbrado público encendido.

La noche anterior apenas pudo dormir, entusiasmada porque se escaparía de casa y de las miradas vigilantes de su familia durante la noche. Ahora se sentía completamente sola, como si la hubieran abandonado. Era tonto pensarlo, porque obviamente no era cierto.

Cuando Marie regresó, agarró del sillón una manta tejida y la puso alrededor de los hombros de su amiga.

—Caray, Lulú, ¿qué te pasa? —le preguntó—. ¿Te estás enfermando? —Con el dorso de su mano tocó la frente de su amiga, como lo hacía su madre cuando Marie se sentía mal.

Algo no estaba bien, pensó Lulú. Desde que entró al departamento, e incluso desde la terraza, comenzó a sentirse rara sin saber por qué, como si estuviera allí sin estar. Si ponía como excusa que se sentía mal y se iba corriendo a casa, no vería a Alfie más tarde. ¿Cuándo volvería a tener la oportunidad de escaparse? Sus padres eran tan estrictos que casi nunca le daban permiso de salir. Respiró hondo, se quitó la manta y luego el abrigo.

—Estoy bien —le dijo Lulú, esbozando una sonrisa—. Hay que hacer la tarea. —Marie miró por encima de su hombro hacia el oscuro umbral del dormitorio de su abuela. La nona había sido siempre una mujer muy fuerte y no era fácil imaginarla postrada en su cama.

Mientras Marie iba a ver cómo seguía su abuela, Lulú dio un vistazo alrededor. El departamento estaba tapizado con papel estilo damasco y repleto de muebles grandes, las paredes llenas de fotografías de la familia y reproducciones con imágenes de Jesús, la virgen María, la Última Cena y una del presidente Kennedy. Lulú era muy joven para recordar cuando lo asesinaron, pero todos lo respetaban, en la escuela y entre sus padres (incluso había una fotografía suya en un salón de la iglesia, como si fuera un santo). Lulú alcanzaba a ver el comedor, como su sólida mesa de roble y seis sillas de respaldo alto. Había una vitrina con puertas de vidrio que contenía los mejores platos y vasos de cristal de la familia. En la pared del fondo de la habitación colgaba una enorme fotografía de unos novios, con sus padres a cada lado. Por sus atuendos, imaginó que eran los padres de Marie y dos parejas de abuelos. Todos lucían muy jóvenes y contentos. La novia llevaba un vestido estilo Magdalena. Cuando Lulú se casara, también tendría una gran boda, con muchas madrinas. Le darían regalos de todo tipo y, aunque había escuchado que las parejas se van de luna de miel a las Cataratas del Niagara, ella volaría a París en Pan Am sobre las nubes.

Muy cerca, en el mueble de la televisión y sobre un largo mantel tejido, descansaban dos enormes fotografías enmarcadas. Marie estaba aprendiendo de su abuela cómo tejer con ganchillo, pero ella quería hacer prendas como las gorras de Ali MacGraw en *Historia de amor*, bastante populares entre muchas chicas. A lo mejor hasta se animaba a poner un pequeño negocio, dijo. Una de las fotografías era de tono sepia y, por supuesto, correspondía a la boda de los abuelos de Marie. En ese entonces, la nona era una muchacha delgada; el camisón de gasa le llegaba a la mitad de la pantorrilla, pero el velo se arrastraba sobre el piso. Sentado junto a ella, se veía a un hombre de buen porte que transmitía autoridad. La cadena de su reloj de bolsillo colgaba sobre su voluminosa barriga. El abuelo de Marie había muerto antes de que ella naciera. La otra fotografía mostraba a la misma pareja, y parecía haber sido tomada poco antes de la muerte del nono. Los dos en el medio, rodeados de sus hijos mayores y sus nietos.

Lulú sabía que, para poder irse de casa sin hacer enojar a su protector padre, tenía que casarse, pero no le interesaba tener hijos, por lo menos no en lo inmediato. Quería vivir aventuras con su esposo, no solo ir a conocer la Torre Eiffel, sino también pasear en una góndola en Venecia, o festejar el Año Nuevo en Times Square... Tal vez lograría entrar a Studio 54 y conocería a Cher o bailaría con O. J. Simpson. Lulú empezó a sentirse relajada, pensaba en lo que el futuro podría depararle, como la posibilidad de conocer a Diana Ross y que la invitara a ser su estilista. La gente no sabía que Lulú tenía sueños y que no estaba entre sus planes quedarse en Chicago. Podría ser estilista en cualquier parte.

La muchacha se acostó en el sillón, y un tapete blanco de crochet que estaba ahí se le pegó en el cabello esponjado. Al quitárselo, se sintió como una niña a punto de hacer su primera comunión. Escuchó el breve intercambio que venía del dormitorio:

—¿Te acuerdas de Lulú, Nona? —dijo Marie con suavidad.

—Sí, sí. Es una buena muchacha —dijo la abuela—. Chicas, coman un poco de tiramisú. Su tía lo trajo esta tarde... Yo no voy a comer, solo quiero dormir.

Cuando Marie regresó a la sala, murmuró:

—Vamos a la cocina. Allí podemos trabajar en la mesa. —Lulú agarró su bolso de libros y siguió a su amiga. Marie sintonizó WVON en la radio que estaba sobre el refrigerador, pero la puso tan bajito que apenas si se podía escuchar.

—¿Crees que te darán permiso para que el domingo nos acompañes a mí y a mi madre a ver *Lady Sings the Blues*? —le preguntó Marie.

Lulú se encogió de hombros. Lo dudaba. Los domingos, después de misa, los padres de Lulú insistían para que todos se quedaran en casa. Era el único día de la semana en que toda la familia estaba reunida.

Luego de comer tiramisú y tomar leche, comenzaron a hacer la tarea. Apenas habían escrito el encabezado y las primeras líneas cuando ya estaban de nuevo platicando.

Lulú no había logrado deshacerse del todo de la inquietante sensación que tuvo al principio cuando entró al departamento de Nona. Todo parecía tan antiguo, como si estuviera en otra época. No le sorprendería que el lugar estuviera embrujado.

—¿Te he hablado de mi abuelo de Nuevo México? —le preguntó a Marie. Su amiga asintió. Recordó lo emocionada que había estado Lulú de conocer por primera vez al papá de su papá la Navidad pasada.

—Nos habló de algo extraño que le pasó allá, cuando cuidaba ovejas —dijo Lulú.

A Marie le encantaban las historias de fantasmas. Quería que su amiga estuviera de buen humor antes de hablarle de la cita que tendría con Alfie más tarde—. Eso sucedió cuando mi abuelo era un niño, tal vez como de tu edad. En fin, fue una vez que estaba solo, cuidando las ovejas....

—¿Cómo el pastorcito que cuidaba a Jesús? —preguntó Marie.

—No, pendeja —le contestó Lulú. ¡Allá si su amiga santurrona quería pensar en Dios, mientras ella trataba de evocar imágenes macabras!

—¡No me digas así! —le dijo Marie.

Lulú empujó suavemente el hombro de Marie.

—En fin, Marie Ann —siguió con su historia. Una noche estaba vigilando porque atacaron a las ovejas, ya sabrás... se comieron sus vísceras.

—¿Qué fue? —Los enormes ojos de Marie se dilataron.

—Fuera lo que fuera, se devoraba una oveja todas las noches.

A la chica le resultaba fácil adornar las historias. Marie se tapó la boca y dijo:

—¡Pobres ovejas!

—Mi abuelo nos contó que, a la medianoche, cuando estaba solo y en la intemperie, sintió algo cerca... —Lulú se agachó, y llevó su mano hasta donde estaba su amiga dando pasos con sus dedos—. «Ven aquí», escuchó mi abuelo que le decía una voz, como la de una vieja bruja que le murmuraba al oído: «Ven conmigo, mi lindo».

Marie se hizo a un lado, apoyándose a toda prisa sobre la silla de la cocina y cayó al suelo. Su cabeza alcanzó a esquivar la puerta del refrigerador. Las dos quedaron sorprendidas, pero al darse cuenta de que su amiga estaba bien, Lulú comenzó a reírse. En lugar de seguirle el juego, Marie se levantó molesta. Se enderezó, recogió la silla y luego se sentó para continuar con su tarea. Cuando un rato después se le pasó el enojo, dijo:

—Mi tío Luca puede traernos una pizza cuando venga esta noche. ¿Le llamo al restaurante? ¿Te gustan las anchoas o las salchichas?

A Lulú no le interesaba la pizza del tío ni el tiramisú de la tía o la pasta de su madre, que estaba sobre la estufa en una olla enorme. Estaba empezando a creer que su amiga sólo pensaba en comida. Marie nunca había tenido novio; ni siquiera le habían dado un beso. Era bonita, pero muy tímida con los muchachos, y ellos no se le acercaban.

—Voy a tener que interrumpir a las nueve y media —anunció Lulú finalmente, apenas conteniendo el aliento. Lo más probable era que Marie no la encubriera.

La otra muchacha se sorprendió al escuchar las novedades de su amiga. Luego asintió.

—¡Ah, ya sé! —dijo—. Alfie, ¿verdad?

Durante todo el camino hasta llegar a la casa de Nona, Lulú no dejó de hablar de su nuevo novio. Dibujó un enorme corazón en su cuaderno con sus iniciales. En una semana, se imaginó Marie, ya habrán roto. Entonces ¿quién estaría allí para levantar los pedazos? Ella, su amiga leal.

Lulú asintió.

—Él vendrá por mí hasta aquí. No te preocupes, Marie. Me llevará a casa a las diez y media, para no meterte en problemas.

Eso no le gustaba a Marie. No estaba de acuerdo en que la usaran como encubridora. Si descubrían a Lulú, Marie también se metería en problemas. Sabía que el papá de Lulú salía de su trabajo cerca de esa hora. ¿Qué tal si la sorprendía dentro del auto de ese muchacho? A ella no se le permitía andar de novia, y tampoco a Lulú. No tenían por qué estar en el auto de ningún muchacho o a solas con un chico en ninguna parte. Pero eso no detuvo a su gran amiga, que parecía estar más atrevida esa noche.

Molesta porque creía que Lulú solo había venido para usarla como coartada, Marie cerró con enojo el libro y se levantó.

—Voy a ver cómo está mi nona —dijo, a manera de excusa para alejarse y tratar de calmarse.

Lulú las escuchó hablar en italiano dentro del diminuto cuarto. Hurgó en su bolsa. A diferencia de lo que recibía Marie, sus padres no le daban mucho dinero y tenía que saltarse los almuerzos para poder ahorrar y comprar en Woolworth's. En el fondo de su bolsa tenía escondido un pequeño estuche con maquillaje. Lo sacó y fue al baño a arreglarse para su cita. En realidad, no se trataba de una cita. Alfie era su tercer novio, pero nunca había tenido una verdadera cita. La culpa de eso la tenían sus padres, porque no la dejaban salir los fines de semana.

Su primer novio dejó la escuela para enrolarse en el ejército. Recibió una carta suya y se enteró de que lo habían enviado a Vietnam. «Espérame», le escribió. Después se enteró de que les había escrito lo mismo a otras dos chicas. El segundo novio ni siquiera contaba. La invitó a «salir», es decir como pareja, y luego apareció frente a la escuela de Lulú, tomado de la mano de una muchacha que se veía más grande y que ni siquiera iba en su secundaria. Marie fue la primera en verlos y le dio un codazo. Al principio, Lulú se sintió avergonzada y no podía ni hablar. Varios jóvenes estaban alrededor y miraban. Una muchacha le gritó:

—¿Que no le vas a decir nada a tu novio? —Sintió que la humillación la invadía por completo. Lulú se apagó, arrastraba un pie delante del otro, como si la hubieran bombardeado con humo atómico. Cuando se trataba de muchachos, la suerte no estaba de su lado.

Maquillada, con su cabello largo alisado y cubierto de espray, Lulú se sintió decepcionada cuando su gran amiga regresó y no le dijo nada. Las dos siempre se elogiaban una a la otra. Lulú fingió

concentrarse en su tarea. Marie hizo lo mismo, aunque quizá ya tenía algo avanzado. De repente escucharon una voz de mujer que gritaba. Al principio ninguna dejó de escribir, como si creyeran que lo
habían imaginado, pero cuando lo volvieron a escuchar se miraron
entre sí. «¡Lárgate!». Era la nona. «Oh, virgen santa», escucharon
que la mujer se lamentaba.

—Tal vez tiene una pesadilla —murmuró Lulú. Marie asintió.
Cuando reiniciaron sus labores, Marie dijo:

—Me voy a confesar este sábado, ¿quieres venir?

Lulú no sabía qué decir. Los sábados eran para estar con su
madre. Sus hermanos limpiaban las habitaciones y el jardín del
frente. Mientras tanto, la madre y su hermana mayor lavaban,
planchaban, barrían, trapeaban, y todo lo demás. Con la excepción
de cambiar las sábanas de su cama, Lulú no tenía otras obligaciones. No era una beba, pero sí la mujer más joven, y sus padres
tenían la costumbre de favorecerla.

Su madre ponía sus discos de vinilo a volumen muy bajo, para que la
música no perturbara el sueño de su padre, que trabajaba hasta tarde.
A veces escuchaba a José José o a Raphael, pero por lo general a The
Animals. Tenía tres discos de ellos y generalmente los repetía, poniendo la aguja para que sonara su canción favorita una y otra vez.

En una ocasión, mientras Katia limpiaba con la aspiradora, su ro-
busto hermano mayor, Eric, pasó y la empujó «por accidente» sobre el
tocadiscos. Si no hubiera sido porque los dos niños alcanzaron a aga-
rrarlo a tiempo, se hubiera estrellado en el piso. Este incidente echó
a perder el disco. Los hermanos de Lulú fueron reprendidos como
correspondía, pero en voz baja, para no despertar al padre. Por lo menos ya no tendría que escuchar más sobre la casa en Nueva Orleans.

Por la tarde, antes de que les dieran permiso para salir a jugar básquetbol, cuando había buen clima, o hockey callejero en el invierno,

su madre los mandaba a confesarse. Era remoto que ocurriera, pero si Lulú conseguía permiso para ir a la parroquia de Marie, tal vez podría encontrarse con Alfie en algún lugar.

Al fin las amigas se pusieron a escribir. Ambas susurraban suavemente la canción «I'm Stone in Love With You» de los Stylistics, cuando la radio empezó a fallar. Se miraron una a la otra.

—¿Qué pasó? —preguntó Lulú, como si Marie pudiera saberlo, y se levantó para ajustar el cuadrante.

—¿Escuchaste eso? —preguntó Lulú.

—¿Qué? —respondió Marie, mientras trataba de volver a sintonizar su estación favorita. Todo sonaba confuso. Aunque no la habían anunciado, tal vez se acercaba una tormenta.

Ahí estaba de nuevo, una voz tenue que salía de la radio, como una señal lejana. Lulú sintió un escalofrío en sus brazos. «Ven conmigo...». Como al parecer Marie no la había escuchado y seguía buscando en el cuadrante, Lulú pensó que lo había imaginado.

—Está bien —le dijo a su mejor amiga—. Hay que seguir con nuestros ensayos.

Marie estaba a punto de apagar el radio cuando Lulú volvió a escuchar, esta vez muy quedito. Alguien parecía llamar desde el interior del aparato

—¿Escuchaste eso? —preguntó Lulú, mientras dejaba de escribir para levantarse.

Marie sacudió su cabeza. Escucharon el chirrido de unas llantas sobre el asfalto del callejón y un gato maulló con energía. Las amigas saltaron.

—Voy a ver si mi nona está bien —dijo Marie.

—¿Y si está muerta? —murmuró Lulú.

Eso provocó que Marie se detuviera, pero en lugar de sentirse ofendida le dijo:

—No me hagas reír. —El retorcido sentido del humor de su mejor amiga no era común, pero ella también tenía el suyo.

—Espera —dijo Lulú, y agarró el cuchillo para el pastel que usaron al partir el tiramisú—. Toma esto... por si te encuentras a alguien allá dentro...

—¿Y esto de qué va a servir? —dijo Marie. Se dio la vuelta para ir a buscar en la cocina, entre los utensilios que colgaban, y se hizo de un pequeño cuchillo de carnicero

—¡Esto me va a servir, señora! —dijo exagerando una sonrisa burlona y se alejó. Poco después regresó: al parecer su nona estaba durmiendo.

Luego de sentarse ante la mesa, como si estuvieran a punto de regresar a la tarea escolar, Marie se acordó de que estaba enojada con su amiga. Pasaron unos minutos y sin voltear a verla le dijo:

—¿Sabes que él ya tiene novia?

Era otra artimaña para detenerla, se imaginó Lulú.

—Eres una mentirosa descarada —le dijo.

—Yo la conozco —dijo Marie—. Fuimos juntas a la primaria y ahora estudia en la secundaria Saint Michael. Va en segundo año.

Lulú esperó.

—Han estado saliendo desde hace un año —agregó Marie—. Todos lo saben. Escuché que la invitó al baile de los estudiantes de tercero el año pasado.

Lulú se quedó pensando en lo que acababa de escuchar. No tenía el teléfono de la casa de Alfie para llamarlo y preguntarle. Ahora se daba cuenta de que él no se lo había dado porque no quería que otra muchacha lo llamara. Marie nunca le había mentido. Quizá estaba inventando esta historia de la novia porque no quería que Lulú la abandonara. O a lo mejor estaba celosa. Marie siempre se la pasaba diciendo:

—Todo el tiempo te siguen esos chicos.

La tensión entre las muchachas se puso pesada cuando Marie dijo:

—Se lo diré a ella, Lulú.

—No te atreverías —le contestó. En el fondo, sabía que su amiga siempre cumplía lo que prometía.

Después, Marie puso esa mirada de satisfacción que a veces tenía en la clase de ciencia, cuando era la primera en terminar un experimento, como si a alguien le importara la fuerza de la fricción o la causa del incremento de la densidad.

—No —dijo ella, con esa cara de autosuficiencia que te daban ganas de darle un zape en la frente, como Moe lo hacía siempre con Curly en *Los tres chiflados*—. No le voy a hablar de Alfie. Eso solo la va a herir. Le contaré nuestro secreto.

Lulú no sabía si alguna vez sus ojos se abrieron tanto como los de su amiga, pero sintió como si los tuviera saltones.

—Marie, hiciste una promesa... —le dijo.

—Se lo voy a contar —dijo Marie con firmeza, evitando la mirada de su amiga—. Te juro que lo haré.

—Dijiste que lo habías tirado —dijo Lulú.

—Pues no lo hice —dijo la otra chica. Su tono daba a entender que sentía que estaba ganando la partida—. Allí está —dijo, y señaló hacia el sótano.

Lulú volteó hacía la puerta pintarrajeada que daba a la cocina. La mayoría de los sótanos son oscuros y húmedos. Ella imaginó que ese no sería distinto. Seguramente tenía una lavadora y un tendedero. Tuberías a la vista. Recordaba que Marie le había hablado del vino casero que su padre dejó en unas jarras cuando murió, de los tarros de salsa de tomate de su abuela, que ella había ayudado a enlatar, y de la forma en que la familia usaba el sótano para guardar toda su basura.

—Lo traje aquí porque no quería tener la tentación de ver lo que hay dentro —dijo Marie.

Lulú se hizo hacía atrás. En todo caso, ¿qué pruebas podía tener su amiga? Sería su palabra en contra de la palabra de Marie.

—Si me delatas, también te estarás delatando a ti —le dijo.

—No me importa —dijo Marie—. Si de todas maneras casi nadie me quiere.

Lulú se encogió de hombros. Agarró su pluma, pero su vista borrosa no la dejaba distinguir la página. Estaba tan enojada con su amiga que ni siquiera podía hablar. Alfie no la había llamado todavía, pero ella creía que llegaría a tiempo. Estaba segura de que tan pronto como se marchara, Marie le hablaría por teléfono a la novia de él.

—No te creo —le dijo a Marie, desafiante.

—Ya te lo dije —anunció su amiga—, está allá abajo. Dejó de escribir. —¿Quieres ir a comprobarlo?

La verdad es que Lulú no quería. Le daban más miedo los sótanos que dormir con las luces apagadas. Era una de las razones por las que se metía en la cama de su madre, nada le inquietaba más que la oscuridad. Sacudió su cabeza, quería mostrarse indiferente.

Cuando Lulú estudiaba para recibir el sacramento de la Confirmación, una monja le dijo:

—Jesús nos enseña todos los días.

Aquella tarde, cuando su segundo novio apareció en la escuela con una muchacha mayor para hacerla sentir mal, solo porque era inexperta y virgen (¿quién sabe por qué los muchachos hacen esas cosas?), Jesús le enseñó a «fortalecer» su carácter. Quizá su abuelo había tratado de fortalecer el carácter de sus hijos con sus provocaciones, pero Jesús le había enseñado que lo conseguiría con el sencillo hecho de estar en el mundo, valiéndose por sí misma.

Marie se levantó para acercarse a un cajón que estaba junto al lavabo. Agarró una linterna y dijo:

—Ven aquí, gata miedosa. Vas a ver. Vete con Alfie si quieres, pero mañana él se enterará. Todos se enterarán.

—También sabrán de ti —dijo Lulú, aunque estaba claro que a su amiga no le importaba que la descubrieran.

Marie abrió el sótano y comenzó a bajar. De repente, una luz tenue se encendió. A Lulú no le quedó otra más que seguirla. Si se negaba, Marie hablaría también de cómo le aterraba entrar en el sótano de su abuela. Los muchachos de la escuela se reían de todo el mundo. Las cosas se sabían muy rápido en la secundaria. Cuando seleccionaron a las porristas, todavía no terminaba el día y ya los muchachos se estaban burlando a sus espaldas por no haber podido hacer la rutina. Obviamente, no todos eran así. La mayoría en la escuela ni siquiera sabía que ella existía.

De mala gana, Lulú fue detrás de su amiga.

Aunque lo que habían empacado una tarde, en una especie de ritual, aún estuviera allí, ¿podría probar Marie que Lulú tenía algo que ver? Deseaba con desesperación que la caja hubiera desaparecido.

Un foco colgaba de un alambre por encima de las escaleras. Cuando Lulú bajó, estiró los brazos hacia cada lado de la pared, para mantener el equilibrio. Era tal como lo había imaginado, con los tarros de la salsa de tomate y las botellas de vino sobre las repisas rústicas. Había una lavadora, y Lulú tuvo que agacharse para pasar debajo del tendedero que colgaba de las vigas. Un par de enormes pantalones, que seguramente eran de su tío, se hallaban en el tendedero. Montones de cajas por todos lados, bicicletas, herramientas y basura.

Marie fue directo hacia lo que buscaban. Era una caja de Pampers y cuando Lulú la reconoció contuvo su respiración. Su mente voló. En la primaria había tenido grandes amigos. Ahora entendía por qué no duraba ninguno. Una niña te ofrecía su flan en el almuerzo y al día siguiente se unía a los demás para burlarse de la forma en que comes.

Pero esto era distinto. «Parecen un par de tortolitas», había dicho la madre de Marie cuando las encontró sentadas en la alfombra, una frente a la otra, hablando tranquilamente. No todos pensaban lo mismo de ellas. «Ustedes dos son uña y carne, y no sé si eso me gusta», les dijo Nona una vez.

Marie usó su lámpara para iluminar la caja, como si alumbrara a una víctima de asesinato.

Lulú hizo ruido al tragar saliva.

—Ni siquiera parece que es la misma caja —dijo con resignación.

Tan solo habían transcurrido dos semanas, pero se sentía como si hubiera pasado mucho más tiempo.

—¿No crees que esté todo allí dentro? —dijo Marie, en un tono que Lulú jamás le había escuchado—. La empacamos juntas. Prendimos velas, las que mi madre guardaba en la despensa para encender en misa, y rezamos juntas. ¿Te acuerdas, Lulú? «Padre nuestro que estás en el cielo...» En el cielo, no como nosotras que vamos rumbo al infierno. Luego soltó una carcajada, para dejar en claro que estaba bromeando, pero no resultó convincente.

Lulú intentaba orientarse. El sótano apestaba y se le revolvía el estómago.

—Lo hicimos por ti, Marie. ¿Por qué no dejaste la caja en la calle para cuando pasara el camión de la basura, como habíamos quedado?

El camión de la basura pasa por el vecindario y recoge las cosas que la gente desecha: una mesa de juego, un sillón, una carriola, ropa vieja, aparatos descompuestos y cajas.

—Cambié de opinión —dijo Marie—. Tal vez en el futuro me quiera acordar de lo buenas amigas que éramos.

La atmósfera repulsiva y, sobre todo, el extraño comportamiento de Marie mareaba a Lulú, como si acabara de bajar de la montaña rusa. Se sentó en dos de las cajas amontonadas.

—Pero lo somos —dijo Lulú, aunque ya no lo creía—. Tú eres mi mejor amiga, Marie.

Ella rechazó esa afirmación y bajó la caja de Pampers, que estaba amontonada junto a otras, para dejarla en el suelo enfrente de Lulú.

—Ábrela —le pidió—. Si no crees que es la que empacamos, confírmalo tú misma.

—Olvídalo, Marie —dijo la otra muchacha, y comenzó a alejarse.

—Ah, yo creo que tendrías que revisarla —dijo Marie—. Porque si crees que no tengo pruebas, Lulú, sí las tengo. Voy a llamar a Pamela Esposito y ella se lo dirá a Alfie. Entonces se va a sentir como un tonto por salir contigo. Mañana vas a querer estar muerta.

Lulú no podía pensar con claridad. ¿Desde cuándo estaba Marie tan molesta con ella? Se le ocurrió que a lo mejor estaba faroleando.

—No te creo, Marie —le dijo desafiante, cada vez más enojada—. Eres una santurrona. Por eso no tienes más amigas.

—¿Ah sí? —dijo Marie—. Bueno, por lo menos no soy una puta.

Empujó a su amiga y la hizo perder el equilibrio, pero no se cayó. Tan pronto como Lulú se recuperó le soltó un fuerte manotazo. Marie cayó sobre las cajas, y antes de que se pudiera levantar Lulú comenzó a abrir la caja. No estaba sellada con cinta, sino solo cerrada con las solapas entrelazadas.

Ella todavía deseaba que no fuera la misma que con tanta ceremonia habían empacado, para su propia vergüenza. Juraron que no volverían a hablar de eso. Al día siguiente, antes de irse a la escuela, Marie la sacaría a la calle para que se la llevara el camión de la basura, y así nadie preguntaría nada.

Sin embargo, allí estaba. El sótano apenas si tenía luz, pero Lulú podía ver la masacre que había dentro. Una cabeza con exuberante cabellera, un torso desnudo, una extremidad. Luego otra parte de un cuerpo, otra cabeza y más restos.

Poco antes de que Marie cumpliera catorce años, las nuevas mejores amigas habían hablado de esto. Ya era hora. Lulú no había tomado la decisión de dejar sus juguetes: su peluche favorito, el juego de té e incluso sus patines. Su madre se deshizo de todo sin preguntarle. En cambio, Marie tenía todo un cuarto de juegos para ella sola. Ya estaba en la secundaria y todavía usaba un sostén para niñas y se entretenía con sus muñecas.

A veces, cuando salían de la escuela, Lulú iba a la casa de Marie para divertirse con sus juegos y sus juguetes. Sobre todo, las chicas adoraban a las Barbies. Tenía trece, más cuatro muñecos Ken. Además de los autos de carreras y la Casa de los Sueños. Las muchachas vestían y desvestían a las muñecas, con bikinis y con trajes de lentejuela. Las Barbies jugaban tenis y estudiaban para enfermeras. Paseaban por Malibú en el convertible y trabajaban como secretarias. Eran bronceadas y rubias, o pálidas con el cabello negro, morenas o pelirrojas con pecas. Lulú hizo que una Barbie se besara con Ken.

—No —le dijo Marie—. Van a acabar teniendo un hijo. —Se acercó para agarrar un bebé de tamaño natural, parecido a Godzilla y lo puso al lado de la Barbie y Ken. Lulú y Marie soltaron la carcajada, se revolcaron en la alfombra y casi se orinan en sus pantalones.

—¿Te imaginas lo doloroso que debe ser tener un bebé? —dijo Lulú, y se recargó en su codo. Luego posó su mano en el bajo vientre de Marie.

Las muchachas se miraron entre sí.

—¿Sabes que puedes quedar embarazada cuando tengas un «amigo»? —le dijo Marie, y la jaló suavemente hasta que Lulú quedó encima de ella—. A ver, enséñame —le dijo, sorprendida por su voz ronca.

—¿Qué? —le preguntó Lulú.

—Tú sabes —le dijo Marie—. Enséñame qué es lo que hacen. Tengo que saberlo, por si acaso...

Las probabilidades de que su amiga se quedara a solas con un muchacho eran muy escasas. Era más fácil que temblara. Se empezó a reír de solo imaginar a Marie sola con un muchacho, mientras su amiga se levantaba el suéter. Bajo su pulcro sostén de niña sobresalían como botoncitos sus pequeños pezones. Lulú ya usaba un sostén 34B. Quiso apartarse, pero no quería herir los sentimientos de su amiga. Marie estaba consciente de que era plana de arriba, mientras sus muslos se hacían más gruesos cada día. Lulú acercó su mano al trasero de Marie.

—Me han tocado aquí —le dijo.

—¿Alguien te tocó el trasero? —le preguntó Marie—. Pero si no tienes nada.

Lulú trató de sonreír ante el insidioso comentario, pero como era cierto, se sonrojó. Movió su mano del trasero de Marie y la tocó entre las piernas. «Y aquí también», le dijo. Al principio lo hizo para avergonzar a Marie, pero cuando su amiga separó un poco sus piernas, Lulú mantuvo su mano allí.

—Muéstrame —le dijo Marie nuevamente.

Lulú recordó los sentimientos que un muchacho podía despertar en ella y se acostó de espaldas.

—Yo no sé nada —dijo.

—Ya lo creo.

—Marie, ya vas a cumplir catorce años —comenzó a decir—. ¿Qué te parece si hacemos una ceremonia o algo parecido? Tenemos que deshacernos de todas esas Barbies y Kens. Ya es hora de dejar de jugar con muñecas.

—¡Tú también juegas con muñecas! —le dijo Marie—. Y eso que ya tienes catorce años.

El rostro de Lulú estaba a unos pocos centímetros del piso. Miró con atención las pestañas de Marie. *Ni siquiera necesita ponerse rímel para tener ojos de estrella de cine,* pensó Lulú. Pero no le gustó lo que estaba viendo, esta amiga que no dudaba en señalar su trasero plano y que le hacía ver que todavía seguía jugando con Barbies. Se levantó.

Cerca de ella había una muñeca con minifalda y camiseta sin mangas. Lulú comenzó a arrancarle sus diminutas prendas. Luego la dejó sin cabeza.

—¿Qué estás haciendo? —le preguntó Marie, tratando de quitársela. Lulú se levantó para seguir destruyendo el juguete, pedazo a pedazo. Luego lo aventó y agarró otro.

Marie dejó escapar un leve jadeo, luego un gemido. Sus ojos se llenaron de lágrimas. Como si se esforzara por evitar que Lulú se saliera con la suya, agarró una Barbie de una pila de juguetes y también comenzó a destrozarla. Se hizo de unas tijeras, como esas de niño con el borde redondo, y comenzó a cortarle el cabello. Las amigas continuaron con su espontáneo rito de iniciación hasta que destrozaron todas las muñecas. Cuando terminaron, miraron alrededor, como si estuvieran pasmadas ante la masacre, sorprendidas pero muy satisfechas. No había vuelta atrás. Los días en el cuarto de juegos habían terminado.

Antes de irse, Lulú le ayudó a Marie con la limpieza. Marie apareció desde la cocina llevando dos velas encendidas, solemne como un acólito.

—Oremos por sus almas —dijo. Después agarró una de las cajas vacías que sus padres guardaban en la parte trasera del zaguán y que usaban para almacenar cosas o para la basura, y la llenaron con los pedazos de plástico—. Voy a dejarla en la calle para que se la lleve el camión de la basura. Viene mañana.

Marie apuntaba la linterna sobre su cara. Lulú se le quedó viendo.

—No me molestes —le dijo, entrecerró los ojos y levantó las manos.

—¡Marie Ann! —Era la nona—. ¿Qué hacen, muchachas?

—¿Qué pasó, nona? —respondió Marie.

—El teléfono ha estado sonando... ¿Esperan una llamada? —preguntó la nona—. Vengan para acá.

—Sí, Nona —respondió Marie.

En ese momento se fundió el foco de la escalera. Seguramente, la abuela jaló accidentalmente un cable. A excepción de la linterna, no había otra luz. Marie cerró la caja y la dejó junto a otras. Se subió los calcetines hasta las rodillas y apuntó la linterna hacia el frente; un ancho haz de luz, como un halo, formado por halos progresivamente más pequeños, abría el camino.

Espera —dijo Lulú. Apenas si alcanzaba a ver hacia el frente. Marie sabía que le daba miedo la oscuridad.

Después, Marie apagó la lámpara y todo se oscureció.

—Ya basta —dijo Lulú. Sintió la mano de su amiga buscando la suya.

—Ven conmigo, mi linda —dijo Marie, fingiendo una voz siniestra.

Cada uno de los escalones crujía mientras las niñas subían con paso inseguro. En lo alto apareció la sombra de Nona, proyectada por la luz de arriba, que se filtraba a través de la puerta casi abierta. Cuando las muchachas llegaron a la cocina, se encontraron a la abuela de Marie, vestida con su bata y con el cabello revuelto. Tenía una mano en la cadera y en la otra una cuchara de madera. Lulú creía que la cuchara era para la pasta, que se cocinaba a fuego lento en la estufa, pero el rostro de la mujer no era de buenos amigos. Tal vez pretendía darle un golpe a alguien.

—¿Qué hacían allá abajo? —les preguntó, mirando a una y luego a la otra. Ellas movieron sus cabezas. Lulú quería agarrar su abrigo e irse, pero no encontró un pretexto para hacerlo—. Me dan ganas de llamar a tu madre —le dijo la nona a Lulú.

—¿A mí...? —preguntó Lulú, y se señaló a sí misma.

—Sí —le contestó la nona—. ¿Quién te dio permiso para darle mi número telefónico a ese muchacho?

El plan de Lulú para salir con Alfie se había venido abajo. La clarividencia no le había servido de mucho; nunca imaginó que sus planes fracasarían. Por otra parte, el hecho inevitable: su madre la castigaría si la abuela de Marie la delataba, quizá eso despertó aquel presentimiento que había tenido.

—¿Qué tienes que decir sobre la caja que está allá abajo? —le preguntó luego la nona a Marie.

Lulú y Marie se miraron la una a la otra.

—¿Así es como cuidas tus juguetes? Los destruiste, ¿verdad? —La voz de la abuela se hacía más fuerte a medida que hablaba. La señalaba con la cuchara de madera—. Si ya no quieres tus muñecas, ¿por qué no se las regalas a tus primos o a la iglesia? Cada día te estás volviendo más malcriada.

Tenían que haber adivinado que la abuela descubriría esa extraña caja que se hallaba en su sótano. Para Lulú parecía difícil que esa mujer pudiera entender hasta qué punto las muchachas estaban preparadas para crecer, graduarse, irse de casa y ser libres. ¡Por Dios, si vivían en la Era de Acuario! Seguramente la anciana no recordaba lo que se sentía ser tratada como una niña por todos.

Alguna vez, Marie le contó a Lulú que su abuela se había casado en Italia a los catorce años, con un hombre mucho mayor, su nono.

—¡Vaya! —le dijo Lulú, sin saber si le impresionaba o le daba pena que una niña de catorce años pudiera hacerse cargo de un hogar.

Ahora, la abuela trataba a las muchachas, que tenían su misma edad cuando se casó, como si fueran bebés.

—Ven para acá, *bambina mia* —llamó la nona a Marie y le dio un abrazo.

—No te preocupes —le dijo a Lulú—, no voy a llamar a tu madre. Pero no crean, muchachas, que voy a dejar que se vayan solas a casa; esperaremos a Luca para que las lleve.

En un principio, cuando Marie le contó a Lulú todo sobre su persona preferida en el mundo, su abuela, a las mejores amigas les pareció que podían quedarse platicando la noche entera, si las dejaban.

—Mi abuelo quería venir a Chicago para abrir un restaurante con sus hermanos —le contó Marie—. Cuando se fueron de Italia, mi abuela estaba embarazada de mi madre. Un año después nació mi tío Luca. Luego llegó mi tío Vince. Mi nona siempre dice que durante los primeros diez años de su matrimonio se la pasó lavando pañales.

Lulú se apretó la nariz. Marie asintió con la cabeza. Cierto, la vida podía convertirse en un asunto nauseabundo si no tenían cuidado.

Doña Cleanwell se va de casa

U N DÍA DESPUÉS de que Katia se graduara de la preparatoria, su padre la despertó con un boleto de avión para viajar a la Ciudad de México, viaje redondo.

—Ve por tu madre —le dijo, y sacó otro boleto, viaje de regreso—. Dile que sus hijos la necesitan. —Vaciló, como para darle a su hija mayor la oportunidad de preguntar algo. No lo hizo. En su lugar, sosteniendo ambos boletos, se sentó en el sofá y dejó el brazo extendido en el aire.

La generación del 74 celebró su graduación el jueves por la noche, porque el auditorio que iban a rentar no estaba disponible los viernes de junio, el mes de las graduaciones en Chicago. Los casi doscientos estudiantes cantaron «The Way We Were» («Así éramos»), canción con la que no muchos adolescentes se identificaban, porque no tenía nada que ver con ellos. La mayoría de los alumnos del último grado votaron para cantar «You Ain't Seen Nothing Yet» («Aún no has visto nada»), pero el señor Foster, el director, quien siempre tenía la última palabra, dijo que no iba a permitir música de rock en la graduación. A los estudiantes no les quedó de otra y entonaron esa canción nostálgica que añoraba la juventud pasada, mientras que ellos avanzaban hacia el futuro. Aun así, cuando Katia se dio cuenta de que algunas compañeras lloraban, sintió un nudo en la garganta.

Nadie de su familia estuvo en la graduación de Katia. Su padre trabajaba por las noches. Su hermana menor, Lulú, cursaba el segundo año en la misma secundaria, y casi no se hablaban. A esa muchacha lo único que le gustaba leer eran revistas como *Glamour*. Sus intereses y distracciones pasaban por «acepto chicos de todo tipo, por supuesto». De tanto jalar el cable, Lulú lo había desenredado hasta llevar el teléfono al dormitorio de sus padres, de manera que podía cerrar la puerta para hablar en privado. Como su padre se iba a trabajar en la noche y su madre estaba ausente, lo convirtió en su guarida.

Sus dos hermanos no iban a ir por su cuenta. Habrían tenido que tomar dos autobuses hacia una zona desconocida de la ciudad. Como la mayoría de los chicos, en cuanto entraran al auditorio se iban a sentir incómodos entre la multitud de extraños. Katia llegó sola y, al terminar la ceremonia, se quitó la toga y el birrete detrás del escenario, para luego irse a casa en transporte público. Pasada la medianoche, su papá la llamó a la hora de su descanso para preguntarle cómo le había ido:

—¿Así que ya tienes tu diploma?

—Sí —dijo Katia. Nadie antes en su familia se había graduado en la preparatoria.

—¡Qué bueno! —le dijo—. O sea que ya puedes conseguir un buen empleo, ¿verdad?

—Sí, papá —le contestó. Javier, su padre, sabía que ella planeaba trabajar en una gasolinera durante el verano.

—Tómate tu tiempo —le dijo—. Trabajar de cajera te dará una buena preparación y eso puede servirte para otro trabajo.

Podría ser así, pensó, *si su objetivo fuera ser cajera*. El descanso de su padre estaba por terminar y se despidieron. Después de colgar, Katia se quedó sentada en el banco de los chismes telefónicos, mirando ociosamente sus pies, y descubrió un pequeño agujero en su tenis, sobre el dedo gordo del pie derecho. Con su próximo sueldo se compraría unos nuevos. Le gustaban los Keds blancos. Con ellos se podía hacer de todo: caminar muchos kilómetros, bailar, correr si tenía que alcanzar un autobús y, si era necesario, escapar para salvar la vida. Como no era de las que usaban tacones, le habría gustado ponerse unos zapatos andrajosos para la graduación, pero el profesor a cargo de la ceremonia anunció que si no usaban ropa adecuada se quedarían sin diploma. Katia tomó a escondidas un par de pantimedias L'eggs del cajón de su madre y un par de zapatos elegantes de su ropero. Los zapatos le apretaban, y aun cuando los llevó y los trajo de la graduación en una bolsa, porque se puso tenis para el camino, al subir en el escenario ya tenía una ampolla y caminó tratando de no cojear.

Con el fin de prepararse para la celebración, algunas de sus compañeras fueron con sus madres o con sus amigas a hacerse la manicura. Buena parte de quienes tenían las uñas arregladas se las hacían ellas mismas, por lo que ir a un salón de belleza para tal ocasión era como un acto ceremonial. Katia no se pintaba las uñas porque, según ella, todos los productos de belleza formaban parte de la conspiración del patriarcado, que buscaba convertir a las mujeres en objetos sexuales. Se dejó de depilar porque lo consideraba una muestra más de la opresión hacia las mujeres. Una vez, se encontró en el baño de una gasolinera un libro que, aun cuando hablara de y para las mujeres blancas, provocó que hasta cierto punto ella se sintiera identificada porque vivía en Estados Unidos. Era *La mística de la feminidad*. Katia leía todo el tiempo, ya fueran libros o revistas, como *Ms.* y los periódicos *Sun-Times* o *Tribune*, desde la primera hasta la última página.

No le daba importancia a la ropa. Todos los días se ponía sus pantalones acampanados favoritos. Katia decidió que no se dejaría atrapar por un trabajo donde el aspecto fuera una condición para contratar a una mujer. Ya era bastante negativo saber que la consideraban una ciudadana de segunda por su origen mexicano. Su piel no era muy morena, a diferencia de Lulú o de su hermanito, que se parecían más a su padre. Tina, su madre hispanohablante, siempre les aconsejó a sus hijos: «Hablen en inglés, es todo lo que necesitan para salir adelante». Pero, de todas maneras, la gente veía que Katia no era blanca y, aunque su madre se diera cuenta o no, había todo tipo de barreras para mantener a la gente en su lugar.

Un sábado, su hermano Eric y su padre fueron al supermercado a comprar barbacoa (cordero al vapor), tortillas calientitas y todo lo necesario para preparar tacos. Felices, se reunieron alrededor de la mesa. Cuando ella llegó con una blusa sin mangas, su padre la reprendió:

—No vengas así a la mesa. —Sus hermanos y Lulú comenzaron a reírse, y se tapaban las bocas como si quisieran ocultar que se burlaban de ella. Cuando la madre estaba, el padre le transmitía su desacuerdo para que ella lo hablara en privado con las chicas. Pero ahora les decía las cosas a sus hijos directamente, sin mucho miramiento. Katia se sintió avergonzada y fue a depilarse, ya fuera por respeto a la autoridad de su padre o porque sus hermanos comenzaron a imitar la forma en que un mono se rasca las axilas.

Sin embargo, pronto haría lo que en realidad creía que estaba bien. Su intención no era «lucir bella» (que parecía ser la ambición de Lulú), sino hacer que el mundo fuera mejor. Los estudiantes de las preparatorias y la gente joven de muchas partes participaban en marchas contra la Guerra de Vietnam, a favor de los derechos civiles, contra las dictaduras en América Latina y por la liberación de las mujeres. Katia se había unido a una manifestación contra la guerra, realizada en el centro de la ciudad. Fue la única vez que faltó a clases durante su último año escolar.

La idea surgió de su amigo Jay, de la clase de inglés, un muchacho negro de complexión delgada, que venía del sur y tenía una enorme cabellera afro que parecía una corona. El director Foster lo amenazó con expulsarlo si no se la cortaba, pero los padres de Jay se presentaron en la escuela con su abogado y asunto resuelto. El amigo de Katia conservó su afro y se convirtió en una especie de héroe en la escuela. Un pequeño grupo de la clase del último grado, encabezado por Jay, fue a la manifestación. Además, le informaron al director que por eso no habían entrado a clases ese día. «Tenemos el poder de la mayoría», dijo Jay, luego de que los estudiantes se tranquilizaron porque el director no había suspendido a ninguno.

Un muchacho blanco de cabellos largos, que repartía folletos sobre marxismo, le dio a Katia un cartel y ella lo llevó durante toda la marcha. «TODO EL PODER PARA EL PUEBLO», decía. «Homosexuales, Derechos de las Mujeres, Poder Negro, Indígenas Norteamericanos, Estudiantes Unidos», se leía en otros carteles. Katia se llevó a casa el suyo y lo colgó en la pared de su cuarto. Fue una sorpresa que Lulú, quien prefería los posters de José José y El Puma, no se quejara.

Katia se dispuso a dormir en el sillón con la edición más reciente de la revista *TIME*. Al final venía un pequeño artículo sobre la Unión de Campesinos y César Chávez. Los mexicanos de California ya no tolerarían la explotación «del hombre por el hombre». Quizá después de graduarse tendría el valor para unirse a ellos. A *La Causa*, como la llamaban.

La mañana en que le dio los boletos de avión, su padre, que recién había cumplido los cuarenta pero que ya tenía una calva del tamaño de un plato y parecía un monje tonsurado, la miró por encima del hombro y le dijo, mientras se dirigía a su cuarto para dormir un poco en pleno día:

—La maleta está en el clóset del pasillo.

Era la misma maleta azul que todos se habían turnado para levantar y sacar de la casa durante un gélido minuto al recibir el Año Nuevo. Se trataba de una absurda costumbre para mostrar el deseo de viajar ese año que estaba comenzando. Cuando la madre de Katia se marchó abruptamente, no se llevó la maleta azul. De hecho, no se llevó nada, solo a sí misma.

—No llenes la maleta, porque tal vez tu madre necesite espacio para sus cosas. En la mañana te llevaré al aeropuerto —indicó el padre de Katia.

Así trataba a su hija mayor, como si fuera una subordinada de su cuadrilla de trabajadores. El padre de Katia, que trabajaba de noche como operador de máquinas en una fábrica, dormía muy poco y, en los meses recientes, casi no comía, de tal manera que parecía una pálida hoja de palmera a punto de desaparecer con el mínimo viento.

La luz del sol entraba a través de las persianas venecianas, iluminando la pared opuesta, llena de fotografías de la familia. A medida que los hijos crecían, la madre de Katia los apuraba para que fueran a hacerse retratos formales en Sears, por lo general después de la misa de Pascua o cerca de Navidad, cuando todos vestían de manera elegante. Cada día festivo y las fechas importantes en la vida de los niños estaban representados por una tarjeta de felicitación, menciones escolares y listones. Hasta que, luego de la última celebración de Acción de Gracias, todo eso se acabó, cuando su madre se fue sin avisar.

Ese día imborrable, la madre de Katia no regresó de la fábrica donde su padre trabajaba en el turno de la noche. De lunes a viernes, él se despertaba en la tarde, se aseaba y se preparaba para ir por ella a la misma fábrica a donde horas más tarde él regresaría a trabajar. En el camino, se detenían para hacer un par de cosas, luego llegaban a casa y ella preparaba la cena. Katia tenía un trabajo de medio tiempo. Lulú, a sus casi dieciséis años, estudiaba en la escuela de belleza. Después de sus clases regulares iba al Loop, donde tomaba clases nocturnas para titularse como cosmetóloga. A su madre le entusiasmaban las aspiraciones de Lulú y, por lo visto, había pagado por adelantado sus estudios. Los muchachos, de catorce y doce, tenían actividades después de clases. Por lo tanto, no se reunían a la hora de la comida. Los alimentos se quedaban en la estufa, para que cada quien se sirviera cuando regresara a casa. Con frecuencia, la madre se sentaba ante la mesa para hacerles compañía.

Cerca de las seis, en esa fría tarde de Chicago, la oscuridad era total cuando su padre regresó sin su esposa. El día siguiente de la celebración de Acción de Gracias era festivo en las escuelas públicas, pero sus padres tenían que ir a la fábrica. Katia acababa de llegar, luego de trabajar todo el día. Iba a quitarse las botas cubiertas de nieve, para ponerlas entre el montón de zapatos que tenían sobre periódicos en la entrada, cuando presintió que algo no estaba bien. ¿La cocina a oscuras? Qué extraño. La televisión encendida y sin volumen. También muy extraño.

—¿Dónde está mi ma? —preguntó en voz alta, pero sintió que su voz apenas se escuchaba. En la sala, el padre parecía estar atado a su silla y Lulú descansaba en el sillón. Los muchachos se habían ido a pasar el día en el centro de recreación y aún no llegaban.

—Ma se fue —dijo Lulú, con esa actitud de indiferencia que últimamente mostraba.

Estudiar en la escuela de belleza parecía habérsele subido a la cabeza. «Te comportas como si te creyeras mucho», le decía Katia con frecuencia. Su hermana, ansiosa de estar a la moda, se había aclarado de nuevo su larga cabellera, de un tono anaranjado (que pretendía ser castaño, pero que se quedó en amarillo chillón) a uno que se acercaba al rubio oscuro. La primera vez que la hermana pequeña de Katia se tiñó el cabello, su padre se enojó mucho y la amenazó con sacarla de la escuela de cosmetología. «No me importa qué tanto haya costado», escuchó que le decía a su madre. Pero, como siempre, Tina apoyó a Lulú y le recordó a su esposo que era ella quien había pagado por el curso. Tina dijo que antes de que se casaran y tuvieran hijos, cuando era posible cumplir esas aspiraciones, a ella también le habría gustado trabajar en un salón de belleza. Era una actividad que tenía glamour, no como el trabajo monótono de la fábrica. En un acto de desafío a las costumbres anticuadas de Javier, Tina dejó que su hija le cortara su larga cabellera y se la tiñera. Para disgusto de él, se transformó en una pelirroja. Sin embargo, a partir de ese momento Javier decidió guardar silencio sobre el asunto de la escuela de belleza y su pequeña Lulú, que estaba creciendo muy rápidamente.

Katia veía las cosas de otra manera. Eran los tiempos de la liberación femenina. Su hermana ya no era una niña, sino una muchacha. Las mujeres, que antes no podían tener ni una tarjeta de crédito a su nombre, ahora hacían lo que querían, ya fueran cambios radicales en su pelo, o como en *Alice Doesn't Live Here Anymore* (*Alicia ya no vive aquí*), o de una manera más extrema, como lo había hecho su madre. Katia se preguntaba qué tipo de acción revolucionaria terminaría haciendo ella para combatir al poder establecido.

El día después de Acción de Gracias los padres de Katia solían trabajar y ella tenía que quedarse todo el día en casa, para hacerse cargo de sus hermanos menores, en lugar de ir todos como familia al desfile de Navidad en la calle State. Ahora, cada quien andaba por su lado.

Katia se quedo parada en medio de la sala, con sus calcetines a cuadros, esperando que alguno de los dos le dijera qué quería decir «se fue». Si tenían una explicación, ninguno se molestó en dársela; estaban sentados muy tranquilos e incluso, uno diría, como si nada. Katia sospechaba que algo sabían. Su hermana menor era muy apegada a su madre, eran confidentes. De la misma manera que su madre siempre la defendía, Lulú jamás iba a delatarla. En cuanto al padre... la pareja siempre fue muy discreta en su relación. Nunca los había visto pelear, pero tampoco había visto que fueran muy cariñosos.

Quizá así era como se comportaba la gente mayor, que se guardaba todo, o tal vez fuera algo cultural. Su padre, Javier, había crecido en un rancho, donde el trabajo era duro, y se formó aprendiendo a no perder el tiempo chachareando, como él llamaba a lo que la mayoría consideraba una conversación. Ahora, en su tiempo libre, el padre de Katia prefería trabajar en su camioneta. A veces, tan solo se quedaba sentado en la cochera, escuchando un partido en la radio. Miraba la televisión en silencio. Con excepción de las preguntas que habitualmente hacía sobre las tareas domésticas y la escuela, hablaba poco con sus hijos. Katia sospechaba que su padre había crecido con la idea de que lo mejor, por lo menos para los hombres, era ocultar sus emociones y así no pasar por débiles.

Jaló la palanca del sillón y se reclinó con los pies en alto. Tenía la televisión frente a él, pero Katia alcanzaba a seguir su campo de visión y se dio cuenta de que estaba mirando al vacío.

Se dio media vuelta y se dirigió al vestíbulo para quitarse el atuendo invernal: la bufanda tejida, el gorro de lana y los guantes que guardaba en los bolsillos del abrigo, así como el grueso suéter que siempre llevaba como capa extra y dejaba dentro del abrigo. Justo en el momento que llegaron los muchachos, Katia regresó a la sala. Al igual que ella, de inmediato sintieron que algo malo sucedía en casa, y se acercaron rápido para recibir la noticia de su padre: mamá había desaparecido. No parecía que fuera algo grave.

Junior comenzó a sollozar. El hijo mayor, sin decir nada, se fue enojado rumbo a la habitación que compartían, dando un portazo. Su hermano pequeño lo siguió, e hizo lo mismo.

¿A dónde se habría ido su madre? Tina nunca salía por su cuenta. Su vida social se limitaba a labores ocasionales en la iglesia, a las raras excursiones familiares para comer pizza en Connie's o huevos foo young o chow mein en el Barrio Chino, y a las visitas a los parientes lejanos. Algunos familiares de Javier vivían en la vecina ciudad de Aurora, y cuando los visitaban, era en grupo. En todo caso, no eran muy cercanos y bastó con una llamada para enterarse de que no sabían dónde estaba. El hecho de que no se considerara llamar a la policía le hacía creer a Katia que, aunque no supiera por qué o a dónde, ni exactamente cuándo ni cómo, la ausencia era una decisión de su madre.

La noche siguiente, cuando todos estuvieron en casa, el padre les contó a sus hijos lo que había averiguado. Luego de hacer varias llamadas, decidió ponerse en contacto con su suegra en la Ciudad de México.

Tina estaba allá.

—Voy a pedirle que los llame —le había dicho la anciana.

A partir de entonces, Tina llamó siete veces y platicó con cada miembro de la familia. Las llamadas eran tan breves que parecía que la tuvieran secuestrada. Siempre lo hacía por cobrar, y cuando alguien le preguntaba por qué se había ido y qué estaba haciendo en México, o si iba a regresar, ella más bien comentaba que las llamadas eran caras y colgaba pronto. «Asegúrense de sacar buenas calificaciones», les dijo a los muchachos. «Trata de encontrar trabajo en un salón de belleza», le dijo a Lulú, para cuando terminara de estudiar en la escuela de belleza. Y a Katia: «Hazte cargo de las cosas de la casa», como si esa tarea le correspondiera automáticamente a la mayor.

No solo Tina, sino también Javier, esperaba que ella se hiciera cargo de las tareas del hogar. Katia trataba de involucrar a sus hermanos, pero ellos la ignoraban. Su madre había sido muy estricta en que cada uno asumiera tareas domésticas. Ahora, sin la presión de los padres, sencillamente no hacían nada. La hermana mayor no tenía autoridad. Cuando trataba de mantenerlos a raya o expresaba interés en las tareas escolares de sus hermanos o se preocupaba por lo que Lulú necesitaba, la respuesta era siempre como una letanía: «Tú no eres mi madre para decirme lo que tengo que hacer». Su padre nunca la apoyaba. Ella era la mayor, pero algún día los muchachos crecerían y por eso se sentían con más derechos. En cuanto a Lulú, nadie le decía lo que tenía que hacer.

Algunos meses atrás Katia había descubierto a su hermana cuando se escapaba a través de la ventana de su habitación. No había padres por la noche, pero los hermanos solían actuar como si fueran superiores a las muchachas y a Lulú le daba miedo despertarlos. Katia trató de impedir que su hermana saliera, pero no pudo detenerla. Cerca del amanecer, cuando regresaba trepándose por la ventana, antes de que su padre llegara del trabajo a las seis de la mañana, Katia la estaba esperando. Entonces comenzó una discusión en voz baja y las muchachas forcejearon en la litera de abajo. Lulú se dio un fuerte golpe en la cabeza, al chocar con la pared. A partir de entonces se dejaron de hablar. Katia, para evitar futuras confrontaciones, decidió dormir en el sillón y se mantuvo al margen de los asuntos de su hermana. No le sorprendería que Lulú metiera a escondidas a un muchacho para que se quedara con ella.

Ahora, ya graduada y con la vida por delante, esa mañana en que las cosas aún no estaban muy claras, su padre bajó las persianas de su habitación, cerró bien la puerta para que no lo molestaran y se acostó. Katia se dio un baño y se preparó para ir al trabajo, que estaba como a tres largas cuadras, en una calle muy transitada llamada Cermak Road. Ese viernes tendría un turno completo, desde el mediodía hasta las ocho de la noche. Como había terminado sus estudios, planeaba conseguirse un trabajo de tiempo completo. Ser cajera en una gasolinera tenía un horizonte limitado, pero necesitaba el dinero. Al haberse graduado como la cuarta mejor alumna de una generación de cerca de doscientos estudiantes, Katia era consciente de que podía tener expectativas más altas, pero la universidad estaba descartada.

Sus padres habían sido muy claros en que no tenía sentido seguir estudiando. Alguna vez, la madre había sugerido que los muchachos se hicieran aprendices de electricistas. Los jóvenes mexicanos y los jóvenes negros no eran aceptados en el sindicato, dijo su padre, entonces, ¿qué caso tenía? A Katia, su madre le recomendó que aprendiera mecanografía y taquigrafía en la escuela. Así lo hizo, pero las odiaba porque no tenía habilidades para eso. Ella sobresalía en deportes, matemáticas y ciencia, pero a diferencia de algunos de sus compañeros, que eran como cohetes a punto de despegar en dirección a tiempos fascinantes y maravillosos, ella no alcanzaba a ver más allá del verano, excepto por el hecho de que tenía que encontrar trabajo.

El Día de las Profesiones, mucha gente llegó a la escuela para hablar de sus carreras. El evento se realizó en el gimnasio, como si fuera una feria. Allí, Katia reconoció a la guapa conductora de noticias locales y se le acercó. La joven mujer, alta, blanca y más delgada de como lucía en televisión, estaba rodeada por un grupo de estudiantes blancos. Katia esperó hasta que se retiraran para acercarse:

—¿Qué se necesita hacer para conseguir un trabajo como el de usted? —se atrevió a preguntarle

Para sorpresa de Katia, la conductora no le contestó, sino que se dio la vuelta y se sentó ante la mesa plegable, cerca del camarógrafo de la televisora. Al darse cuenta de que la muchacha aún esperaba una respuesta, el joven miró hacia la conductora y luego hacía Katia. Como si estuvieran poniendo a prueba su paciencia, la joven mujer alzó sus manos en el aire, miró a la muchacha de piel morena que tenía enfrente, como si esta delirara, y le dijo:

—Tendrías que cortarte el cabello, pero además no tienes la altura necesaria. También, se necesita hablar inglés.

—Yo hablo inglés —le dijo Katia, que en ese idioma le había preguntado.

De nuevo, como la arrogante conductora no le contestó, el muchacho se le quedó viendo a una y luego a la otra, y dijo, como si se ofreciera a traducir:

—Mira, creo que Sherri quiere decirte que tienes que hablarlo bien y sin acento.

Katia se apartó, preguntándose si tenía acento y, si así fuera, ¿qué acento? Entendía muy bien el español, pero no era su lengua nativa. Volteo hacia atrás y vio que el par de la mesa la miraba como a un perro callejero al que debían espantar.

Katia llegó a la gasolinera diez minutos antes de checar para relevar a la cajera del turno previo. El señor Vinny venía de surtir gasolina a un cliente y se encaminaba hacia su desordenado escritorio cuando Katia se le acercó. Él volteó a verla, como si su sola presencia lo inquietara. Era raro que intercambiaran palabras.

—Mañana no puedo venir —le dijo.

Se puso nerviosa porque sabía que su malhumorado jefe se enojaría por tener que buscar a alguien para que la sustituyera a último momento. La correa de macramé de su bolso de gamuza colgaba sobre su pecho y Katia abrió la solapa para buscar los boletos de avión.

—Mi padre... Yo... este... —La lengua se le trababa, no le había contado a nadie que su madre se había ido de casa.

El señor Vinny creyó que se trataba de un viaje de placer.

—Aquí tú no tienes vacaciones —le dijo—. Se supone que eres cajera de tiempo completo.

—Solo estaré fuera por unos días —le dijo. La fecha de regreso era el martes. Obviamente, tampoco su padre había considerado que este fuera un viaje de vacaciones—. Puedo venir el martes para el turno de la tarde.

—¿Y quién te va a reemplazar mañana? —le preguntó su jefe. Antes de que pudiera responderle, él le dijo con sorna—· No te preocupes, vete. —Hizo un gesto de adiós con la mano—. Pasa por tu cheque la próxima semana o el día que regreses. Ya encontraré a alguien más.

Ese día no la dejaron hacer su turno y Katia se quedó sin esa paga con la que contaba. Que la despidieran la dejó sin habla, y emprendió la retirada.

—Espera —le dijo él—. Tú eres una buena trabajadora. Si más adelante necesitas un trabajo... Mi hermano acaba de comprar un hotel cerca del aeropuerto. Me voy a ir allí como gerente en el turno de la noche. Te puedo contratar para la limpieza de habitaciones, si quieres.

Ella no quería, pero asintió para no contradecirlo ni darle a El Vinny, como su padre lo llamaba, un motivo para que le retrasara su último cheque.

—Gracias —le dijo, y se encaminó rumbo a la calle. La puerta de vidrio se cerró lentamente detrás de ella, y un manojo de campanitas se escucharon al mismo tiempo que el señor Vinny exclamaba:

—¡Estos mexicanos! ¡Siempre regresan a México!

¿Qué quiso decir con eso?, se preguntó Katia. Ella había nacido en Chicago. Nunca había estado en la Ciudad de México, de donde era su madre. Su padre era de Nuevo México. Cuando llegó de Albuquerque, él y Tina llenaron solicitudes para entrar en la fábrica, donde habían trabajado desde entonces.

Por alguna razón, el comportamiento despreciable del señor Vinny provocó que Katia se sentara en la banqueta sintiéndose derrotada. Sacó sus gafas de sol tipo aviador y se las puso. Era el último día de clases de los muchachos y los dejarían salir a la hora del almuerzo. Se irían a casa, asaltarían el refrigerador y se pondrían a ver en la televisión el partido inaugural de los White Sox. Los pies sobre la mesita y el sillón lleno de migajas, porque nunca hacían caso a sus quejas. O simplemente se irían al estadio sin el permiso de su padre. Era raro que Javier estuviera al pendiente de lo que ocurría en casa, pues dormía la mayor parte del día.

Katia decidió desviarse por una calle llena de árboles, donde la gente se sentía orgullosa de sus jardines bien cuidados. Allí vivía una tía abuela paterna, su única pariente en Chicago. La tía Jimena estaba ocupada podando rosales cuando Katia se acercó. Sin empujar la reja de entrada, saludó a la anciana y esta se sorprendió al verla.

—¿Vas a tu trabajo? —quiso saber Jimena.

Katia negó con la cabeza.

La tía de su padre tenía casi sesenta años y estaba delgada pero no débil. Con las tijeras de podar aún en sus manos, Jimena se aproximó a la cerca. Antes de que su madre se fuera, a Katia y a su hermano Junior les gustaba visitar a la anciana, que vivía sola. Jimena ocupó el papel de abuela en lugar de la madre de su padre, que había muerto muchos años antes de que ellos nacieran. Los ponía a cocinar sopapillas mientras les contaba historias de su infancia en una granja de ovejas en Nuevo México. Cuando las masitas se enfriaban un poco, los niños les ponían miel dentro y se las comían con los ojos cerrados, como si estuvieran rezando. Ya que su padre no era de hablar mucho, los recuerdos de Jimena llenaban ciertos huecos de cómo había sido su vida al crecer en el suroeste. En Aurora, la familia contaba que Jimena había enviudado muy joven, cuando mataron a su marido en la guerra. No tuvo hijos.

Katia comenzó a explicarle a Jimena lo que sucedía y por qué tenía que ir a México a buscar a su madre. Estaba nerviosa y soltó un profundo suspiro. Volvió a sentir ganas de llorar. Era el síndrome premenstrual, se dijo a sí misma, e hizo su mayor esfuerzo por mantener la calma. Actuar de manera natural con la familia de su padre era muy importante, para no dar motivos a las habladurías. Le resultaba hiriente que dijeran que su madre había abandonado a su familia.

—Pero... ¿por qué no es tu padre el que va a México? —preguntó Jimena—. A fin de cuentas, es su esposa.

Sacudió su cabeza de cabellos grises y se secó la frente. Era un día húmedo de junio.

Katia se encogió de hombros. Jimena tenía razón. Conociendo a su padre, que nunca faltaba al trabajo, el temor a perderlo era probablemente una razón suficiente. Pero también pensó que le preocupaba que su esposa lo rechazara.

Le mostró a su tía abuela los boletos de avión. Jimena no quiso agarrarlos, como si se tratara de documentos oficiales. Nunca había visto boletos de avión; nadie de su familia había volado antes.

—Seguro que todo saldrá bien —le dijo. Pero no sonaba convencida—. ¿Te dio dinero tu padre?

No le había dado. Tal vez lo haría antes de que se fuera, esperaba Katia. Pero si no, ella tenía un poco.

Jimena sacó su monedero y lo abrió para agarrar un billete de cinco dólares y luego otro de diez, arrugado, y se los ofreció a su sobrina nieta. Luego se metió la mano en la blusa, sacó un billete de veinte bien doblado y también se lo dio. Katia los rechazó, porque sabía que Jimena tenía que pagar su renta.

Jimena insistió y le dijo:

—No vaya a ser que te pierdas allá cuando trates de tomar un autobús. Toma un taxi. Ve, haz lo que tengas que hacer y regresa a casa. —Hizo una rápida señal de la cruz en dirección de Katia, sintiendo que también era su deber darle la bendición a esa muchacha, cuya madre no se había preocupado lo suficiente por terminar de criar a sus hijos.

Jimena le preguntó sobre la noche anterior:

—¿Te fue bien en tu graduación? —Con excepción de las visitas familiares y las salidas a la tienda, a la tía abuela no le gustaba ir a ningún lado. Jimena se había mudado a Chicago para estar cerca de sus parientes, que por razones de trabajo se fueron al norte, pero no les gustaba la vida en la ciudad. Luego volvió a ocuparse del jardín.

Katia asintió y guardó los billetes en su cartera. Más tranquila, se encaminó hacia la calle principal. Frente a una tienda encontró un teléfono público. Sacó una moneda y, luego de insertarla y escuchar el tono, marcó uno de los pocos números que se sabía de memoria.

Estaba muy claro que Santiago no era su novio. En una de las *Cosmopolitan* que tenía Lulú, Katia había respondido la encuesta «¿Cómo saber si el hombre ideal no es el que te conviene?». Santiago estaba en un punto intermedio: ni era malo ni precisamente bueno para ella. Tal como lo había creído. El joven, que había salido de la secundaria dos años antes y se la pasaba preocupado por el reclutamiento, trabajaba con su tío en un taller de reparación de autos. Se podría decir que era su mejor amigo. Pero ¿un prospecto para el matrimonio? Además, ¿a quién le interesaba casarse?

Aunque tuvo que esperar mientras el teléfono timbraba sin parar, al final el mismo Santiago fue quien contestó.

—Mi padre quiere que vaya a México —le dijo. Tenía mucho que contarle a su amigo porque no le había hablado de lo que estaba pasando en su casa, pero simplemente agregó—: Mi madre está en México.

En realidad, lo que más le preocupaba en ese momento era viajar sola y volar por primera vez a una ciudad desconocida en un país extranjero. Y luego, la peor parte: tener que vérselas con su madre. No sabía cómo iba a convencer a Tina para que regresara a casa.

—¿Qué dices? —le preguntó Santiago, que como era lógico se sintió perturbado por las noticias—. ¿Te regresas a México?

—Yo no soy de México —le dijo ella, molesta porque él solía sacar conclusiones precipitadas, siempre tratando de mostrarse atento.

Fue Santiago quien, un año antes, le había hablado del trabajo como cajera en la gasolinera, cuando ella dijo que necesitaba ganar su propio dinero. (Para sus padres, las subvenciones no existían). Su madre se había enojado porque Katia sacó a relucir que necesitaba varias cuotas para actividades escolares y luego suplicó por un abrigo nuevo para el invierno venidero.

«Si ya no te queda el tuyo, usa el viejo que yo tengo», le dijo Tina, que era un poco más alta que su hija. A Lulú nunca le habría dicho eso. En cuanto la hermana de Katia mencionaba que quería algo, de inmediato su madre decía: «Espérate al viernes cuando me paguen».

Santiago guardó silencio al enterarse de que la madre de Katia se había ido. No conocía a nadie que se hubiera divorciado, y mucho menos que hubiera abandonado a su familia.

—Caramba, Katia... —fue todo lo que dijo.

Cuando comenzó su amistad, ella tenía la idea equivocada de que despegar, Katia sintió frío en sus extremidades. Las azafatas iban de un lado a otro del pasillo sirviendo bebidas y café recién hecho, y luego el almuerzo, que consistía en unas pequeñas enchiladas de pollo y arroz amarillo, una comida en honor al sitio al que se dirigían. Tan pronto recogieron su bandeja, a Katia le dieron ganas de vomitar y, del respaldo del asiento, sacó la bolsa para deponer. La acercó a su boca justo a tiempo. El hombre blanco que estaba sentado a su lado y vestía un saco deportivo, se apartó con rapidez para inclinarse hacia el pasillo. Los cólicos de Katia ya eran bastante dolorosos, pero se sentía mortificada por haberse descompuesto frente a los demás pasajeros. La manera en que la azafata agarró la bolsa con el vómito, apenas ocultando su disgusto, tampoco ayudaba.

Katia no era como el bebé que lloraba al otro lado del pasillo, en los brazos de una joven madre pelirroja, mientras las azafatas decían «¡OH!» cada vez que pasaban a su lado, pero se sentía tan miserable como él. Tal vez, las muchachas de dieciocho años que iban en busca de una madre que se había fugado no merecían que les tuvieran lástima. Las muchachas inmigrantes, que parecían recién llegadas de países pobres y que a duras penas sobrevivían en la grandiosa tierra de las oportunidades, no merecían compasión.

Aunque se había mareado en pleno vuelo, a Katia le pareció que volar era una experiencia maravillosa. No tenía palabras para describir lo que era ver desde lo alto: autos como hileras de hormigas, los techos de los rascacielos, y luego perderse entre las nubes. Se moría de ganas por regresar a casa para contárselo a todos, especialmente a Eric, que se había enojado porque su padre no lo mandó también a él. «Caray, nunca puedo hacer nada», se quejó. Ella se lo restregaría en la cara. Lulú también se lo preguntó y su padre dijo: «¿Tú? Sabiendo cómo eres, jovencita, seguramente te quedarías en México con tu mamá». Nadie dijo nada, porque sonaba bastante lógico. En

Santiago sabía cómo arreglarlo todo, igual que con los autos. Muy pronto se dio cuenta de que su esfuerzo para tratar de que las cosas funcionaran era el deseo de un muchacho por quedar bien con la chica que le gustaba. Nadie podía hacer que todo fuera mejor, sobre todo cuando se trataba de su vida.

El barullo que se escuchaba al fondo del taller atenuó su conversación, hasta que se escuchó el grito de su tío-jefe:

—¡Cuelga el teléfono! —El joven, que todo el tiempo tenía los pliegues de su mano llenos de grasa de motor, le prometió llamarle cuando saliera del trabajo, y Katia siguió su camino sin prisa.

Era probable que su padre se pusiera furioso porque la habían corrido. La culparía de no haberle hecho entender a El Vinny que se trataba de una emergencia familiar. En cierto modo, su padre la trataba a ella con la misma impaciencia que trataba a su madre. No criticaba su trabajo porque no estaban en la misma área; es más, no tenían el mismo horario. Rara vez intervenía en su manera de tratar a sus hijos. Solo reaccionaba por cosas insignificantes. Se quejaba de que le ponía demasiada sal a la comida o porque no limpiaba el lavabo a su gusto. Esos reproches, que él consideraba un derecho, eran como el incesante sonido de las gotas de agua que caían en el fregadero de la cocina y no dejaban dormir a Katia.

Pero ahora su esposa lo había dejado. Katia no hacía nada que pudiera molestar a su padre. Le daba pena que lo hubieran dejado solo y al cuidado de la casa y la familia, por lo que no quería aumentar su ira. Aun así, él siempre encontraba motivos para regañarla. ¿Se le había olvidado llevar a Junior al dentista? ¿Era mucho pedir que le planchara bien los cuellos de las camisas? Ella empezó a contemplar la idea de irse de casa. Se la pondría difícil a su padre, pero no podría detenerla.

¿Ahora cómo podría irse a ningún lado si no tenía trabajo?

Cuando Katia llegó al bungalow que rentaban todo estaba en silencio, no había nadie, con excepción de los fuertes ronquidos de su padre en la habitación. Luego de preparar una jarra de Kool Aid de uva, el favorito de los muchachos, y de meterla en el refrigerador para que estuviera fresca cuando ellos llegaran, fue hacia el clóset del corredor para bajar la maleta de vinilo azul guardada en el estante más alto. Pesaba mucho, y Katia se sorprendió cuando se dio cuenta de que su madre había guardado allí, cuidadosamente, el pesebre y las figuras del nacimiento que solía poner bajo el árbol.

En la última Navidad su padre no había sacado ninguno de los adornos. Era como si, ante la ausencia de Tina, la familia estuviera de duelo. Todas las casas en la cuadra tenían luces afuera, excepto la de ellos. El día de Navidad, en compañía de la tía Jimena, fueron a la casa de la hermana de Javier en Aurora. La tía de Katia acababa de abandonar la fe que la familia había profesado durante siglos, para convertirse en pentecostal. Allí no habría celebración del niño Jesús.

Katia sacó de la maleta el pesebre y las figuras navideñas, y luego la llevó al cuarto. Como su padre se lo había recomendado, porque sería un viaje corto, únicamente empacó lo más necesario: crema Noxzema, cepillo de dientes, ropa interior, un par de pantalones y algunas otras cosas. Para viajar se pondría unos tenis.

A la mañana siguiente, luego de tomar su café, Javier la llevó a Midway. Era un aeropuerto pequeño, pero él le preguntó si quería que esperara con ella. Estaba medio dormido y parecía aliviado cuando la muchacha le dijo que no. Katia buscaba la sala de espera cuando una mujer blanca apareció de repente y le murmuró en inglés:

—Busca un baño pronto, querida. Parece que tuviste un accidente. —Pronunció «asqui-dente». El rostro empolvado de esa mujer, muy cerca de su cara, y el darse cuenta de que la regla le estaba

bajando a borbotones, mortificó tanto a Katia que se limitó a devolverle la mirada—. ¿Hablas inglés, cariño? —le preguntó y agregó casi gritando—: ¡ME PARECE QUE ESTÁS SANGRANDO! —Como si asumir que la muchacha no entendía inglés equivaliera a pensar que era sorda.

Para no aumentar su vergüenza, Katia no le respondió ni volteó a ver si alguien había escuchado, y se apresuró a buscar un baño. Allí, le dio vuelta a su falda caqui y descubrió una mancha de sangre fresca, que se veía marrón por el contacto con la tela. ¿Había manchado de sangre el asiento del auto de su padre? Si así era, él se enfurecería. Rezó para que él no le dijera nada que la avergonzara.

Estaba en el lavabo, tratando de sacar la mancha con jabón, cuando la mujer de la limpieza, que se tomaba un descanso para fumar y había dejado su carro con los utensilios en el corredor, le dijo:

—Allí hay una máquina de Kotex. —Con los ojos en blanco, como si la joven fuera el peor desastre que había visto en toda la mañana, la mujer sacó una moneda del bolsillo de su uniforme y se la ofreció.

Mientras caminaba hacia la puerta de embarque, con la minifalda al revés, sujetando la correa de macramé para que su bolsa ocultara la mancha de humedad, Katia empezó a sentir que su estómago se retorcía anunciando el comienzo de los dolores menstruales. A su alrededor, las azafatas lucían elegantes con sus uniformes almidonados, el maquillaje perfecto y sus alhajas brillantes, mientras atendían a los pasajeros, en su mayoría blancos, que iban vestidos como si fueran a la iglesia o a una reunión de negocios. Cuando Katia tomó su lugar junto a la ventanilla, deseó ser invisible. Enferma, aterrada por tener que volar y sintiéndose como un trapeador exprimido, recargó la cabeza en el asiento y cerró los ojos.

Estar sobre las nubes era surrealista, como una pintura de Dalí; y todo lo que estaba abajo de inmediato se volvía pequeño. Justo al

cuanto a Junior, a Katia le habría gustado mucho que su hermano menor la acompañara. Cuando no estaban con los demás, se divertían mucho juntos. El verano anterior habían pasado casi todos los días recorriendo la ciudad en sus bicis.

El momento más formidable del viaje fue cuando el avión aterrizó en la capital de México, el monstruoso Distrito Federal. Al tocar tierra de nuevo, Katia instintivamente se persignó y luego fue detrás de los demás, recogió su maleta y se encaminó a la aduana. Cuando pidió instrucciones, unos le dijeron dónde cambiar dinero, otros que las llamadas de los teléfonos públicos costaban veinte.

—¿Veinte pesos? —preguntó.

—No —le dijo el hombre, como si fuera una tonta—, veinte centavos.

En la zona de los teléfonos públicos, tan pronto se desocupó uno, la muchacha agarró el auricular, todavía tibio al tacto, y sacó un papel con el número telefónico de la casa de su abuela. Su padre se lo había dado cuando iban rumbo al aeropuerto.

—Asegúrate de avisarle a tu abuela tan pronto llegues —le dijo, añadiendo que ya le había informado a su suegra que su hija mayor estaba en camino.

—¿También hablaste con mi madre? —le preguntó Katia. Sobre todo, deseaba que su padre le hubiera facilitado la tarea que tenía por delante. Él negó con su cabeza.

Luego del tercer tono de llamada su abuela respondió.

—¿Bueno? —dijo con una brusquedad que Katia de inmediato identificó con la madre de su madre.

Brusca o impaciente, no necesariamente antipática, pero tampoco desearías que tu vida estuviera en sus manos. Esa era la impresión que Katia tenía de su abuela, según lo que su madre siempre le decía. No la había visto desde el nacimiento de Lulú, cuando la misma Katia solo tenía dos años, así que no se acordaba de la visita que les hizo. La abuela había ido en autobús y tren hasta Chicago para conocer a su nieta recién nacida y se quedó durante las fiestas, pero las primeras oleadas de frío en el Norte la hicieron regresar a México.

—Soy yo, Katia —anunció. Ella hablaba quedito, y con todo el barullo del aeropuerto tuvo que repetir lo que decía durante la breve llamada, y su abuela parecía cada vez más irritada.

—No te escucho —le dijo varias veces la mujer.

Finalmente, la abuela le dio instrucciones:

—Busca un taxi y vente para acá. Tienes mi dirección, ¿verdad? Si tu madre llega o llama, le diré que vienes en camino.

Katia se sentía confundida. ¿Por qué Tina no la estaba esperando?

Al salir, Katia se encontró con una muchedumbre que iba de un lado a otro, vehículos estacionados sobre la banqueta y otros en doble fila. Una larga hilera de taxis llamó su atención, los choferes holgazaneaban, fumaban, platicaban entre ellos, estaban recargados en sus carros o leían el periódico. Jaló su maleta, ajustó el bolso que colgaba de su hombro hacia delante, para cubrir la mancha seca de su falda y, con un aliento que de seguro olía a vómito, se acercó tímidamente a un hombre que parecía un abuelo. Él se quedó viendo el papel con la dirección que ella le mostró y movió su cabeza.

—No es una buena colonia —le dijo—. Sé dónde queda, señorita, la llevo, pero tiene que tener cuidado allí. No va acompañada.

Se puso el periódico doblado bajo el brazo, agarró la maleta y la metió en la cajuela.

Así comenzaron el lento viaje en medio de un tráfico pesado, a ratos con maniobras como las que se hacen con carritos tipo go kart, y otras veces a más velocidad. Los resortes que salían del asiento le lastimaban el trasero cuando pasaban por baches y topes, hasta que el chofer bajó la velocidad al llegar a la zona donde vivía su abuela.

Durante todo el camino, la chirriante radio a todo volumen se mezclaba con el tráfico y con otros ruidos de la calle, algo que Katia habría podido soportar sin sentirse abrumada, de no ser porque el taxista la veía con insistencia a través de su espejo retrovisor, como si estuviera en una historia de cine negro. Trató de ignorar esa mirada y se volteó hacia la ventanilla, pero luego el taxista comenzó a hacerle preguntas. Al principio sonaban como si surgieran de la ociosidad del largo viaje.

—¿Sabes que la Basílica de Nuestra Señora de Guadalupe no está muy lejos de donde te vas a quedar? ¿Eres creyente? Seguro que sí, todos los mexicanos lo somos.

Habría querido decirle que no creía en la Virgen María (¿una virgen que da a luz?), pero no le pareció prudente discutir con un extraño y respondió con un simple «sí».

Tal vez su padre tenía razón, leía mucho para su propio bien. «Un día te vas a quedar ciega», le decía cada vez que la encontraba con la nariz metida en un libro.

El interrogatorio continuó: ¿a quién iba a visitar? ¿Estaba casada? ¿Tenía novio? Y finalmente, poco antes de terminar el viaje, por encima de su hombro le murmuró algo así como una invitación a salir a tomar un café. «No, no», se negó ella, mientras su corazón comenzaba a latir con rapidez. ¿Qué tal si se la llevaba? Pensó: *Vaya manera en la que terminó la vida de Katia, tan joven para morir en una ciudad lejos de casa en manos de un hombre viejo y lascivo.*

—Mi abuela se va a preocupar. Me está esperando para almorzar.
—Aun para Katia, sonaba dudosa su excusa de una abuela decente y atenta, pero por fortuna el hombre dejó de mirarla a través del retrovisor y apenas si pronunció unas cuantas palabras cuando ella se bajó. Luego de cobrarle el viaje, dejó su maleta en la banqueta.

Comprobó que el número de la casa estuviera bien, pero tras empujar una de las dos enormes puertas antiguas y entrar, se sintió abrumada ante el descomunal patio de concreto rodeado por tres pisos de departamentos, con puertas que daban al patio. Por todas partes había gente visitándose, ropa en los tendederos que colgaban de un edificio a otro, lavaderos públicos, niños que corrían y gritaban, perros callejeros, gatos dormilones, docenas de palomas sucias, toda clase de música sonando en muchas radios y por ningún lado su abuela.

Katia le preguntó a una mujer que bañaba a un niño en el lavadero, y luego a otra persona que volteó a verla, hasta que por fin puso su maleta en el suelo y se quedó parada, para ver si alguien venía a ver qué hacía allí. Una de las mujeres señaló hacia arriba, y tras subir dos tramos de escalera, Katia encontró la puerta. Estaba abierta, y al asomarse vio entre la oscuridad a la abuela, sentada delante de una mesa rústica, en un cuarto donde la única luz era la que entraba por la puerta. La anciana sostenía una taza, y con su mano libre le indicó a Katia que entrara.

—Cierra —le dijo—. No quiero que esos vecinos escandalosos asomen sus narices para ver quién viene a verme.

El lugar tenía dos cuartos, sin clósets, alacenas ni baños. En el cuarto en que estaba sentada su abuela vio una parrilla eléctrica y platos, pero no un fregadero.

—Los baños están abajo —le dijo—, todos los compartimos, así que no te olvides de llevar el rollo de papel.

En efecto, Katia necesitaba ir con urgencia. Había traído un par de toallas sanitarias, en caso de que le bajara la regla ese fin de semana, y sacó una de su maleta. Además, quería lavarse los dientes, pero recordó que su padre le había advertido que no tomara agua de la llave: «Te vas a enfermar muchísimo». Como tenía sed, le preguntó a su abuela dónde podía comprar agua, para seguir la recomendación de su padre.

—Sírvete —le dijo su abuela, y señaló una enorme jarra de barro que estaba encima de la mesita improvisada—. Alguna gente que tiene niños y bebés usa botellones de agua. Me he puesto de acuerdo con ellos para que me vendan un poco. No te preocupes, está buena.

Una taza de barro tapaba la jarra. Katia sacó su cepillo de dientes. No había traído pasta dental porque creía que su madre tendría en su baño. No quería usar mucha del agua que su abuela tenía para tomar y solo vació un poco en la ollita de peltre que estaba sobre la mesita para lavarse los dientes.

La anciana canturreaba algo en voz baja y miraba hacia el vacío mientras Katia arreglaba sus cosas. Quería ir al baño, pero se resistía a averiguar cómo era y prefirió sentarse.

— Tu madre nunca llama —le dijo la abuela—. De pronto se aparece... cuando le da la gana... siempre ha sido así. Le avisé. Vamos a ver si llega.

Katia se dio cuenta de que el número telefónico que tenía no era el de su abuela. Como sabía que su nieta la iba a llamar, había esperado su llamada en el departamento de unos vecinos. La mujer que vivía en el piso de abajo cobraba por el uso de su teléfono.

—Hay también una familia que tiene televisión y les cobra un peso a los niños por ver las caricaturas de la tarde —le contó su abuela, como otro ejemplo de los negocios en el vecindario.

¿Dónde estaba la madre de Katia? Por alguna razón, la muchacha no se sentía cómoda para preguntar. Tal vez porque la abuela tampoco se lo decía.

—¿Ya sabes que se fue con alguien que conoció en su trabajo? —le había murmurado la tía Elida en la cocina a otro pariente durante la última Navidad, cuando se reunieron en casa de su tía en Aurora. Katia sabía que estaban hablando de su madre. Así se enteró de que su madre se había ido—. Pobre de mi hermano —siguió Elida—. Nunca ha tenido suerte con las mujeres. El idiota todavía está enamorado de Tina. En la cocina, las mujeres comenzaron a reírse con discreción, hasta que se dieron cuenta de que habían olvidado que Katia leía sentada en un rincón. Cuando ella volteó guardaron silencio.

Aquella tarde de invierno, cuando ya a las cuatro estaba oscuro, Katia regresó al pequeño cuarto en donde su padre, sus hermanos, su tío y sus primos veían en el canal en español un partido de fútbol de México. No había suficientes sillas y los muchachos estaban sentados en el piso. Lulú se puso su abrigo, y cuando se oyó el claxon de un auto, anunció que se iba. Elida salió de la cocina para reprender al padre de Katia.

—¿Desde cuándo una muchacha de quince años se va sin pedir permiso? —Como Javier no respondió, agregó—: Esa muchacha también se te va a ir, Javier.

Unos minutos más tarde, Javier reunió a los niños y muy de prisa les puso sus abrigos y sus gorros, empacó la comida que Elida le dio para llevar y se fueron a casa. Como no habló en todo el camino, los niños sintieron que a lo mejor habían hecho algo malo, y también estaban huraños. Katia nunca se había sentido tan contenta de que los días de fiesta llegaran a su fin para regresar a la escuela. En pocos meses sería libre.

Ahora, en la casa de su abuela en México, comenzaba a preguntarse qué significaba la libertad. ¿Qué era exactamente la libertad para una joven independiente o para cualquier mujer soltera en los años setenta?

La abuela vivía sola. Tuvo una hija y, hasta donde Katia sabía, nunca se casó. ¿Libertad quería decir que tenías que estar sola? Y al estar sola, ¿eras «libre»? ¿Su madre quería libertad y por eso se desentendió de la familia que tenía en Chicago? En la escuela, cuando Katia platicaba con sus amigas en los vestidores o en la cafetería, todas asumían que cumplir los dieciocho y terminar la escuela les daría una alegría y una satisfacción sin precedentes. Ya fuera que planearan casarse de inmediato, compartir un departamento, inscribirse en la universidad o enrolarse en el ejército, tendrían su propio dinero y no necesitarían rendirles cuentas a sus padres o a sus maestros.

A nadie le importaba si el departamento que iban a compartir pudiera estar infestado de cucarachas. Era su casa y la iban a decorar con pósters psicodélicos. Beberían galones de vino y fumarían mariguana con sus novios, que podrían venir a quedarse las veces que quisieran. Si el matrimonio estaba en su panorama, tendrían hijos y, por supuesto, serían felices para siempre. Entrar al ejército sonaba como una aventura que les daría beneficios cuando ya hubieran cumplido su servicio y, a los pocos afortunados que llegarían a la universidad, les esperaba una vida tan bonita como la de los blancos en los suburbios. No importaba lo que hicieras después de la secundaria, la libertad era algo espectacular que te asombraría a cada minuto porque solo tendrías que rendirte cuentas a ti mismo.

Pero dos días después de la graduación y a un mes de haber cumplido los dieciocho años, Katia ya sabía algo que antes ignoraba sobre la libertad. Aun cuando era tan espléndida como la había soñado, estaba plagada de trampas. Era un camino de ladrillos amarillos, con «leones, tigres y osos» de los que había que cuidarse porque eran reales; podrían ser metafóricos, pero no totalmente imaginarios, como en la película *El mago de Oz* que vieron el Día de Acción de Gracias en casa.

Uno de los inconvenientes que incluía la libertad de su abuela era que, con su envejecido cuerpo, era obvio que no podía ir fácilmente a los baños que estaban en la planta baja. Esto explicaba la bacinica que Katia había visto en el otro cuarto, debajo de la cama. Los retretes se hallaban en el patio, justo enfrente de los lavaderos comunitarios. Por fin se decidió a bajar y encontró los tres baños, oscuros y apestosos como cloacas rebosantes. Quería orinar y se cambió la toalla sanitaria, pero luego de esa experiencia juró no volver. El piso de madera estaba podrido y mugroso, y cuando se acercó a los lavabos para enjuagar las suelas de sus zapatos, sintió que en el patio había ojos que la miraban. Katia esperó a que una mujer terminara de fregar su ropa y luego se lavó las manos. Un par de niños que estaban en el otro lavadero comenzaron a gritar porque un pescado que salió de la llave se estaba revolcando en el lavadero.

Katia se apuró para regresar a las habitaciones apenas iluminadas de su abuela, y la encontró fumando un cigarrillo liado a mano. Usaba una lata vacía como cenicero. Katia nunca había visto un cigarrillo como esos y pensó que era de mariguana. Se sentó en la otra silla del cuarto, mientras ella terminaba de fumar. Por su mente cruzó la idea de que su abuela tenía problemas para caminar, porque no la había visto levantarse.

No tenía refrigerador, solo una parrilla eléctrica. Era obvio que la abuela no le iba a ofrecer de comer a la nieta recién llegada. Como si leyera sus pensamientos, la anciana le dijo:

—Antes tenía una hielera, pero el hombre del hielo dejó de venir.

Katia asintió con amabilidad, aunque no entendía de qué le estaba hablando. ¿Un hombre que repartía hielo?

—Como el de las tortillas —siguió diciendo la abuela—. Toda mi vida alguien me trajo a diario tortillas recién hechas. Yo nunca fui buena para hacerlas. Aun aquí, con tanta gente alrededor, llegaba un hombre con su carrito de tortillas calientes. Las mujeres salían a comprarlas para la comida. Un día dejó de venir. Los tiempos cambian. Ahora mi vecino me trae una docena de la tortillería más cercana. A veces también huevos frescos. De vez en cuando llegan con panes de dulce para mi café, bueno y calientito. Mis favoritos son los de dulce de camote.

Katia sonrió. A ella también le gustaban las empanadas de calabaza. Su madre y Lulú preferían las conchas, y los muchachos se comían todo lo que sus padres trajeran de la panadería mexicana.

—Cuando era niña —le contó su abuela—, vivíamos en un rancho. Teníamos animales de todo tipo: pollos, chivos... Mi madre cultivaba un jardín muy grande. Sembraba de todo. No teníamos zapatos, pero sí mucha comida.

Lo que su abuela estaba describiendo sonaba como una infancia ideal. Katia se imaginaba a los niños corriendo alegremente entre la milpa, con la luz del sol creando sombras con los enormes tallos del maíz.

—Hasta que un año mi padre decidió que debíamos irnos al Norte para trabajar en el campo. Cosechábamos algodón. Era un trabajo muy duro. Ya te lo has de imaginar. Yo creo que los gringos son esclavistas por naturaleza. Yo tenía catorce años y no me fue bien. Aquí en la capital parí a tu madre. Como perdimos nuestro rancho, tuvimos que quedarnos.

La abuela contaba con naturalidad, sin tratar de embellecer lo que decía. Su nieta guardaba cada una de sus palabras, como si fueran canicas, para usarlas más tarde en un juego, el juego de estar en el mundo, para que cuando alguien le preguntara «¿quién es tu gente?», ella tuviera algo que responder. Katia quería saber mucho más, ahora que la abuela se había abierto, pero la mujer hizo a un lado la lata y se levantó. La plática había terminado. Sorprendía ver lo ágil que era, aunque parecía una tortuga parada en sus piernas traseras, con sus medias color carne enrolladas hasta los tobillos, que estaban muy hinchados, y sus chanclas cubriendo sus anchos pies.

Encima de la repisa, un pequeño reloj redondo y escandaloso marcaba las tres de la tarde. La abuela volteó a verlo y, sin mirar a Katia, dijo:

—Me voy a sentar afuera para esperar a tu madre.

Junto a la puerta había una banca rústica, donde no cabían las dos. Antes de llegar a la casa de su abuela, Katia había querido lavar su falda sucia y sus pantaletas manchadas de sangre, pero decidió usar la ropa limpia que llevó. Pidió permiso para entrar en el cuarto de atrás y tener privacidad. La abuela le hizo una seña con la mano mientras salía.

El pequeño cuarto estaba abarrotado, tenía una cama con su cabecera metálica recargada en la pared, un armario, una mesita de noche, cajas, ropa colgando de un cable que iba de una pared a otra, sin ventana. La luz de las veladoras apenas si la dejaba ver. No había espacio para que viviera allí otra persona. ¿Dónde dormía su madre? Obviamente allí no. Katia no lo podía comprender.

Después de cambiarse llevó de nuevo la maleta a la cocina. Todavía no estaba claro si se iba a quedar, porque su abuela no se lo había ofrecido.

—¿Qué es esto? —le preguntó su abuela cuando la joven se paró frente a ella y le entregó una elegante caja roja y negra con jabones Maja. Sintió que se sonrojaba. Ni siquiera había agua corriente en la casa de su abuela y ella le estaba regalando una caja de jabones perfumados.

—Es para ti, abuela —le dijo. La noche anterior, poco antes de irse a trabajar, su padre salió de su habitación y le entregó a Katia esa caja.

«¿Es para mi mamá?», le había preguntado ella. De hecho, los jabones eran de su madre. Un Día de las Madres los muchachos le habían comprado ese regalo en la farmacia del barrio. Se había quedado sin abrir. «Llévasela a tu abuela» le dijo su padre. Luego sacó cincuenta dólares en billetes de a diez. Los ojos de Katia se abrieron de par en par. Su padre nunca le había dado tanto dinero. «Esto es para cualquier cosa que tú y tu madre necesiten. Ofréctte para ir a comprarle comida a tu abuela. A lo mejor pueden ir al mercado y conseguir pollo para que lo prepares cuando estés allí».

Pero ahora, al darse cuenta de que su abuela no solo vivía en la miseria, sino que con dificultad podía salir, Katia entendió que su padre no tenía la menor idea de lo que sucedía en la Ciudad de México. Aunque ella se ofreciera a ir al mercado, ¿dónde iban a cocinar?

En el avión servían el almuerzo en una bandeja pequeña con cubiertos y una simpática tacita, por si quería tomar té o café. Parecía una comida de mentira ofrecida en una fantasía futurística. «Katia viaja a Marte (en realidad, a la Ciudad de México)». El hambre era más fuerte que los cólicos. Aunque no tenía la menor idea de dónde estaba el lugar más cercano para comprar comida hecha, se escuchó a sí misma ofreciendo:

—Puedo ir a comprar algo de comer. —Cuando iba en el taxi vio algunos negocios donde vendían pollos rostizados y taquitos al pastor.

—No te preocupes —le dijo—. Al rato me van a traer comida.

No aclaró quién, pero Katia ya sabía que su abuela no tenía intención de dar explicaciones. *Eso también debe ser un beneficio de tener una vida libre*, pensó Katia. Aunque en ese momento sintió que ella era el motivo del enojo de su abuela, valoró la firmeza de la señora.

Como si se le acabara de ocurrir que Katia podría tener hambre luego de su viaje, la abuela le dijo:

—Allí en la repisa hay un poco de fruta, agarra la que quieras.

Katia asintió y entró a casa, sobre todo para alejarse de la incesante gritería de la vecindad. En la repisa encontró un plátano muy maduro, dos manzanas rojas magulladas, un aguacate medio blando y algo que no estaba segura de lo que era, pero que parecía un mango seco. Agarró una manzana, pero la regresó al detectar un agujero como de gusano.

Sacó de su bolso un cuaderno y una pluma, junto con un libro. Katia siempre llevaba uno con ella, para leerlo cuando tuviera tiempo, entre cliente y cliente en la gasolinera, o en el autobús. Traía uno nuevo, *Buscando a Mr. Goodbar*, pero como se sentía tan mal en el avión ni siquiera lo sacó.

Katia arrastró un taburete de tres patas, donde su abuela recargaba las piernas mientras estaba ante la mesa, y lo llevó hasta la entrada para sentarse y tener un poco de luz. Le estaba quitando una mancha a sus pulcros zapatos de lona blanca cuando descubrió en el suelo, junto a la pared, una trampa con un ratón muerto. Parecía que sus ojos saltones la veían fijamente. Katia se espantó y saltó, rogando a Dios no tener que dormir en el suelo. Luego, mientras pensaba si era mejor leer o escribir en la mesa (había un foco pelón colgando de un cable que a lo mejor servía), escuchó que la abuela hablaba con alguien. De inmediato reconoció la voz de la otra mujer y se asomó.

Se miraron a los ojos. *Qué impresión volver a ver a Tina, como salida de la nada*, pensó. Su madre se le acercó para darle un beso en la mejilla y enseguida comenzó a hablar con rapidez:

—¿Qué tal estuvo el vuelo? ¿Cómo están tus hermanos? ¿Cómo está tu padre? ¿Y Lulú? —Su madre se comportaba con tanta naturalidad que parecían dos amigas que se habían encontrado en un centro comercial. Pero Katia apenas si pudo responder porque su madre hizo un ademán indicando que debían irse—. Muy bien, ¿ya estás lista?

¿Lista para qué?, pensó Katia.

Entonces Tina, que empezaba a sonar como la madre que ella recordaba (en otras palabras, mandona), le ordenó:

—Agarra tus cosas. —Sin preguntarle por qué, hizo lo que le pedía. Cuando regresó y estaba por despedirse de su abuela, que seguía sentada pero ahora sostenía una bolsa de papel llena de naranjas que

Tina le había traído, Katia se acordó del dinero para el pollo. Buscó en su bolso y sacó diez dólares. Seguro que con ellos su abuela podría comprar comida para una semana.

—¿Qué es esto? —preguntó su abuela, agarrando el billete con dos dedos, como si fuera a sonarse la nariz con él.

—Por el amor de Dios, Katia —dijo Tina—, ¿que no tienes pesos?

La muchacha sacó su monedero y comenzó a hacerse bolas con ese extraño dinero mexicano, pero la impaciente Tina metió la mano y comenzó a contar varios billetes para dárselos a la abuela, quien al recibirlos asintió y los guardó en el bolsillo de su chaleco.

—Así ellos te pueden traer comida más tarde —le dijo Katia a su abuela. «Ellos» eran, obviamente, quienquiera que viniera.

Tina se despidió de prisa y prometió regresar pronto. Insistió en llevar la maleta y le ordenó a Katia que la siguiera. «Ándale, mija», repetía una y otra vez, mientras su hija la seguía escaleras abajo. Cruzaron el patio y salieron por la inmensa puerta de la vecindad. Afuera, un auto las estaba esperando.

Katia, que caminaba lo más rápido que podía, se había dado cuenta ya de varios cambios en el aspecto de su madre. Por lo visto, Tina había subido de peso. Además, ahora estaba maquillada. Las raíces negras en el tinte color castaño rojizo le daban una apariencia desaliñada, pero tenía un flequillo a la manera de Farah Fawcett. Algo nuevo también eran unos capris blancos. Katia nunca había visto a su madre con pantalones, ni siquiera en invierno.

A Katia se le reveló otro cambio. Aunque sospechaba que era porque debía sentirse nerviosa, su madre no dejaba de parlotear y sonreír, como si todo estuviera de maravilla, como si nunca hubiera existido aquel día en que dejó de ir a trabajar, como si jamás se hubiera ido de casa. Aunque Lulú y Tina se identificaban entre sí de muchas maneras, lo cierto es que la personalidad de su madre siempre había sido más compatible con la de Katia, retraída e incluso huraña. Era obvio que los adultos no tenían obligación de explicarle nada a los niños, pero ver la transformación de su madre en otra mujer le provocó escalofríos a Katia. En lugar de sentirse bien por volver a verla, estaba impactada por este encuentro con una extraña.

El auto que las esperaba era un Buick destartalado, estacionado en doble fila y con una mujer al volante que tocaba el claxon y les respondía con palabrotas a los conductores que se quejaban furiosos porque les estaba estorbando. Luego de que Tina y Katia se subieron, esta última en la parte de atrás, hicieron una rápida presentación y arrancaron.

—Vivimos muy cerca de aquí —dijo Tina con un aire despreocupado, como si estuvieran en un carro deportivo a punto de irse a Acapulco. Agarró un lápiz labial rosa de su bolso de mano y se pintó los labios.

———

Las calles estaban a reventar, con gente por todas partes, y la cuadra donde se estacionaron no era la excepción. Las mujeres entraron por una puerta laminada, caminaron por un pasillo hasta llegar a una vieja cochera.

—Ya llegamos —dijo la otra mujer, llamada Valentina—. Yo era Tina, hasta que conocí a tu madre —le explicó a Katia—. En Chicago, cuando trabajábamos en la fábrica, confundíamos a todos. Cuando alguien decía: «Oye, Tina», las dos volteábamos. Hasta que comencé a pedirles que me llamaran «Vale». *Vale*, ¿entiendes? Los españoles dicen así todo el tiempo para señalar que algo está bien. Para nosotros, los mexicanos, *vale* es también algo valioso. —Entonces Valentina, que alguna vez se llamó Tina y decidió que el mundo supiera que valía, se rio. Tina también.

Entraron en la pequeña y estrecha casa, pintada de muchos colores pero con las paredes manchadas y con marcas de humedad cerca del techo.

—Te quedarás en el sillón —anunció Vale. Todo lo que decía sonaba como un discurso. Katia estuvo a punto de hacer un saludo burlón, pero se lo pensó. Tina volteó a ver a su hija, como si quisiera disculparse, y le tocó el hombro:

—Solo tenemos una habitación...

Vale dejó la maleta en el suelo. Por primera vez, su rostro se puso serio. Katia se dio cuenta de la manera en que se quedó viendo a Tina, como si esperara que dijera algo más, pero como no fue así, salió del cuarto. Era una mujer compacta, pero su apariencia robusta realzaba su carácter enérgico. Vale usaba botas de hombre y Katia estaba segura de que, si alguien la hacía enojar mucho, ella podría moler a golpes a esa persona.

La muchacha se quedó parada en la sala, fingiendo mirar con atención una fotografía enmarcada que colgaba de la pared. Era de ellas dos sentadas ante una mesa: Tina con vestido de fiesta y Vale con una camisa almidonada, el brazo alrededor del hombro de su madre. Se veía un mantel, y Vale tenía en su otra mano una cerveza. Parecía que estaban en una boda o algo así, y lucían felices. Poco a poco, cayó en la cuenta de que su madre había huido de casa para rehacer su vida con una mujer (de la cual, aparentemente, se había enamorado). Katia luchó contra el impulso de sentir rabia e indignación en nombre de sus hermanos y su padre. Pero lo cierto fue que, en lugar de sentirse traicionada, le ganó el cansancio por todo lo que había vivido ese día.

Sobre todo, Katia sintió en ese momento algo que llevaba arrastrando desde que tenía memoria. No había sido necesario que Tina se fuera de casa para que ella la sintiera ausente en su vida. Desde niña había deseado que su madre la abrazara, le sonriera, le dijera alguna palabra de apoyo o le diera una palmada en la mano o en el hombro cuando lo necesitaba.

Sería muy fácil decir que Tina venía de una vida carente de amor, y por eso no sabía cómo expresar afecto. Pero entre sus hijos tenía sus favoritos.

Y ahora esto. ¿Qué era esto? Tina había encontrado dentro de sí la capacidad de amar a Vale o, por lo menos, de mimarla o acariciarla como nunca habían visto que lo hiciera con Javier. Estaba sorprendida al ver la valentía de su madre o su enloquecida habilidad para comenzar una nueva vida y deshacerse de la anterior, como si fuera una chancla vieja. Chocaban entre sí el genuino deseo que tenía Katia de que su madre fuera feliz y el sentimiento de que la había abandonado. Con la mirada fija en la fotografía, cruzó sus delgados brazos y los apretó, al mismo tiempo tuvo la sensación de que las piernas se le iban a doblar.

—¿Tienes hambre? —le gritó Tina, como si no se diera cuenta de lo que expresaba el lenguaje corporal de su hija. Se dirigió a lo que parecía ser una pequeña cocina y comenzó a cantar con la radio que acababa de prender. Eran Los Ángeles Negros.

Katia tenía hambre, pero los cólicos estaban empeorando y se dejó caer en el angosto sillón, duro como una tabla. No iba a poder dormir mucho allí.

Vale regresó diciendo:

—Tengo que tomar una siesta. Descansemos un rato.

Tina salió de la cocina y le dijo a Katia:

—Iremos por unos tacos al rato. Conocemos un lugar muy bueno adonde llevarte. Los mejores tacos al pastor. —Juntó sus dedos y les dio un beso.

Katia se sentía demasiado miserable como para comer. El primer día de la menstruación era el peor. Tuvo que levantarse para ir a la cocina, donde su madre estaba guardando platos, y le pidió una toalla sanitaria. Tina la llevó al baño y le señaló una caja en el piso, cerca del inodoro.

Cuando Katia salió, su madre le dijo:

—Acuéstate. Ahora que Vale se levante iremos a comer.

De regreso en el sillón, se hizo un ovillo apretándose el estómago. Cuando Tina se acercó le dijo:

—No sé por qué te pones así. Tu hermana y yo tenemos nuestros períodos al mismo tiempo, exactamente cada veintiocho días. Nos dura tres días y ya estuvo. Pero tú... siempre tienes muchos problemas. —Sonaba como un reproche.

—No sé a dónde quieres llegar, ma —le dijo Katia, muy enojada y a punto de gritar. No se podía sentar, estaba muy angustiada—. No me dan cólicos porque esté haciendo algo malo.

Tenía los ojos cerrados. No era la primera vez que su madre insinuaba que eso le pasaba por dormir quién sabe dónde o incluso por haberse contagiado de cualquier cosa. Si no es que por algo peor, como un aborto clandestino, que recién se había legalizado en su estado, un tema sobre el cual las mujeres y las jóvenes apenas hablaban.

Katia, por lo demás una mujer sana, no sabía por qué sus períodos eran tan irregulares y difíciles. El médico familiar había dicho algo sobre sus ovarios o sus trompas de Falopio, pero ni ella ni su madre entendieron y él no les explicó. Se limitaron a creerle cuando dijo:

—No es algo serio.

—Prepárale una taza de té —le gritó Vale al otro lado de la puerta cerrada.

—Tengo unas pastillas —dijo Tina. En su casa había un producto para los dolores menstruales, pero a Katia nunca le había servido. A lo mejor su madre había encontrado algo mejor en México.

La puerta del cuarto se abrió de pronto. Vale apareció en camiseta y calzoncillos de hombre.

—Te digo que le prepares un té de yerbabuena. Sé lo que se siente. Las pastillas no le van a ayudar.

Se notaba una tensión entre ellas. No quería estar en el medio de esa situación, y menos ser la causa del conflicto, con lo mal que se sentía. Katia murmuró:

—Voy a tomar lo que sea… Gracias. —Se acostó, recargando su cabeza en una almohada dura y trató de ponerse en posición fetal, haciéndose la dormida.

A Katia le costaba recordar cuándo había oído la última vez que su madre la abrazó; no ese tipo de abrazo fingido, como el que le dio frente a la abuela, sino uno amoroso. Años atrás, mientras su padre se iba a trabajar, las muchachas dormían con su madre. Su padre había elegido el turno de noche porque le pagaban más. Lulú fue la primera que se deslizó en el cuarto de sus padres para dormir con su mamá. A veces, como no le gustaba sentirse menos, Katia las acompañaba. En otras ocasiones, la madre las echaba, quejándose porque necesitaba dormir para ir a trabajar al día siguiente. Sus padres tenían una televisión portátil en su cuarto, y un viernes por la noche, luego de *Johnny Carson*, las tres se quedaron despiertas en la oscuridad. Su madre, en medio de ellas, abrazándolas.

—¿Cómo era tu papá, mami? —preguntó Lulú. Cuando hablaba con sus padres lo hacía con una vocecita de niña. Katia también sentía curiosidad por saber de su abuelo. Siempre había creído que su abuela era viuda.

—No conocí a mi padre —dijo Tina luego de una pausa, como buscando la manera de contestarle a su hija—. Todo lo que mi madre me dijo fue que cuando se fue a trabajar al Norte, allá un capataz abusó de ella.

Un hombre que viola a una muchacha, pensó Katia, *no podía ser un abuelo.*

A la mañana siguiente, Tina, Vale y Katia estaban de mejor humor. La noche anterior, con la muchacha cansada y todavía sin sentirse bien, disfrutaron de una orden de tacos surtidos y Coca-Cola que Vale fue a traer. Vieron un poco la televisión, un estúpido programa de variedades repleto de pastelazos y bromas bobas, que hicieron que Vale le diera un manotazo en la pierna como si le pareciera muy ingenioso.

Katia aún no había hablado del propósito de su viaje. Quizá su padre se lo contó a su abuela y seguramente Tina ya lo sabía o se lo imaginaba. ¿Para qué más habría ido Katia a México?

Lo cierto es que había descubierto que su madre estaba enamorada. En los cuentos de hadas, esto significaba que tu vida se transformaba mágicamente. En la «Historia de Celestina», una mujer de treinta y ocho años que alguna vez fue esposa y madre de cuatro hijos en Chicago, alguien entregada a trabajar en una fábrica y devota de su hogar, se transformó en otra mujer. Ante los ojos de su hija, la nueva Tina vivía en La Capital, una metrópoli que día y noche estaba colmada de mexicanos. Vivía con una novia, tomaba cerveza, vestía pantalones y no se tapaba la boca cuando reía. La Tina de la Ciudad de México, como la madre en Chicago, seguía trabajando intensamente para sobrevivir. Ahora se dedicaba a vender mercancía al mayoreo.

Cajas de cartón con la etiqueta «Donna Clean Well Supplies» estaban apiladas hasta lo alto del techo, contra una pared de la sala. Tan pronto entraron a la casa, Vale anunció:

—Es un negocio propio. La compañía es de Inglaterra. Sus productos son excelentes.

Los productos tenían una ilustración que representaba a una «ama de casa» con apariencia anglosajona, de nariz puntiaguda, cabello rubio, cintura diminuta, delantal de holanes y tacones. En su mano sostenía una esponja que producía pompas de jabón. Vale pasó su dedo sobre el letrero.

—Doña Cleanwell —expresó, como una maestra que señala el pizarrón, sin darse cuenta de que estaba pronunciando mal el nombre del producto o que sin querer lo había traducido—. En Estados Unidos no conocen esta empresa. No exporta a Gringolandia.

Por la forma en que Vale decía «Estados Unidos», Katia no alcanzaba a distinguir si era porque Estados Unidos consideraba que el producto era de baja calidad o si la compañía pensaba que Estados Unidos no era un mercado conveniente.

Tina asintió.

—Vendemos muy bien. Trabajamos por comisión. Mañana habrá una fiesta de demostración en la casa de un vecino, no muy lejos de aquí.

La anfitriona de esa reunión, explicó Tina, invitaría a sus amigos y a sus familiares. Ofrecería refrescos, mientras Tina haría demostraciones sobre la eficacia y la eficiencia de los productos. Se realizarían varias rifas con algunas muestras como premios, para motivar a la gente, y luego se tomarían los pedidos.

—Mi trabajo, sobre todo, es llevar y traer cajas del carro —le dijo Vale a Katia. Se dirigió al pequeño refrigerador para agarrar una cerveza—. Mañana podrás echarme una mano, muchacha.

Al día siguiente, Tina preparó en un sartén de hierro unos huevos con salsa verde recién hecha y frijoles con tortillas. Katia extrañaba la salsa de tomatillo de su madre, pero lo único que dijo fue:

—Está buena, ma.

Como Vale siempre estaba cerca, Katia no encontraba el momento para hablar en privado con su madre. Le quería preguntar muchas cosas, aunque quizá de todas maneras no se las habría preguntado. Pero también estaba el motivo de su presencia allí y cómo abordarlo de la mejor manera. Se preguntaba si no estaría bien sugerirle a su padre que le llamara para pedirle que regresara. Para Katia, ninguno de los escenarios parecía posible teniendo a la amante de Tina tan cerca. Los ojos de Vale rara vez dejaban de estar atentos a cada movimiento de su novia.

Caía la tarde y Tina le pidió a Katia que ayudara a Vale a subir las cajas en la enorme cajuela del Buick, mientras ella se preparaba.

Se alejaron del ajetreo de su cuadra. En el asiento de atrás Katia sentía el impacto de cada tope y cada bache en los amortiguadores, hasta que llegaron a otra calle abarrotada. La muchacha nunca había visto antes una ciudad tan bulliciosa a todas horas. Cuando lo mencionó, Vale le dijo:

—¿Sabías que para el siglo XXI tendremos más de veinte millones de habitantes aquí en la capital?

—Guau —expresó Katia, suspirando.

—Bueno, ya para entonces no estaré aquí —dijo Tina con una risita.

—¿Qué quieres decir con que no estaremos aquí en el siglo XXI? —preguntó Vale.

—Andarás por tus sesenta —dijo Katia, haciendo cuentas rápidas en su mente.

—Ay, no —dijo Tina—. Mi mamá está en sus cincuenta y mírala. Yo preferiría morir antes que hacerme vieja.

Vale se estacionó en doble fila. Afuera, una mujer que vestía un conjunto con pantalón color mandarina las estaba esperando y señaló que podían dejar el auto en su entrada. «Estoy muy entusiasmada», decía una y otra vez Margarita, la anfitriona. «¡Qué emoción!». Las cuatro entraron con los productos y se encaminaron hacia la casa de la señora. Tina se encargó de ordenar todo y comenzó a dar instrucciones de cómo arreglar las cosas.

Margarita era una mujer de enormes senos y rostro maquillado, con un prominente lunar pintado en una esquina debajo de sus labios. Su pequeña peluca rubia demostraba que quería parecerse a Marilyn Monroe. Pero fue después de echar un segundo, un tercer y hasta un cuarto vistazo cuando Katia se convenció de que esa señora era un hombre; aunque, en realidad, fue por su voz y por la manzana de Adán.

Con excepción de las parodias de mujeres en la televisión, realizadas por comediantes como Milton Berle o, en tiempos recientes, Flip Wilson, Katia nunca había visto a un hombre vestido de mujer. Aunque ella pensaba que esas actuaciones eran muy tontas, tal parecía que ellos daban a entender que no había nada más ridículo que un hombre vestido de mujer, con una peluca barata, la faja, la cara pintada, los tacones y demás. Con una voz aguda que proyectaba una personalidad manipuladora, que por lo general propagaba tonterías.

Por otra parte, cuando una mujer se vestía con atuendo de hombre (como lo prefería Vale) no causaba ninguna gracia. Al contrario, la gente parecía percibir que la intención era proyectar (o asumir) autoridad. Katia se dio cuenta de cómo miraban a la compañera de su madre, desdeñando su atrevimiento y su osadía por tratar de ser un hombre. Incluso uno o dos murmuraron insultos a su paso, pero Vale y Tina los ignoraron.

Ahora, en ese lugar de la demostración, Katia veía a un hombre que vivía como si fuera mujer. Esto era una gran novedad para la autodenominada feminista, especialmente porque los mexicanos tomaban muy en serio los roles de género. El compañero de vida de la anfitriona era un hombre vestido de hombre. Todo eso la tenía alucinada. Hasta donde Katia alcanzaba a vislumbrar, se hallaba en las profundidades de una contracultura clandestina. Intuía que no debía hacérselo notar a Tina ni a nadie. Al no saber cómo expresar su curiosidad, podría sonar ofensiva. Lo último que debía hacer era enfadar a su madre cuando ni siquiera habían hablado del motivo de su viaje, que desde luego pondría furiosa a Tina.

Muy pronto comenzaron a llegar los invitados o, como Vale y Tina los percibían, sus futuros clientes. La mayoría, a juzgar por su comportamiento, eran parejas, morenas, de la clase trabajadora, gloriosa y ardientemente ellas mismas. Katia simpatizaba con el movimiento feminista sobre todo por la revista *Ms.*, pero la liberación sexual parecía tratarse solo de las mujeres blancas. Ellas iban a festivales de música sin usar brasier e incluso sin nada de la cintura para arriba, se sumaban a comunas y viajaban de aventón por todas partes. Katia llegó a un mundo nuevo, a un aspecto de su cultura mexicana que nunca había imaginado.

Aunque fuera una «gringa», como Vale se la pasaba diciendo —parecía sorprenderle que hubiera crecido a base de arroz, frijoles y tortillas, y no de hamburguesas y perros calientes—, Katia siempre se sintió mexicana, mexicoestadounidense o incluso «hispana», como le gustaba decir a su padre; siendo originarios de Nuevo México, siete generaciones los apartaban de los conquistadores. Sus creencias católicas no les permitían a hombres y mujeres, niños y niñas, pensar siquiera en el sexo. (Era contrario a la evolución, por supuesto, porque todos pensamos en sexo). Tal vez lo que ella había encontrado era la revolución sexual, que solo conocía por lecturas.

En toda la tarde Katia apenas si habló, trataba de comportarse lo mejor posible y demostrar así que era la hija ideal. La habían educado para que se comportara en público de la mejor manera, lo cual incluía hablar solo cuando se lo pedían y hacer lo que le decían. Bastaba una mirada severa de cualquiera de sus padres para que los hijos guardaran silencio y se estuvieran quietos, adonde los llevaran. Bajo las instrucciones de su madre y de Vale, Katia comenzó a repartir muestras, a anotar los pedidos, y además se encargó del dinero y de dar recibos.

Todos estaban alegres. Bebían cerveza de pequeñas botellas color café o limonada casera, y mordisqueaban exquisitas galletas de la panadería. Se burlaban entre sí y se reían de sus bromas. En cierto momento, alguien se acercó al tocadiscos y puso un vinilo de 45 RPM con «Me gusta estar contigo», en voz de Angélica María. Todos en la fiesta estaban entusiasmados y cantaban juntos, de manera que se olvidaron de la demostración, hasta que Vale gritó: «¡Ya estuvo bueno!». Alguien le movió al tocadiscos, pero en lugar de apagarlo cayó el siguiente 45 y se escuchó una canción de Diana Ross que era todo un éxito en Estados Unidos, y al parecer la gente en México también la conocía. Todos saltaron y comenzaron a bailar al mismo tiempo que cantaban: «*Tush mi in de mornin'*...». La anfitriona tomó de la mano a Tina y comenzaron a dar vueltas al estilo Hustle.

Katia, que en ese momento estaba sentada al lado de Vale, no podía creer lo que veía. Que su madre bailara siempre era una novedad, como cuando Tina y Javier bailaban suavemente en una fiesta familiar. Pero ¿el Hustle? Katia sintió que la cara se le calentaba de vergüenza por el comportamiento infantil de su madre. Vale lo percibió y le dio un codazo, como queriendo decir: «Vamos, está bien».

Todos cantaban siguiendo la letra en inglés.

—¡*Der is no tomorrou*! —aulló Vale también, y luego, inclinándose, susurró—: ¿Qué dice la canción?

Conocía pocas palabras en inglés. Cuando Katia tradujo la frase, Vale se puso roja como un tomate y, luego, recuperando el aplomo, asintió con la cabeza y le dio una suave palmadita en el hombro a la muchacha, como agradeciéndole, pero con una mirada de mujer a mujer tan directa que Katia sintió que no solo se trataba de la canción. Cuando acabó todos se sentaron, sudorosos y sin aliento, con la espalda recta y las manos en el regazo, como si estuvieran de vuelta en un salón de clases.

Tina comenzó el juego de las sillas. Una entusiasta participante ganó una botella de muestra con limpiador de alfombra, y todos la aplaudieron. Lucía emocionada, incluso cuando dijo:

—No tengo alfombra...

Vale le quitó la botella y se la cambió por una muestra de limpiador de manchas para cortinas, mientras le decía:

—Estoy segura de que tienes cortinas.

Tina continuó con una rifa y Katia comenzó a repartir pedacitos de papel y lápices, usando una gorra sudada para meterlos allí ya con los nombres. Su madre le indicó que sacara uno, pero justo cuando estaba a punto de anunciar quién había ganado, se armó el descontento. «Eso es trampa». «No es justo». «Que se repita». «Consigan a otra persona, ella es hija de Tina». Para evitar más alboroto, Margarita se hizo cargo. Los ánimos se calmaron y la ganadora se emocionó con el premio (una muestra de detergente en polvo para lavadora). Entonces alguien comentó:

—No vayas a decir que no tienes ropa interior para lavar. —Y todos se rieron.

En ese momento apareció una mujer grande y cuadrada, con una enorme camiseta de hombre y huaraches con suela de llanta. Tenía su pelo largo recogido en una trenza ceñida. No parecía interesarle Doña Cleanwell, sino que se movía alrededor como si fuera un inspector. De la mesa donde Katia había colocado los productos, primero agarraba una muestra, luego otra, olfateando y fingiendo leer las etiquetas en inglés. Un tenso silencio se sintió en el lugar, las miradas estaban fijas en la desconocida. Diez minutos más tarde aparecieron otras dos mujeres, quienes miraban con ojos inquisidores a cualquiera que se fijara en ellas. Aunque había sido un día muy cálido y una tenue lluvia humedeció la casa, una de ellas vestía una enorme chamarra de motociclista que no se quitó.

En cierto momento, Katia escuchó a una de ellas preguntarle a la anfitriona:

—¿Quién es la gringa? —lo dijo en voz alta para que todos escucharan.

—Es mi hija —respondió Tina, sin voltear a verla y sin perder la sonrisa de comerciante que tenía desde que llegó.

—¿Por qué me llama «gringa»? —le murmuró Katia a Vale, que estaba a su lado. Ella no creía ser blanca. Eso le hizo pensar que quizá solo en Chicago la consideraban mexicana. Irónicamente, en México era una *pocha*. En pocos días, todos la habían tratado como si fuera extranjera, y ella se imaginaba que tal vez era por su acento. ¿No era mexicana? Con desdén le preguntaban: «¿De dónde eres?». Nació en Chicago, pero si fuera una gringa blanca, ¿habrían celebrado su capacidad para hablar el español?

Katia aprendió español de su madre y de su padre, originarios de distintos lugares y lo hablaban diferente. Recordó que un domingo reciente, el día de descanso de Javier, él había comenzado a contarles sobre la historia de Nuevo México, que desde hacía sesenta años era un estado.

—Básicamente, Nuevo México fue parte de España. Nos colonizaron. Somos españoles —dijo, moviendo sus manos por encima de la mesa. Nadie se atrevió o se molestó en hacer preguntas. Su madre venía de la Ciudad de México. Todos sus hijos nacieron en Chicago. Entonces, ¿el origen étnico tenía que ver con afinidades culturales o con la ascendencia y no con el lugar donde se nace? Si así era, ella se sentía mexicana. ¿Bastaba eso para reivindicarlo? Si los blancos que han vivido en México, o crecido en un barrio de Estados Unidos, se sintieran mexicanos, ¿podrían también exigir que se les reconozca como tales? ¡Por el amor de Dios! ¿Qué es lo que te hace ser mexicano?

Hablando de matices culturales, ¿por qué se consideraba feminista? Si era su madre, que no leía ni debatía, la que iniciaba su propia insurgencia contra el patriarcado, ¿acaso no estaba ella a la vanguardia?

Katia hacía todo lo posible por mantener la compostura en la fiesta de Doña Cleanwell.

—Es por tus pantalones —le dijo Vale, refiriéndose a los jeans acampanados que Katia vestía, muy populares entre los muchachos y las muchachas de su país. Durante la época de Woodstock, ella todavía estaba en la secundaria, pero ese festival definió para todos los jóvenes lo que estaba de moda. En ese entonces, Katia les cosía parches a sus pantalones acampanados con los dobladillos deshilachados: el signo de la paz, «Haz el amor, no la guerra» y aunque la había probado en una fiesta solo porque iba contra el sistema, agrego otro de una hoja de cannabis—. Nadie los usa, excepto los hippies.

Vale hablaba a media voz, desde la comisura de sus labios, como si estuvieran en una sala de cine, pero lo suficientemente fuerte para que un par de invitados volteara.

Mientras tanto, «la inspectora», a quien Katia escuchó que llamaban «Lucas», los distraía con su extraña conducta. Lucas agarró una botella de quitamanchas, la destapó, la olió y se puso a dar vueltas con ella, como si fuera a volcarla en la cabeza de alguien.

—Vete a tu casa, Lucas —le dijo la anfitriona y le quitó la botella de las manos. Círculos de sudor sobresalían de la camisa de Lucas sobre sus axilas, mientras hacía ademanes como si la estuvieran echando. Los demás no se reían, más bien comenzaron a ponerse tensos.

Era hora de finalizar la fiesta de demostración. Tina le entregó a su hija la petaca de vinilo con el cuaderno de pedidos y el dinero.

—Mete esto en la caja de allá —le dijo—, y asegúrate de cerrar la tapa. No la metas en la cajuela, ponla en el asiento trasero. No quiero que la perdamos de vista.

Katia hizo lo que le pedía y junto con Vale empezaron a subir las cajas en la cajuela del carro. Luego, sin que se lo pidieran, Lucas agarró una también.

Afuera ya había caído la noche, pero seguía una intensa actividad. Katia estaba por meterse en el asiento trasero del Buick cuando Lucas se acercó y le dijo:

—Permíteme. —Tratando de hacerse de lo que Katia llevaba en su mano.

—¿Qué haces? —le dijo Vale.

Hubo un breve forcejeo y luego Lucas la soltó. Cuando Vale se acercaba, la entrometida se alejó. Katia aprovechó el momento para arrastrar la caja hasta el asiento trasero del coche.

Los que salían de la fiesta vieron que podía haber pelea y suspendieron sus entusiastas despedidas para estar alertas. Margarita, con su peluca fuera de lugar por tanto beso y abrazo, dio un paso al frente en silencio.

Katia, en el asiento trasero, se sobresaltó al escuchar que se abría la puerta del copiloto. Tina metió la cabeza.

—¿Tienes la petaca con el dinero? —le preguntó su madre en inglés. En Chicago, Tina siempre hablaban en español cuando estaba en público y no quería que la gente la entendiera. Ahora hacía lo contrario, con el inglés como idioma secreto.

Asustada por la trifulca que estaba a punto de ocurrir, su pálida hija señaló la caja. En lugar de subirse, Tina cerró la puerta de golpe y se dirigió hacia donde el par de acompañantes de Lucas merodeaban, cerca de la cajuela. Katia se dio la vuelta para ver qué estaba pasando atrás y vio que su madre cerraba de un golpe la cajuela, logrando que las dos retrocedieran. En la acerca, Vale y Lucas se estaban insultando, y los gritos aumentaron cuando Vale alzó la mano y soltó un buen puñetazo sobre la mandíbula de Lucas. ¡Pum! Una de su pandilla intervino. Katia se bajó rápido del vehículo, desesperada por encontrar a su madre, pero Tina no se veía por ningún lado.

De inmediato, en la calle se amontonaron muchas mujeres, unas encima de las otras, mientras los autos y los peatones se detenían para mirar. Alguien gritó que la policía venía en camino. Margarita, ya sin peluca y con la camisa arremangada, daba vueltas alrededor de esa pila de cuerpos que se jaloneaban el cabello, se rasgaban la ropa, se rasguñaban la piel o tenían a alguien agarrado del cuello.

—Cálmense, locas. La policía se las va a llevar a todas a la cárcel. —La acompañante de la anfitriona la apartó—. Vámonos de aquí antes de que las autoridades nos echen la culpa de todo.

Hasta que finalmente Katia vio los pantalones blancos que ese día su madre volvió a ponerse. Tina estaba aplastada bajo el montón de mujeres.

—¡Ma! —le gritó, agarrando su pie, que tenía en el tobillo una pulsera que brillaba bajo la luz del poste.

Cuando se escucharon cerca las sirenas, todos comenzaron a dispersarse. Lucas, con la nariz sangrante, su trenza deshecha y la camisa rota, miró con enojo a Vale, bufando. Se dejó llevar por sus compañeras, pero no sin antes gritar:

—Te voy a encontrar. —Y al mismo tiempo dejaba entrever algo que brillaba bajo la luz de la calle. Vale le devolvió la mirada desafiante, como si la amenaza de un cuchillo no significara nada. Katia ayudó a su despeinada madre, que había perdido un arete y lo estaba buscando, hasta que Vale la jaló del codo.

—Vámonos —les dijo a las dos, madre e hija—. Apúrenle, antes de que nos arresten por culpa de estos idiotas.

—Ay, Dios mío —dijo Tina en el carro, mientras la otra mujer manejaba como un demonio, pero en silencio. Tina parecía querer tomarle la mano, pero la otra mujer no se dejaba. No fue sino hasta que llegaron a casa que Katia se dio cuenta de lo que su madre había estado haciendo en el asiento delantero. Resulta que el brazo de Vale tenía una cuchillada y la madre de Katia logró vendarlo con su suéter.

En casa, Tina curó la herida de su amante. Por fortuna, parecía ser un corte superficial y no necesitaba que la cosieran, o por lo menos Vale insistía en no ir al hospital, donde la obligarían a hacer un reporte. Más que disgustada, y con razón, Vale terminó de lavarse en la cocina antes de irse a dormir. Tina se sentó al lado de Katia en el sillón. Hizo un gesto de impotencia tratando de quitarse el polvo. Se le estropearon los capris, perdió un arete y su estilo Fawcett había quedado deshecho. Encendió un cigarro. Katia vio como formaba un enorme anillo de humo. La nueva Tina estaba incontenible.

Las reservaciones de la aerolínea eran para la mañana siguiente. Katia decidió que, ahora o nunca, debía decirle a su madre el motivo de su viaje. Tenía la sospecha de que Tina lo sabía, pero no le había preguntado nada. Cuando sacó los boletos, de inmediato su madre se sintió invadida por una nueva preocupación. Luego de una noche tan difícil, ahora debía enfrentar algo más. Se los arrebató para revisarlos. Si tenía que regresar a Chicago, sería a primera hora del día siguiente. Con los boletos en la mano y sin duda abrumada, se levantó para dirigirse a su cuarto, y cerró la puerta sin hacer ruido.

Casi de puntitas, Katia se dirigió a la cocina para ver qué hora era en el reloj de pared. Prendió la luz el tiempo suficiente para ver: era casi la medianoche. Regresó a sentarse en el sillón, con las rodillas levantadas. La luz de la calle se filtraba a través de la cortina y le pegaba de lleno en la cara. Comenzó a pensar en las consecuencias de su misión fallida y en el enojo de su padre cuando llegara al aeropuerto. Tal vez dejaría de hablarle, porque según él su hija mayor siempre se equivocaba.

Empezó a trazar un plan. Necesitaba trabajo. Podría ser en el hotel, con el señor Vinny. Cuando tuviera dinero suficiente, se iría de casa para rentar su propio departamento. La sola idea la desanimaba. Luego pensó en su madre. Si Tina tuvo el coraje de dejar la casa, ¿por qué ella no? Pero pronto Katia cayó en la cuenta del intenso cuchicheo que venía de la habitación.

«Son mis hijos», escuchó decir a su madre en un tono contenido. El cuchicheo siguió y luego la voz de Vale: «¿Y yo qué? ¿No soy nada para ti? ¿Y todos los sacrificios que he hecho por ti, por nosotras?».

Katia no alcanzó a escuchar el resto del reproche. Se levantó y de puntitas se acercó a la puerta.

No tardó mucho, sin embargo, antes de que la discusión se hiciera más álgida. Ya no importaba quién las estuviera escuchando, y Katia regresó al sillón, resistiéndose a taparse las orejas con las manos. En determinado momento, habló su madre:

—Voy a regresar, créeme. Solo quiero ir a ver a mis hijos.

Luego se escuchó a Vale:

—Yo sé que te vas a quedar en Chicago. Tú todavía amas a ese hombre, ¿a poco no?

Su altercado llegó a los gritos. Katia nunca había escuchado a su madre levantar la voz de esa manera, ni siquiera con sus hijos pequeños, que podían poner a prueba a cualquiera.

La mano de Katia alcanzó los Marlboro que su madre había dejado junto a una caja de cerillos. Fumar era otro aspecto de la nueva vida de Tina. A Katia ni siquiera le gustaba el aroma, pero sacó uno y agarró los cerillos, caminó de puntitas hacia la puerta de la entrada, con la idea de salir a fumarlo mientras las mujeres decidían su suerte. En la oscuridad luchó con las cerraduras de la puerta, hasta que se dio por vencida.

Durante una hora o más, continuó la discusión acalorada, con llantos seguidos de súplicas, y en determinado momento Katia creyó escuchar que algo se estrellaba en el piso. Iba a levantarse, pero en el cuarto se hizo el silencio y luego comenzaron de nuevo los cuchicheos.

En el techo empezó a sonar un golpeteo incesante, y Katia se dio cuenta de que se había soltado una fuerte lluvia. Ese repiqueteo y los murmullos de las apasionadas amantes al otro lado de la pared arrullaron a Katia y la hicieron dormir.

Muy temprano en la mañana, Katia se despertó con el ruido que hacía su madre en la sala mientras empacaba su ropa en la maleta de vinilo, donde aventó unos tacones y una bolsa en la que había guardado toda su bisutería y algunos productos de Avon. Llevaba talco y una loción de madreselva, pero cuando arrojó dentro una colonia para hombre, que venía en un raro recipiente en forma de auto, Katia no pudo evitar meter la mano y revisarla.

—Cuando llegué aquí —le explicó su madre—, intenté vender Avon. Esa la llevo para Eric, ya ves que está en edad de querer atraer a las muchachas.

Las tres mujeres tomaron café, y cuando Katia preguntó si era necesario llamar a un taxi, Vale insistió en llevarlas al aeropuerto. Como había un embotellamiento, parecía que el largo viaje nunca iba a terminar. Katia no sabía si las actitudes de la pareja expresaban que habían llegado a un acuerdo o habían terminado su relación. Tampoco sabía, por el recelo de su madre, si estaba enojada con ella porque en cierta forma había perturbado su nueva vida.

Vale cargaba la maleta, repleta con las pertenencias de Tina. Antes de salir de casa, se preguntaron si debía llevar a Chicago algunos productos Doña Cleanwell. Vale estaba segura de que esa mercancía sería un éxito, especialmente entre las mujeres de la fábrica, si es que a Tina la volvían a contratar en su antiguo trabajo. Tina tenía dudas del producto, porque la gente no estaba familiarizada con Doña Cleanwell en Estados Unidos.

—Ay, pero tú sabes cómo es la gente, siempre se les antoja lo nuevo.

Las dos intercambiaron sus opiniones, hasta que por fin Tina aceptó llevarse una caja con muestras. No estaba claro cómo iban a surtir los pedidos. Vale la convenció de que tenían existencias de sobra y que ella las mandaría a Chicago hasta que ella misma pudiera viajar; entonces, se asegurarían de que todo el inventario hubiera sido enviado con anticipación.

En el bullicioso aeropuerto internacional, Katia cargaba la caja de Doña Cleanwell y caminaba detrás de las dos mujeres, rumbo al mostrador para documentar. Al darse cuenta de que su cabello largo se había enredado en la caja que cargaba, su madre se lo agarró para atarlo con una liga que encontró en su bolso.

—¡Por el amor de Dios, Katia! —le dijo, un poco fuerte para incomodidad de la muchacha, porque otras personas la voltearon a ver—. Siempre tan desorganizada.

Cuando estaban documentando, entrelazaron las tapas de la caja de Doña Cleanwell, unas con otras, y la muchacha que las atendía necesitó tiempo extra para sujetarlas con cinta adhesiva.

«Ay», suspiró, y luego subió la caja en la banda transportadora que tenía detrás, se limpió la frente e hizo un gesto de queja por el peso del paquete, y tal vez por la actitud abusiva de los pasajeros con las cosas que llevaban.

Vale y Tina caminaban tomadas del brazo, en dirección al puesto de control aduanal, mientras Katia se retrasaba para darles privacidad.

—Me llamas —escuchó gritar a Vale. Al voltear, apenas si la pudieron ver, rezagada entre la multitud que se despedía de sus seres queridos.

Lograr que su madre regresara a casa resultaba ser uno de los mayores logros en la corta vida de Katia, superior al de haberse graduado de la preparatoria. Ni las lágrimas ni las disculpas, ni siquiera las señales del cielo podrían borrar del todo la ruptura familiar que había provocado la deliberada ausencia de Tina durante los meses recientes. Pero era una ruptura y no una separación definitiva, o al menos eso era lo que Katia pensaba mientras le ayudaba a su madre a ponerse el cinturón de seguridad y a prepararse para el despegue.

Hasta ahora se enteraba de que su padre y Lulú habían estado en constante comunicación con Tina. Tal vez Eric también. En cuanto a ella, ya era mayor de edad; una adulta capaz de tomar sus propias decisiones. Era Junior, el hermano más pequeño, quien parecía haber quedado abandonado entre las grietas de la familia.

—¿Le llevas también a Junior un regalo de Avon? —dijo de repente.

La respuesta de su madre fue sorpresiva:

—Claro que sí.

Katia comenzó a comentar lo agradable que era volar (a pesar de haber vomitado la primera vez, pero si se lo comentaba a su madre, quizá ella insistiría en decirle: «Ay, Katia, tú siempre tan desorganizada»), cuando el piloto habló por el altavoz mientras prendía los motores, y de inmediato ellas se tomaron de la mano. Ambas sentían la misma ansiedad a causa del vuelo, pero con un abrazo dejaron de lado esa vergüenza que siempre aparecía al demostrar sus sentimientos. Solo cuando se sirvió el almuerzo las dos respiraron a gusto. Les tocó comida americana, un platillo que no conocían: bistec Salisbury con puré de papas y ejotes, y como postre un minúsculo cuadrito de pastel de vainilla con chocolate glaseado. La experiencia de volar no solo era extraña, sino que además estar rodeadas por azafatas y pasajeros blancos monolingües también hizo que Katia y su madre se sintieran fuera de lugar.

Luego de que recogieron las bandejas, la madre de Katia comenzó a preguntar de nuevo por sus hijos.

—¿Qué piensas de que Lulú ya no vaya a la escuela? —le preguntó Katia.

—Bueno, tu hermana y yo hemos tenido varias conversaciones por teléfono. Ella es ya una estilista. Va a encontrar trabajo —le dijo su madre, casi sin darle importancia—. Tu padre también me ha contado de ustedes.

Como le tocó ventanilla, volteó a ver las nubes. A las dos les daba miedo la altura, pero estaban de acuerdo en que estar tan alto en el cielo no era sino un milagro.

—¿Cuándo hablaste con mi padre? —preguntó Katia. Las únicas ocasiones en que recordaba que su madre hubiera llamado eran esos raros domingos, cuando cada uno en la familia se turnaba para saludarla.

—¡Ah! —soltó su madre—, él a veces me llamaba por cobrar desde su trabajo, en medio de la noche.

Era la acostumbrada llamada que hacía su padre durante el descanso. Era obvio que la partida de Tina no terminó con ese hábito.

La madre se volteó hacia la ventanilla, y así le dio a entender que no quería darle más detalles. Para Katia, estaba claro que su padre sabía de que ella no se había quedado con su madre en la vecindad. ¿Sabía también que estaba viviendo con Vale?

—Él te ha extrañado, ma —dijo Katia en voz baja.

—Tus hermanos son todavía pequeños —dijo Tina. No quería hablar de su matrimonio—. Ellos todavía necesitan a su madre.

De su bolso sacó un folleto con la oración del día y comenzó a leerla en silencio. Katia cerró los ojos y aparentó descansar, mientras su cerebro viajaba más rápido que el avión.

Volteó y vio el perfil de su madre, casi una silueta contra la luz del sol. Tenía un rostro agradable, pero cuando se reía dejando ver su diente de oro, a Katia le parecía un intento de mal gusto por presumir. Por otra parte, a su madre le repugnaba que su hija no se afeitara las axilas. «Yo no me voy a rasurar para impresionar a los hombres, ma», solía decirle. Ahora empezaba a considerar que quizás era algo más que una diferencia de estilo o de lo que opinara la gente. Su madre estaba tan lejos de ser feminista como Katia lo estaba de comprar esas revistas para novias que Lulú leía con placer.

Katia se preguntaba si las personas mayores, como sus padres, todavía tenían sexo. Como era virgen, se hacía todas las preguntas posibles sobre el tema.

—Ma —se aventuró—, ¿qué se siente amar a una mujer?

Tina dejó el folleto y se le quedó viendo. Al cabo de unos segundos, dejó escapar un profundo suspiro, como si todos los recuerdos de su vida acabaran de recorrerle el cuerpo entero. Levantó el folleto y siguió leyendo. Katia pensó que su madre no iba a contestar una pregunta tan atrevida, pero en lugar de eso Tina le dijo:

—Se siente como encontrar a tu alma gemela.

Viniendo de su madre, alguien tan devota de su fe, ese pensamiento sonaba muy raro. Katia no tenía idea de lo que significaba tener un alma gemela. Pensó que sería algo relacionado con el zodiaco. La gente siempre le preguntaba a alguien a quien recién conocían: «¿Cuál es tu signo?». De acuerdo con lo que respondieran, determinaban con quien te ibas a llevar bien. La confusión de Katia debió ser evidente, porque su madre agregó:

—Nunca había conocido a alguien que me entendiera tan bien.

Guardaron silencio y luego Tina dijo:

—Voy a ver si puedo encontrar un trabajo como el que tenía en México. Vender productos por mi cuenta y hacer fiestas de demostración es muy agradable y se gana una buena comisión. No quiero regresar a la fábrica.

Katia asintió. Ella también tenía que tomar varias decisiones. Eso le hizo recordar el consejo que Vale le había dado sin que se lo pidiera: «Haz lo que quieras hacer con tu futuro. ¿A quién diablos le importa? Tienes que vivir tu propia pinche vida, no hay de otra». Más tarde, Katia sacó el diccionario de bolsillo inglés-español que llevaba consigo. *Pinche*: ayudante de cocina. No, fuera lo que fuera en la vida, Katia no sería una ayudante de cocina.

AGRADECIMIENTOS

Mi agradecimiento a la agente literaria Johanna Castillo y a la editora Tara Parsons por su entusiasmo y por creer en mi trabajo, ayer, hoy y siempre.

También, un cariñoso agradecimiento a Heriberto, por su lealtad durante la creación de estas historias.